KB007811

어른이
되었어도
너는 내 딸
이니까

미노스의 가족동화
어른이 되었어도 너는 내 딸이니까

초판 1쇄 발행 | 2017년 12월 8일
초판 2쇄 발행 | 2017년 12월 19일

지은이 미노스
발행인 이대식

주간 이지형 **편집** 김화영 나은심 손성원
마케팅 배성진 박상준 **관리** 이영혜
디자인 모리스 **본문 일러스트** 서동주

주소 서울시 종로구 평창길 329(우편번호 03003)
문의전화 02-394-1037(편집) 02-394-1047(마케팅)
팩스 02-394-1029
홈페이지 www.saeumbook.co.kr
전자우편 saeum98@hanmail.net
블로그 blog.naver.com/saeumpub
페이스북 facebook.com/saeumbooks

발행처 (주)새움출판사
출판등록 1998년 8월 28일(제10-1633호)

ⓒ 미노스, 2017
ISBN 979-11-87192-70-1 03810

이 책은 저작권법에 따라 보호받는 저작물이므로 무단전재와 무단복제를 금지하며,
이 책 내용의 전부 또는 일부를 이용하려면 반드시 저작권자와 새움출판사의
서면동의를 받아야 합니다.

• 잘못된 책은 바꾸어 드립니다.
• 책값은 뒤표지에 있습니다.

미노스의 가족동화

어른이
되었어도
너는 내 딸
이니까

새움

　어처구니없고 생뚱맞게도, 결혼한 딸이 네 살을 넘기는 손녀 하윤이에게 들려줄 동화를 만들어달라는 부탁을 해왔습니다. 저는 글을 쓰는 사람도, 더군다나 동화 작가의 세계하고는 전혀 관계가 없는 사람이기에 딸의 그 말에 그저 너털웃음을 웃고 말았습니다.

　"해달랄 걸 해달래야지. 차라리 솔직하게 동화책 살 돈을 달라고 하지……."

　그런데 딸은 그게 아니었습니다. 진심으로 손녀에게 할아버지가 지어준 이야기를 들려주고 싶다는 것이었습니다. 자기가 대여섯 살 때 아빠가 들려주었던 이야기를 지금도 잊을 수 없다며 다시 해달라는 것이었습니다. 나아가, 귀여운 손주에게 할아버지가 그것도 못 해주냐는 것이었습니다. 딸은 진지했고, 그 말에 저는 놀랐습니다.

　곰곰이 생각해보았습니다.

　아이들이 들어서, 아이들에게 들려주어서 좋을 것 같지 않은 이야기가 세상에 넘쳐납니다. 불화와 적개심과 증오로 가득 찬 이야기들… 이런 세상에서 우리 아이들은 어떤 세상, 어떤 사람을 꿈꾸고 있을까? 식탁에서 젊은 부모와 자녀 간에는 무슨 이야기를 하면서 지내고 있을까? 대화라는 것이 있기는 있는 것일까?

공부 이야기, 돈 버는 이야기, 세상 못된 이야기 말고…….

그러고 보니, 이제 성인이 되어 결혼한 딸이 졸라서가 아니라, 딸의 부탁이 너무나 중요한 일로 여겨졌습니다.

할아버지가 손주들에게 만들어 들려주는 동화. 아빠 엄마가 아이들에게 직접 들려주는 이야기. 아빠가 읽고, 엄마가 들려주고, 아이가 같이 웃을 수 있는 행복하고 따뜻한 이야기가 있으면 얼마나 좋을까?

어른 이야기와 아이 이야기가 따로 있는 것이 아니고, 같이 행복할 수 있는 동화가 있다면 얼마나 좋을까?

토끼와 거북이, 백설 공주 이야기가 아니라, 들려주는 부모나, 듣는 아이나 함께 공감하고 격려가 되고 위로가 되는, 재미와 교훈과 감동이 있는 이야기… 그리하여 부모가 아이에게, 아이가 부모에게 서로 책을 선물하여 함께 대화할 수 있는 이야기가 있다면…….

그것을 지을 수만 있다면 그건 정말 세상의 어떤 일보다도 중요하고 의미 있는 일이라는 생각이 들었습니다.

저는 딸에게 제 마음을 담아 이야기를 만들어 보내주었습니다.

딸은 좋아했습니다. 하윤이에게 엄마 목소리로 읽어주었더니, 아는지 모르는지 눈을 깜박거리며 듣고는 "또. 또." 하면서 잠이 들었다고도 했습니다.

저는 용기를 얻어 손주만을 위한 이야기가 아니라, 딸에게도 들려줄 만한 이야기를 지어 보내주었습니다.

어른이 되었어도 서경이는 제 딸이니까요.

하루는 딸이 말했습니다.

"혼자 읽기보다 여러 사람이 같이 읽을 수 있으면 더욱 좋겠어요."

그래서 저는 망설이다, 중앙일보 인터넷 신문에 원고를 보내보았습니다. 고맙게도 중앙일보사에서는 인터넷 신문 홈페이지에 이 글을 격주로 연재해주었습니다. 감사하기 이를 데 없었습니다. 연재되던 '미노스의 가족동화'를 작가 김진명 씨가 읽었습니다. 김진명 작가님은 한 걸음 더 나가 출판을 해보는 것이 어떻겠느냐고 권하는 것이었습니다.

저는 겁이 덜컥 났습니다. 저는 동화라는 것과는 거리가 먼, 정말 아무것도 아닌 사람이기 때문입니다. 동화라고 하였지만, 이런 이야기를 동화라고 할 수 있는지도 잘 모르겠습니다.

"안데르센의 동화는 어린이들보다는 어른에게 더 적합한 것"이라는 노벨문학상 수상자 몬탈레의 말이나, "모든 어른들은 한때는 아이였다"는 〈어린 왕자〉 작가 생텍쥐페리의 말, 그리고 "동화야말로 세상에서 가장 중요한 문학 작품"이라는 괴테와 톨스토이의 말을 들으면서 저는 동화란 무엇인지, 누구를 위한 이야기여야 하는지 알 수 없어졌습니다.

저는 무엇보다 가족이 중요하다고 생각하였습니다. 사람의 첫 삶이 가족에서 시작되고, 가족의 품에서 생의 마지막을 마칠 수 있을 때, 비로소 진정한 행복이 완성되기 때문입니다.

그래서, '가족동화'라 해보았습니다.

저는 제 이름을 밝히지 않으려 합니다.

이 책의 출간은 제가 살아온 인생과는 너무도 다른 일이기 때문입니다. 아빠와 엄마와 아이가 함께 읽고 서로 이야기를 나누는 정겹고 행복한 가족의 모습을 상상하는 것만으로도 저는 행복하기 때문입니다.

물론 딸에게는 앞으로도 계속해서 동화를 만들어 보낼 생각입니다.

중앙일보 관계자 여러분, 김진명 작가님, 그리고 새움출판사에 진심으로 감사를 드립니다.

2017년 12월,
미노스 씀.

미래를 보는 안경

하윤이는 할아버지가 쓰고 계신 안경이 너무도 궁금했어요.

아빠도 안경을 쓰시지만 할아버지 안경과 어떻게 다른지 궁금했습니다.

"할아버지, 할아버지. 할아버지 안경을 쓰면 어떻게 보여요?"

할아버지는

"으음, 안경을 쓰면 작게 보이던 것이 크게 보이게 된단다."

하셨어요.

"정말요?"

"그럼. 한번 써보렴."

하윤이가 할아버지 안경을 쓰고 보니, 작은 글씨가 이렇게 크게 보이는 것이었어요. 그렇지만 조금 이상했어요.

'아빠 안경은 큰 글씨가 작게 보였는데……'

하윤이는 고개를 갸우뚱했어요.

"할아버지, 할아버지. 안경은 참 이상해요. 어떤 안경은 큰 것이 작게 보이고요. 어떤 안경은 작은 것이 크게 보여요."

할아버지는,

"응, 안경에는 작은 것을 크게 보이게 하는 것도 있고, 큰 것을 작게 보이게 하는 것도 있단다. 또 안 보이는 것을 보이게 해주는 안경도 있고, 멀리에 있는 걸 가깝게 보이게 해주는 안경도 있단다.

안경에는 여러 가지가 있어요."

하셨어요. 하윤이는 눈을 깜빡거리며 들었어요.

그런데 할아버지가,

"하윤아, 신기한 안경 보여줄까?"

하시는 것이었어요.

"예."

그랬더니 할아버지는 책상 속에 넣어두셨던 안경집에서 안경을 하나 꺼내시는 것이었어요.

"이 안경을 보렴."

할아버지는 하윤이에게 안경을 씌워주셨어요.

그리고 화분에 있는 꽃나무를 보게 해주셨어요.

꽃나무에는 아직 꽃이 피지 않은 꽃봉오리가 매달려 있었어요.

그런데 이게 웬일인가요?

안경을 쓰고 보니, 화분에 있는 꽃나무의 꽃봉오리가 서서히 벌어지면서 꽃이 피기 시작하는 것 아니겠어요? 그리고 활짝 핀 꽃이 지면서 꽃잎이 떨어지고 그곳에 작은 열매를 맺는 모습이 영화처럼 보이는 것이었어요.

깜짝 놀라 하윤이가 안경을 벗고 꽃나무를 보았더니, 꽃나무는 조금 전의 꽃봉오리가 맺혀 있는 모습 그대로였습니다.
하윤이가 다시 안경을 쓰고 꽃나무를 보니 또 꽃이 막 자라면서 열매를 맺는 모습이 보이는 것 아니겠어요?
할아버지 얼굴만 쳐다보고 있는 하윤이에게 할아버지는 머리를 쓰다듬으며 이렇게 말씀하셨어요.
"응, 그 안경은 미래를 보는 안경이란다. 그 안경을 쓰고 보면 무엇이든 앞날이 보이는 안경이에요. 하윤이가 본 것은 바로 그 꽃나무의 앞날이란다."

이번에는 안경을 쓰고 할아버지를 보았어요.
그랬더니 할아버지 수염이 마구 자라면서 할아버지 얼굴에 주름이 깊게 생기는 것이었어요.
할아버지가 말씀하셨어요.

"할아버지가 점점 늙어가는 것이 보이지? 그 안경은 바로 1년 후까지 앞날이 보이도록 되어 있단다."

하윤이는 안경을 쓰고 자신의 모습을 보고 싶었지만, 그렇게는 할 수가 없었어요.

하윤이는 안경을 쓰고 마당으로 나갔어요.

마당에서 놀고 있는 삽살강아지 쵸코를 보았어요.

쵸코가 무럭무럭 자라서 커지기 시작했어요. 그러더니, 강아지처럼 멍멍멍 짖던 쵸코가 컹컹컹컹 하면서 어른 개처럼 짖는 모습이 보이는 것이었어요. 쵸코의 이빨도 날카로워졌습니다.

쵸코의 앞날이 보였던 것입니다.

이번에는 마당 한쪽에 서 있는 감나무를 보았어요.

잎이 무성하게 자라 있는 감나무에서 붉은 감이 열리는 것이 보였습니다. 먹음직스러운 감이 참 탐스러웠습니다. 감이 붉게 익자 감나무 잎이 서서히 갈색으로 물들기 시작했습니다. 그러고는 낙엽이 되어 떨어지고 붉은 감만 매달려 있는 감나무에 하얀 서리가 내리는 것이 보였습니다.

그렇지만 뒷마당에 놓여 있던 바윗돌은 아무리 보아도 변함이 없었어요.

정말 신기한 안경이었어요.

하윤이는 또 무엇을 볼까 곰곰 생각을 해보았어요.

그때, 방 안에서 하윤이 동생 소윤이가 우는 소리가 들렸어요.

소윤이는 이제 막 무릎으로 기기 시작한 귀여운 아기예요.

하윤이는 미래를 보는 신기한 안경을 쓰고 동생을 보았어요.

그랬더니, 동생 소윤이 무럭무럭 자라더니 서기 시작하고, 걷기를 하더니 달리기를 하는 것 아니겠어요.

동생 얼굴이 참 예뻤어요.

하윤이는 동생이 그렇게 예쁜 아이가 될 줄 몰랐어요.

할아버지 안경으로 소윤이가 나중에 아주 예쁜 아이가 될 것을 알게 되었습니다.

"할아버지, 할아버지. 이 안경을 쓰면 무엇이든 앞날이 보이는 거예요?"

"그렇단다."

하윤이는 고개를 갸우뚱했어요.

"그러면 앞날은 다 정해져 있는 거예요? 소윤이는 나중에 예쁜 어린이로 자랄 것으로 정해졌으면 저는 어떻게 되는 거예요? 저 좀 보아주세요."

할아버지는 빙그레 웃으시며 말씀하셨어요.

"허허허… 사람이나 나무나 사물은 다 앞날이 정해져 있단다. 그래서 안경이 보여줄 수 있는 거란다. 우리 하윤이는 호기심이 많고 똑똑하니 공부 잘하는 어린이가 될 거예요."

“할아버지, 정말로 미래는 정해져 있는 거예요?”

하윤이가 눈을 반짝이며 묻자, 할아버지는 하윤이를 물끄러미 바라보았습니다.

“그것은 내일 이야기하자꾸나.”

할아버지는 더 이상 말씀을 안 해주셨습니다.

하윤이는 미래를 보는 안경에 대해 생각해보았습니다.

참 신기한 안경이었습니다.

그렇지만 여러 가지 궁금증이 솟아났습니다.

‘어떻게 미래를 알 수 있을까? 미래가 정해져 있다면, 아무리 착한 일을 하고 공부를 열심히 한들 무슨 소용이 있을까? 할아버지 안경은 왜 1년 후까지밖에 못 볼까? 나의 미래는 어떻게 될까?’

이튿날이 밝았습니다.

일어나자마자 하윤이는 할아버지 방으로 갔습니다.

할아버지께서 오늘 미래에 관한 이야기를 해주신다고 약속한 것이 생각났기 때문입니다.

할아버지는 하윤이를 보더니 반겨주었습니다.

“하윤이가 미래를 보는 안경이 궁금해서 왔구나. 그래, 어서 오렴. 여기 앉아보아라.”

할아버지는 안경집에서 미래를 보는 안경을 꺼내셨어요.

하윤이에게 써보라고 하셨습니다. 그러고는 어제 보았던 꽃나무를 다시 보라고 하셨어요. 하윤이는 꽃나무를 보았어요.

"어?"

이상했어요. 어제는 꽃나무에서 꽃이 피고 열매를 맺는 멋진 광경이 보였는데, 오늘은 꽃나무에서 꽃도 피지 않고 열매도 맺지 않고 시들하게 서 있다가 잎이 지는 모습이 보이는 것이었습니다.

하윤이는 안경을 벗고 할아버지를 바라보았어요.

"할아버지, 할아버지. 참 이상해요. 어제는 꽃이 피는 모습이 보였는데, 어제 보았던 모습이 오늘은 안 보여요. 왜 그러죠?"

할아버지는 빙그레 웃으시면서,

"그렇지. 그거야 당연하지. 왜냐하면 내가 어젯밤에 꽃봉오리를 꺾었으니까… 꽃이 필 리가 없지, 암……."

하시는 것이었어요.

할아버지는 하윤이의 머리를 쓰다듬으며 말씀하셨어요.

"하윤아, 미래란 정해져 있단다. 당연하지. 꽃봉오리가 맺혀 있으면 곧 꽃이 필 것이고, 할아버지같이 나이를 먹으면 늙어지는 것은 당연히 정해진 미래란다.

꽃봉오리가 없는데 꽃이 필 수 없고, 나이를 먹는데 젊어질 수는 없지 않겠니? 이것은 당연한 이치란다. 그러니 미래는 이 이치에 따라 모두 정해질 수밖에 없는 것이란다.

그것은 콩을 심으면 미래에 콩나무가 나오고, 팥을 심으면 팥나무가 나올 것이 정해져 있는 것과 같단다."

하윤이는 침을 꼴깍 삼켰습니다.

"하윤이에게는 조금 어려울지 모르겠지만, 세상일은 원인이 있으면
반드시 결과가 있게 마련이란다. 그래서 오늘의 원인이 있으면 미래의
결과는 정해져 있다고 해도 좋은 것이란다.

꽃봉오리가 있으면 꽃이 피는 것이 정해져 있는 것이요, 꽃봉오리가
없으니 꽃이 안 피는 것이 정해진 미래 아니겠느냐?

그래서 어제 안경으로 볼 때와 오늘 안경으로 볼 때는 다를 수밖에
없는 것이란다."

하윤이는 할아버지 말씀이 알 듯도 모를 듯도 했습니다.

그렇지만 어제 안경으로 본 꽃나무의 모습과 오늘 안경으로 본 꽃
나무의 모습이 다른 것은 틀림없었습니다.

할아버지는 또 이렇게 말씀하시는 것이었어요.

"사람들은 누구든 미래를 알고 싶어 한단다. 그리고 미래를 보는 안
경을 누구든지 갖고 싶어 하지.

하지만 미래를 보는 안경은 누구든지 갖고 있단다. 오늘 일어나는
일을 자세히 알고 있다면 내일 일어날 일은 누구든 당연히 알 수 있는
거란다. 그런데 사람들이 오늘 일은 안경으로 자세히 보지 않으면서,
내일 일을 볼 수 있는 안경만을 찾는구나. 오늘 없는 내일이 없듯이, 내
일은 곧 오늘이 만들어낸 결과일 뿐이란다.

알겠니? 내일은 따로 없어요. 오늘이 바로 내일인 거지……."

"그럼 모레는요?"

"모레는 내일의 원인이 나타난 거지. 그다음 날은 모레의 결과이고…… 그렇지만 우리는 오늘 모든 일이 미래에 어떻게 될지 알 수는 없단다. 오늘의 원인이 내일 어떤 결과가 되는지 그 이치를 완전히 알지 못하기 때문이야. 그 이치를 알고자 하는 것이 공부란다.

하지만 우리는 분명한 것은 알 수 있어요. 미래라고 미리 정해진 것은 없다는 것이란다. 오늘 어떻게 하느냐에 따라 미래는 다시 얼마든지 변한다는 것이지.

하윤아, 쵸코를 다시 보아라. 어떻게 보이는지……"

하윤이는 미래의 안경을 쓰고 삽살강아지 쵸코를 다시 보았어요.

쵸코가 쑥쑥 자라 어른 개가 되어가는 것이 보였어요. 그렇지만 어제의 모습과는 조금 달라져 있었어요. 어제 저녁 비가 와서 날씨가 추워져서인지 쵸코는 어제 안경으로 본 모습보다는 덜 활기찬 모습이었어요.

하윤이는 할아버지 말씀이 이해가 될 것도 같은 생각이 들었습니다.

동생 소윤이를 다시 안경을 쓰고 보았어요.

소윤이는 어제보다 더 예쁜 얼굴로 자라고 있었습니다.

아하……!

어제 소윤이에게 나중에 예쁘게 클 거라는 칭찬을 해주었더니, 좋아했거든요. 그러더니 더 예쁘게 자라는구나…….

하윤이는 할아버지의 미래를 보는 안경이 더 이상 신기하지 않았어요.

왜냐하면 내일은 매일 매일 변한다는 것을 보았으니까요…….

바보새

"하부지, 하부지. 바보새가 뭐야요?"

열 살이 넘었는데도 어둔한 발음으로 할아버지를 하부지라 부르는 손자. 눈곱 낀 눈을 껌벅이며 천진스럽게 물어보는 손자를 보며 할아버지는 가슴이 또 먹먹해졌습니다.

"왜, 누가 그러던?"

손자는 좁고 둥근 어깨를 누그러뜨리며, 크고 둥근 눈으로 할아버지를 바라보며 말했습니다.

"응. 동네 애들이 나보고 바보새라고… 바보새가 뭐야?"

할아버지는 손자를 가슴에 쓸어안았습니다.

머리를 쓰다듬어주었습니다.

이 아이에게 어떻게 설명해야 할까…….

안타까운 심정으로, 가슴까지 와닿는 수박만 한 머리를, 갓난아기같이 기대고 있는 손자를 안고 망연했습니다.

다운증후군…….

정신지체에 신체의 기능마저 온전치 못한 손자를 볼 때마다 가슴이 먹먹해집니다. 하지만 세상의 근심이란 구름 한 점 없이, 맑은 하늘같이 명랑하고 행복하기만 한 손자였습니다.

또래 아이들이 놀려도, 짓궂게 괴롭혀도 헤헤거리며 그저 좋아하는 손자를 볼 때마다, 전생에 무슨 죄가 있어 아들 내외에게 이런 자식이 태어났나 하는 탄식과 함께 내 죄도 거기에 한 몫 있는 양 가슴이 찔려 왔습니다.

"응. 바보새란……."

할아버지는 조용하게 말을 했습니다.

"훌륭한 새를 말하는 거란다. 바보새는 어렸을 적에는 잘 걷지도 못하고 날지도 못하고 뒤뚱거리고 다녀서 사람들이 바보 같다고 하는데, 어른이 되면 훌륭한 새가 된단다. 바람이 불면 다른 새는 다 둥지에 숨는데 바보새는 바다로 나가서 그 바람을 타고 이 세상에서 가장 멀리 날 수 있고, 가장 높이 나는 큰 새가 된단다. 그래서 세상을 구하는 새가 된단다."

손자에게 희망을 불어 넣어주고 싶었습니다.

바보새라고 놀림을 받는 손자가 마음에 상처를 받을까 걱정이 들었습니다.

할아버지는 손자가 이해를 하는지 마는지 알 수 없지만, 열심히 바보새를 훌륭한 새라고 치켜세웠습니다. 손자는 알아들었는지 못 알아들었는지 할아버지의 눈이 뚫어져라 바라보며 바보새 이야기를 들었습니다.

알바트로스. 할아버지는 알바트로스가 바로 바보새라고 불린다는 것을 생각해 내곤, 바보새가 자라면 알바트로스가 된다는 이야기를 하는 것입니다. 그렇지만, 어떻게 손자에게 알바트로스를 이해시킬 수 있을까요?

손자는 이튿날 할아버지에게 또 물었습니다.
"하부지, 하부지, 바보새가 뭐야?"
할아버지는 손자의 물음에 깨달아지는 점이 있었습니다.
'이 녀석은 바보새가 무엇인지 안다……'
바보새가 훌륭한 새라는 말에 고무되어 있는 것입니다.
칭찬과 격려를 자꾸 듣고 싶은 것입니다.

할아버지는 그림책을 꺼냈습니다. 그리고 바보새에 대해 그림을 보여주면서 자상하게 설명해주었습니다.
"고개를 흔들며 주걱 같은 넓적한 발로 어기적어기적 걷는 새.
날개가 너무 커서 땅 위에서는 날개를 질질 끌며 뒤뚱거리며 걷는 새.
새인데도 날지 못하는 새.
바보.

그러나 어른이 되면 바람이 불어오는 바닷가 절벽 위로 힘겹게 기어 오르는 새.

바람이 세게 부는 날, 다른 새들은 다 숨어버리는 날, 강한 바람에 맞서 절벽에서 몸을 던지는 새.

그리고, 세상에서 가장 긴 날개로, 불어오는 바람에 몸을 싣고 바다를 가로질러 나는 새.

긴 날개를 꼿꼿이 펴고 날갯짓 한번 없이 수백 킬로미터를 활공하면서 바다를 일주하는 새.

아침 한 끼 새끼의 먹이를 찾아 대양을 횡단하는 새.

그리하여 세상을 구하는 새.

땅에서는 바보라 불리며 비참한 신세였지만, 하늘에서는 가장 멋있는 새들의 왕자.

그 근사하고 늠름한 모습."

할아버지는 알바트로스의 그림을 보여주면서 손자에게 용기를 줍니다.

"바보새야. 너는 나중에 세상에서 가장 멋있고, 큰 새가 될 거야."

손자는 두 눈을 껌벅이며 할아버지의 말을 들었습니다.

이후 손자는 모습이 조금 바뀌었습니다.

어깨를 축 늘어뜨리고, 눈은 먼 곳을 바라보는 양 더 멍해졌고, 걸음걸이는 더 어기적거렸습니다.

바보새가 훌륭한 새라고 하니 그 흉내를 내는 것이었습니다.

더 바보같이 보였습니다.

이런 모습에 마을 사람들과 아이들은 바보새를 더욱 놀리고 비웃었습니다. 바보 시늉을 하며 따라다니며 골렸습니다.

엄마와 할아버지는 가슴이 미어터지는 것 같았습니다.

엄마는 두 손을 모아 기도했습니다.

"하느님, 저에게 소원 한 가지만 들어주세요. 저를 저 아이보다 하루만 더 살게 해주세요. 제가 없으면 저 아이를 누가 돌보겠습니까. 저 아이를 두고 저는 눈을 감을 수 없습니다. 저 아이보다 딱 하루만, 딱 하루만 더 살게 해주시옵소서……."

이런 기도를 듣는 할아버지 눈에 눈물이 고였습니다.

하지만 바보새는 사슴같이 선하고 하늘같이 맑고 비둘기처럼 행복해하기만 했습니다. 이런 천진스러운 모습에 엄마는 바보새를 더욱 사랑하지 않을 수 없었습니다. 바보새를 하늘이 주신 복덩어리라고 생각하였습니다. 바보새가 없는 행복은 상상할 수가 없었습니다.

바보새는 무럭무럭 자랐습니다.

하루는 바보새가 느닷없이 말하였습니다.

"엄마, 저기 건넛마을 강아지가 밥 달라고 울어. 배고프대요. 어서 밥 줘."

밑도 끝도 없는 바보새의 말에 엄마는 영문을 몰랐습니다.

그래서 건성으로

"그래, 그래, 알았어."

하며 넘겼습니다.

며칠 후에 바보새가 또 말하였습니다.

"옆집 앵두나무집 개가 아프대요. 다리를 다쳤대요."

하였습니다.

엄마는 이번에도 무심코 넘겼습니다.

장날이 되었습니다. 엄마는 바보새를 데리고 장에 갔습니다. 장에서는 마을 사람들을 많이 만날 수 있었습니다. 그때 바보새가 엄마 손을 잡아끌며 말했습니다.

"저기, 저기, 강아지. 배고픈 강아지 있다."

바보새가 가리키는 곳에 건넛마을 가마니 짜는 집 아저씨가 강아지를 몇 마리 팔고 있었습니다. 기르던 개가 새끼를 낳았다는 것이었습니다.

엄마는 적잖이 놀랐습니다.

어떻게 바보새가 강아지가 태어난 것을 알았을까?

엄마가 바보새에게 물어봤지만 바보새는 아무 말도 하지 않았습니다.

엄마는 묘한 생각이 들었습니다.

얼마 전 바보새가 앵두나무집 개가 다리를 다쳤다고 말한 것이 기억났습니다. 얼른 확인해보았습니다. 과연 앵두나무집 개가 덫에 걸려 다리에 큰 상처가 있었습니다.

엄마는 바보새를 유심히 관찰하기 시작했습니다.

아들에게 무엇인가 있는 것 같았습니다.

보통 사람들에게는 들리지 않는 건넛마을 새끼 강아지의 낑낑거리는 소리를 들을 수 있었고, 다리 다친 개의 끙끙대는 소리를 듣고 있었습니다. 뿐만 아니었습니다.

멀리서 오는 아빠의 발자국 소리를 먼저 들었고, 그것이 아빠의 발자국 소리인지, 할아버지 발자국 소리인지, 엄마의 것인지를 분명히 구분하여 듣고 있는 것이었습니다.

산새 소리, 산짐승 소리를 뚜렷하게 들을 수 있는 것은 말할 것도 없었습니다. 엔진 소리로 누구의 자동차인지도 구분하는 것이었습니다.

엄마는 바보새에게 하늘이 주신 특별한 능력이 있다는 것을 알았습니다. 그러나 바보새는 자기가 그런 특별한 능력이 있다는 사실조차 알지 못하였습니다. 바보새의 일상은 다를 것이 없었습니다. 아이들에게 놀림받으면서 그저 천진난만하게 행복해했습니다.

엄마는 바보새에 대해 생각했습니다. 하늘이 왜 이런 특별한 능력을 주셨는지, 바보새에게 무엇을 해주어야 하는지 깊이 생각하였습니다.

엄마는 바보새를 음악 선생님에게 데리고 갔습니다.

피아노 건반 소리를 들려주며 바보새의 소리에 대한 능력을 시험해 보았습니다. 과연 바보새는 놀라운 능력을 보여주었습니다. 피아노 건반 하나하나의 소리를 정확히 기억하며 분별하였습니다.

시험을 하는 선생님도 바보새의 능력에 놀라워했습니다.

선생님은 이를 '절대음감'이라 하였습니다.

"천사의 귀로군요. 하늘의 축복입니다. 피아노 조율을 시킨다면 누가 이 아이를 따라오겠어요."

엄마는 바보새에게 피아노 조율 공부를 시켰습니다.

사실 공부나 훈련이 필요치 않았습니다. 갓난아이에게 젖을 빠는 공부가 필요 없듯이 바보새에게 소리를 구분하는 공부란 필요치 않은 것이었습니다.

바보새는 일약 유명한 피아노 조율사가 되었습니다. 피아노뿐만 아니라, 큰 교회의 대형 파이프 오르간 또는 섬세한 바이올린의 현 조율에도 탁월한 능력을 발휘하였습니다. 바보새는 도시의 유명한 오케스트라 악단에 초빙되어 조율사로 일하게 되었습니다.

바보새는 더 이상 바보가 아니었습니다.

사람들도 더 이상 바보새라 부르지 않았습니다.

바보새는 이제 어른이 되었습니다.

어느 날, 나라에 뜻하지 않은 큰 환란이 닥쳐왔습니다.

전쟁이 터진 것입니다. 세상은 발칵 뒤집혀졌습니다. 남자들은 모두 전쟁터로 나가야 했습니다. 그리고 나라 안이 폭격과 공습으로 언제 누구에게 죽음이 닥칠지 모를 위험한 상황이 되었습니다. 수없는 비행기가 하늘을 날았습니다. 날이면 날마다 공습이 이어져 사람들은 지하에 숨어 바깥에 돌아다닐 수가 없었습니다.

적군기인지 아군기인지, 수송기인지 전투기인지 모를 수많은 비행기들이 나타나면 사람들은 벌집에 숨듯 방공호에 숨었습니다. 때를 놓칠 때도 많았습니다. 비행기가 나타나면 방공호로 대피하였지만, 대피가 늦어져 작렬하는 폭격에 많은 사람이 다치고 죽었습니다.

바보새도 더 이상 피아노 조율을 할 수는 없었습니다. 마을로 돌아와 가족들과 함께 공습을 피하며 숨어 지내는 수밖에 없었습니다.

마을 사람들이 공습으로 인해 위험하고 고통스러운 나날을 보내고 있던 어느 날이었습니다.

바보새가 사람들에게 외쳤습니다.

"적기다. 적기가 온다! 모두 숨어라!"

조용한 하늘에 적기가 온다는 말에 사람들은 영문을 몰라 어리둥절해하며 하늘을 바라보았습니다. 하늘에는 아무것도 없었습니다. 아무 소리도 보이지도 들리지도 않았습니다.

시간이 흘렀습니다. 그러자 수많은 적기가 나타났습니다. 마을을 폭격하였습니다.

엄마는 바보새의 팔을 잡고 군부대 지휘관에게 달려갔습니다.

"우리 아들에게 마이크를 주세요. 우리 아들이 많은 사람들을 살릴 수 있어요. 어서요."

지휘관은 바보새의 이야기를 듣고, 곧 비행기 엔진 소리에 관한 훈련을 시작하였습니다.

놀랍게도 바보새는 보이지도 들리지도 않는 거리의 비행기 소리를 듣고, 그것이 적기인지 아군기인지, 또 무슨 비행기인지를 구분하는 것이었습니다.

한 치의 오차도 없었습니다.

바보새는 바빠졌습니다.

하루 종일 마이크를 잡고 커다란 확성기로 방송을 했습니다.

"조금 있다 오는 비행기는 아군기이니 걱정하지 마시기 바랍니다."

또는

"조금 있다 오는 비행기는 적기입니다. 위험합니다. 적기가 수십 대 공습하러 오고 있습니다. 대피하십시오. 숨으십시오."

바보새의 예고는 틀림이 없었습니다.

사람들은 안심하고 미리미리 공습에 대비할 수 있었습니다. 마을에는 더 이상 공습으로 인한 희생은 없었습니다. 바보새의 방송은 한시도 끊이지 않고 이어졌습니다. 전쟁이 끝날 때까지 계속되었습니다.

드디어, 오랜 전쟁이 끝났습니다. 온 나라에 평화가 찾아왔습니다.

바보새가 사는 마을에도 평온이 깃들기 시작했습니다.

바보새는 마을의 영웅이 되었습니다.

그를 바보새라 부르는 사람은 아무도 없었습니다.

어느 날 마을 사람들이 모두 모였습니다.

미노스의 가족동화

마을의 촌장이 말했습니다.

"우리 마을을 구해준 새가 있습니다. 그 새가 아니었으면 우리는 공습에서 수많은 사람이 희생당했을 것입니다. 오늘 우리는 그 새를 기리고 감사하는 동상을 세우려고 합니다.

바보새입니다.

그러나 그 새는 이제 바보새가 아닙니다.

비바람이 몰아쳐 올 때면 그에 맞서 하늘을 날아오르는 새.

세상에서 가장 멀리 날고, 가장 높이 나는 새.

그리하여 세상을 구하는 새.

바로 알바트로스의 동상입니다.

알바트로스의 날개에 저기 있는 바보새의 얼굴을 새길 것입니다!"

마을 사람들은 바보새에게 우레와 같은 박수를 보냈습니다.

바보새는 눈만 껌벅껌벅하였습니다.

세상에서 가장 멋있는 새. 세상을 구하는 새.

바보새는 할아버지가 어렸을 적 말씀하신 알바트로스였습니다.

바보새의 엄마는 감사의 눈물을 흘렸습니다. 그리고 두 손 모아 하느님께 기도하였습니다.

"하느님, 하느님. 딱 한 가지 소원, 제가 우리 바보새보다 하루만 더 살게 해달라는 제 기도를 취소해주세요. 우리 바보새를 오래오래 살게 해주세요. 저보다도 훨씬 오래 더요. 제발요."

서프라이즈!

    결혼기념일이라 해서 아내를 흡족하게 해준 적은 없었던 것 같다. 생일 파티는 이해하겠으나, 결혼기념일에 왜 남편만 아내에게 선물을 하고 축하 이벤트를 해주어야 하나? 같이 기념하고 축하해야지…… 대충 그럴싸한 레스토랑을 예약하고 꽃다발이나 작은 선물로 결혼기념일을 보내곤 했다. 그나마 딸이 미리 귀띔을 해주지 않았다면 날짜도 잊어버리기 일쑤였을 것이다. 하긴 이것도 아내가 뒤에서 딸에게 시킨 일이라는 걸 모르는 바 아니었지만……

    그러나 이번만은 달라야 할 것 같았다. 결혼 30주년이다. 정년을 코앞에 두고 경제권과 재량권이 그나마 쥐꼬리만큼 남아 있는 이때에 아내에게 진심을 담아 결혼을 기념하는 무엇인가를 해주어야겠다는 생각이 들었다.

사실 아내는 나 때문에 고생도 많이 했다. 사회생활이라는 미명하에 가정은 아내에게 다 미루고, 허울밖에 남지 않은 가장이라는 명분으로 고집도 많이 부렸다. 통 보이지 않던 주름살과 흰 머리카락이 요즘 들어 아내에게 부쩍 늘어난 걸 보면서 안쓰럽고 미안한 마음이 뭉클 올라온다.

무엇인가 아내가 깜짝 놀라며 감동에 젖어 눈물이 주르륵 흐르게 할 수 있는 결혼 기념 이벤트가 없을까?

진지하게 생각해보았지만 떠오르는 아이디어가 없다. 그저 안 가보았던 식당에 가서 근사한 저녁을 먹거나, 날 잡아 여행이라도 갔다 올까 하는 생각. 또는 옷이나 한 벌 맞춰줄까?

워낙 이런 분야에 잔재주가 없다 보니 마음만 달아오르지 머리가 돌아가지를 않는다.

깡통 같은 머리를 통나무같이 굴려 겨우 생각난 아이디어가……

목걸이를 하나 사서 예쁘게 포장한다.
강변에 있는 작은 레스토랑 1층을 통째로 빌린다.
통로에는 장미꽃 잎을 뿌려놓도록 부탁한다.
시간이 되어 아무것도 모르는 아내와 레스토랑에 들어선다.
어두웠던 실내에 조명이 환하게 켜지며, 직원들이 폭죽과 환호성을 일제히 지른다.
서프라이즈!

놀라는 아내.

예약된 좌석에 앉는다.

앉자마자 쑥스럽지만 아내에게,

"나와 결혼해주어서 고맙소. 벌써 30년이 지났구려. 그동안 고생 많이 했소."

하면서 목걸이를 목에 걸어준다.

이때 은은한 결혼 웨딩 마치가 흘러나온다.

곡이 끝나는 것을 신호로 A코스 요리가 나오기 시작한다.

아내는 놀라고 감동한 모습으로 눈가가 촉촉이 젖는다.

상상해본다. 고개를 설레설레 저었다.

'유치하다. 진부하고… 아내에게 쓸데없이 돈만 많이 썼다고 핀잔 듣기 꼭 좋지. 그 돈 차라리 현금으로 날 주지! 하면서 눈만 흘길 것 같아…….'

없을까? 뭐 참신하고도 감동적인 거?

머리를 싸매고 고민하다 최상의 방법이 떠올랐다.

그거다! 딸에게 전화하는 거다!

회사에 입사하여 바빠 죽는다는 딸에게 부드러운 목소리로 전화를 하였다.

"왜, 아빠. 무슨 일 있어?"

생뚱맞게 웬일이냐는 듯이 사무적으로 응대하는 딸에게 별안간 닭살 돋는 서두를 꺼내기가 어색해,

"응, 그냥. 오늘 아빠가 저녁 사줄까 하고……."

"엄마는?"

딸의 반문에 은근히 발이 저려,

"아니, 네가 요즘 고생하는 것 같아 너에게 맛있는 거 사줄까 하고… 엄마한테 비밀로……."

딸은 끄응 하며 미심쩍다는 듯,

"엄마하고 무슨 일 있어?"

무언가 불안한 듯 탐색하는 말투다.

"아니, 아니. 그냥 너만 나와라."

딸은 시큰둥하게 대답하고는 약속한 시간보다 20분이나 늦게 나왔다. 바쁘긴 바쁜 모양으로, 식당에 들어서도 허둥지둥하는 모습이 입사 초기의 신입사원들이 얼이 빠져 좌충우돌, 우왕좌왕 허둥대는 모습을 그대로 보는 것 같아 싱긋이 웃음이 나왔다.

'저 나이 저맘때란…….'

딸에게 이것저것 여러 좋은 격려의 말을 해주고 본론으로 들어갔다.

10월 15일이 엄마 아빠의 결혼 30주년 결혼기념일이다. 올해만큼은 엄마를 매우 감동시키는 이벤트를 하고 싶다. 참신하고 감동적인 아이디어를 부탁한다. 엄마에게는 절대 비밀이다. 시간이 얼마 남지 않았다…….

딸의 표정이 그제야 편안해지는 것 같았다. 딸의 첫 질문은 영락없는 요즘 젊은이였다.

"비용은?"

일단 비용은 걱정하지 말고 플랜이나 잘 생각해보라고 했다. 그리고는 두둑하게 용돈을 손에 쥐어주었다. 이건 비밀 컨설팅이다. 다시 다짐을 했다.

"엄마한테는 절대 비밀이다. 꼭 의리 지켜야 한다. 알았지?"

딸은 엄마와 서로 못하는 말이 없다는 것을 평생 보아와서 믿기가 어려웠지만, 이번에는 엄마를 기쁘게 하는 일이니 딸도 동참해줄 거라는 계산이 섰다. 딸은 눈을 찡긋하였다. 엄지손가락을 위로 세우며 '엄지 척'을 하고는 손바닥을 위로 쳐들었다. 나는 그 손바닥을 마주치며 "파이팅!" 외쳤다. 하이파이브는 서로 은밀한 음모가 성립되었음을 손바닥의 공명을 통해 선언한 무언의 사인이었다. 마음이 한결 편해졌다.

며칠이 지났다. 딸에게 아무 소식이 없어 궁금했다. 초조함을 못 이겨 전화를 먼저 한 것은 또 내 쪽이었다.

"뭐, 나온 것 없냐?"

"웅… 근데 어렵네…… 요즘 애들 하는 걸로는 엄마나 아빠가 맘에 안 들어 할 거고… 정서가 영 우리 세대하고 달라서요……"

이틀이 지난 후 딸에게서 전화가 왔다. 둘이 비밀리에 만난 자리에서 딸은,

"아빠. 두 분 결혼식 CD를 보았는데, 축가 부른 사람이 김수정 씨던데 맞아요? 듀엣으로 부르던데, 기가 막히더라고요. 기억나세요?"

기억을 되살려본다. 그렇지, 김수정 씨였지. 그리고 그 곡. 어찌 잊으리. 뮤지컬 〈오페라의 유령〉 중 〈올 아이 에스크 오브 유All I ask of you〉였다. 아내가 특별히 요청한 곡이었다.

아내와의 결혼식 장면이 아련히 떠오른다. 30년 전······.

추억의 고전 같은 장면이겠지만, 당시의 결혼식에는 패턴이란 것이 있었다. 신랑 신부 입장, 성혼선언문 낭독, 주례사, 사진 촬영, 폐백··· 끝. 그 가운데 축가와 사회자의 장난기 섞인 이벤트······.

손님은 양가 부모의 지인이 많아, 부모님의 역량과 하객의 수가 거의 비례했다.

우리는 그런 결혼식을 거부했다. 주례를 거부했고, 초대장을 거부했고, 화환과 축의금을 거부했다. 주례 대신 양가 부모님이 축하와 격려의 말씀을 했고, 진심으로 모셔야 할 분만 극히 개별적으로 초청했다. 그러니 초대장이 따로 필요하지 않았다. 화환도 축의금도 사양했다.

작은 결혼식. 파격적인 결혼식이었다. 규모는 초미니의 결혼식이었지만 내용은 그 반대였다.

하우스 웨딩을 할 수 있는 공간을 구하는 것이 어려웠지만, 작은 무대가 있는 레스토랑을 점심나절 통째로 빌려 우리가 구상한 프로그램으로 예식을 채우는 것은 호사스러운 이벤트였다. 사람이 적으니 식대도 많이 들지 않았고, 친구들과 함께 만든 계획이라 참신했다. 비용은 특별히 많이 들 것이 없었다.

나와 아내는 결혼식을 위해 왈츠를 배웠다. 퇴근 후 댄스교습소에서 스텝을 맞추며 열심히 연습을 했었다. 슬로우 퀵을 할 때마다 아내의 머리칼에서 풍겨 나오던 그 환상적인 향내··· 스텝을 밟을 때마다 우리가 부부가 된다는 사실이 꿈만 같았고, 그런 황홀경에 빠져 아내와의 사랑은 더욱 깊어만 갔다.

당시에는 첨단 장비였던 드론을 친구가 가져왔다. 드론이 붕붕거리며 파노라마 영상을 찍어 라이브로 스크린에 상영할 때, 하객들은 올림픽 개막식에 온 것 같은 환상을 보는 듯했다고 했다.

양가 아버지들의 축사와 격려의 말씀 또한 압권이었다. 축가는 한 곡이 아니었다. 맨 첫 곡은 신혼의 아들 내외에게 불어주신 아버지의 색소폰 연주.

당신이 나를 일으켜주기에, 난 산 위에 우뚝 설 수 있습니다.
당신이 나를 일으켜주기에, 폭풍의 바다도 건널 수 있습니다.
당신의 어깨 위에 있을 때 나는 강해집니다.
당신은 나를 일으켜 세워 나보다 더 큰 내가 되게 합니다.
You raise me up, so I can stand on mountains.
You raise me up, to walk on stormy seas.
I am strong, when I am on your shoulders.
You raise me up, to more than I can be.

이 곡을 부신 후 아버지는,
"제가 아들 부부를 일으켜 세워준다는 것이 아닙니다. 바로 아들 부부가 저를 일으켜 세워주고 있기에 이 곡을 불었습니다."
라고 하여 나와 아내와 하객들 모두를 감동시켰다.

이어서 재즈음악을 공부한 내 친구의 축하 피아노 연주. 그는 우리를 위해 새로운 곡을 작곡했다고 했다. 다음은 교향악단 수석 연주자의 플루트 연주 〈넬라 판타지아Nella Fantasia〉를 불었었지. 플루트로도 저 곡이 저렇게 아름답게 흐를 수 있다니……

그리고 마지막 축가로 김수정 씨가 〈오페라의 유령〉 중 〈올 아이 에 스크 오브 유〉를 듀엣으로 불렀다.

내가 당신에게 바라는 것

All I ask of you

당신이 깨어 있는 모든 순간 나를 사랑하고 있다고 말해주세요.

아름다운 이야기로 나를 위로해주세요.

내가 당신과 지금 그리고 항상 함께 있었으면 좋겠다고 말해주세요.

당신이 말하는 것은 모두 다 진실이라고 약속해주세요.

그것이 내가 당신께 바라는 전부입니다.

Say you love me every waking moment,

turn my head with talk of summertime.

Say you need me with you now and always,

promise me that all you say is true,

that's all I ask of you.

가수 김수정 씨. 맞다. 지금은 오페라의 디바, 한국의 프리마돈나로 유명한 세계적인 가수. 요즘 그분을 개인적으로 만난다는 것은 감히 상상도 할 수 없는 유명인사지만, 그때 그녀는 무명의 학생이었다. 김수 정 씨는 부모님들끼리 아는 분이라 하여 초청되어 왔었다고 들었다.

이어진 우리의 왈츠 무대는 그날의 하이라이트였다. 그 황홀하고 달콤했던 조명과 선율……

그 곡 〈당신을 사랑한 그 누구Who you love〉… 가수가 당시 인기 있었던 존 메이어였던가? 하객들은 모두 열렬한 기립 박수를 보내주었다.

"아빠!"

정신이 번쩍 들었다.

"그래서 생각해봤는데요. 기막힌 생각이 났어요. 김수정 씨를 초대해서 결혼기념일에 출연시키는 거예요. 그리고 아빠 결혼식 때 초청했던 신랑 신부 친구들과 축가를 연주했던 분들을 모두 불러서 30년 전 결혼식을 리바이벌하는 거예요. 엄마에게는 절대 비밀로요. 어때요?"

"……"

어안이 벙벙했다. 가능한 일일까? 어디서부터 시작해야 할지 모를 일이었다.

"친구들이야 그렇다 치고, 김수정 씨가 올 수 있을까? 그 바쁜 분이. 그리고 그 연락들을 어떻게 하니? 엄마 친구들에게 말하면 금방 다 들통 날 텐데……"

"그건 염려 마세요. 엄마에게 적당히 둘러대서 엄마 친구들 전화번호 알아낼 수 있어요. 제가 전화할게요. 아빠 친구분들은 아빠가 알아서 하시면 되잖아요."

"김수정 씨는?"

"제가 간곡히 부탁해볼게요."

"오실 수 있을까? 그리고 다른 축가 부른 친구들도?"

나는 믿어지지 않는 마음으로 고개를 갸우뚱했다.

"하여튼 아빠가 연락처만 알려주세요. 제가 연락해볼게요."

내심 놀라지 않을 수 없었다.

'이 녀석이 누구 닮아 이렇게 저돌적으로 배짱인가?'

딸의 도전적인 모습이 새삼 대견스럽기도 하고 겁나기도 하였다. 아무튼 딸 계획대로만 된다면 30주년 결혼기념일은 대박에 틀림이 없을 것이다.

시나리오를 상상해본다.

아내에게 결혼기념일 저녁이나 먹자고 시큰둥하게 이야기한다.

아내가 어디 갈 거냐고 물으면,

'그냥 맛있는 거 먹지 뭐. 어디 가면 별수 있나'

하며 능청을 떤다.

아내가 한심하다는 듯 눈을 흘기면,

'그냥 나한테 맡기고 따라오기만 해요. 배불리 먹여줄게.'

하면서 가능한 한 멋대가리 없는 결혼기념일 거라고 기대를 차단한다.

결혼기념일 당일. 아내와 우선 카페에서 만나 커피 한 잔을 하고, 딸과 휴대폰으로 몰래 연락을 주고받으며 준비 상황을 살핀다.

딸한테 'OK' 사인이 오면 나는 아내의 손을 잡고 천천히 레스토랑에 들어선다. 조명이 까맣게 꺼져 있다.

아내가 어리둥절, 반신반의, 뭐가 뭔지 모르고 식당 안에 들어서는 순간, 일제히 불이 켜지며

"서프라이즈!"

라고 소리친다.

깜짝 놀라는 아내, 한꺼번에 나타난 그리운 얼굴들, 음악과 함께 터져 나오는 팡파레…….

"결혼 30주년을 축하합니다!"

상황을 알아차리고 아내가 눈물을 글썽거리는 찰나, 손에 꽃다발을 든 친구들이 모두 다가와,

"축하한다. 정말 축하해!"

하며 건네며 얼싸안는 감격스러운 모습…….

아내는 혼이 빠지고 그 공백에 기쁨과 감동이 가득 메워지게 된다.

이어지는 식사와 그 옛날의 감동의 축가들,

그리고 김수정 씨의 등장과 아름다운 그 곡…….

상상만 해도 가슴이 벅차올랐다. 신나는 상상이었다.

그러나 곧 현실이 된다. 나는 미소가 멈춰지지 않았다.

딸은 열심히 준비했고 가끔 차질 없이 진행되고 있다고 보고하였다.

"김수정 씨는?"

"잘될 것 같아요. 해외 공연 중인데 가능한 한 스케줄 만들어보겠다고 매니저가 연락을 주었어요. 야호! 아빠, 축하해요. 엄마 친구분들도 오실 수 있을 것 같아요. 축가 부른 분들도 다 긍정적인 답을 해오시네요. 일이 술술 풀려요."

"엄마한테는… 절대 비밀, 알지?"

"물론이죠. 그 대신 아빠, 아시죠?"

딸은 두 손가락으로 동그라미를 그려 보였다. 성공 보너스라… 나는

턱 주걱이 가슴 위에서 부러지도록 격하게 끄덕거려주었다.

D-10일.

내가 할 일을 해야 한다.

30년 전 하우스 웨딩을 했던 레스토랑은 없어졌지만, 요즘에는 라이브 공연을 하는 레스토랑이야 얼마든지 구할 수 있었다. 내가 할 일은 음향과 좌석 배치 정도였다. 오페라 가수 김수정 씨 정도라면 보통 음향으로 될 일이 아니었고 피아노 반주도 필요했다. 그러저러한 일에 잔신경을 쓰면서 식당 예약도 끝냈다.

그다음, 친구들에게 하나하나 전화해서 그날 저녁에 초대했다. 친구들도 마다할 일이 아니었다. 일부러 그럴 것은 아니지만 우선순위를 따지며 내 친구들과 아내 친구를 합하여 기념일에 맞추어 30명이면 좋겠다 싶었다.

30명 예약하고 보니 비용이 신경이 쓰였다. 또 아내 선물도 하나 사야겠고… 김수정 씨에게는? 축가 친구들에게도 가벼운 선물 하나씩? 까짓것… 돈을 죽을 때 들고 가나 뭐… 팍팍 쓰기로 거하게 마음먹었다.

딸은 그야말로 부산했다. 엄마와 우연을 가장하고 결혼 CD를 보면서 은근히 30년 전 결혼 무드를 상기시키는가 하면, 친구들 이름을 하나하나 물어 기억했다. 그러고는 몰래 엄마 휴대폰으로 번호를 확인했단다.

D-7일.

아직도 김수정 씨에게 확답이 없다. 딸은 잘될 것 같다고만 했다.

D-5일.

드디어 딸에게 김수정 씨 매니저로부터 연락이 왔다.

'가능합니다.'

나는 흥분을 감출 수 없었다. 계획이 완벽하게 진행되고 있었다.

잠이 안 온다. 30년 전 결혼식 때도 이러지는 않았다. 아내와 왈츠 연습할 때도 이러지는 않았다.

앞으로 나흘 남은 결혼기념일이 마치 진짜 결혼식 날이라도 되는 양 가슴이 두근거리며 새신랑같이 기다려졌다.

D-3일.

10월 12일이다. 단풍이 절정을 향해 달아오르고 있었다.

퇴근 후, 시침을 뚝 떼고 무심코 앉아 있노라 나름 애를 쓰고 있는 나에게 아내가 왠지 코 먹은 소리로 넌지시 말을 걸어온다.

"여보, 우리 결혼기념일이 10월 15일이잖아."

"그렇지. 왜?"

어쩐지 속이 켕긴 목소리로 되묻는 나.

"그날 우리 저녁 먹기로 했잖아……."

"그렇지."

"식당이야 어디 가든 좋은데… 점심으로 하면 안 될까?"

내심 소스라치게 놀란 나는 짐짓 숨을 가다듬고

"왜, 무슨 일 있어요?"

"응, 우리 동창들이 그날 저녁 모이기로 했거든. 하도 오래간만이라 가고 싶어서……."

이게 무슨 날벼락인가. 일부러 별스럽지 않은 저녁 약속인 것처럼 말한 게 화근이었던 모양이다.

"안 되지, 안 돼. 무슨 소리요, 우리 결혼기념일인데……."

내 목소리가 필요 이상 크게 올라가고 있었다. 아내는 처음에는 애원하듯 부드럽게 말하다가 내가 워낙 완강하게 안 된다고 하니, 급기야는 화를 내고 말았다.

"결혼기념일, 언제 그렇게 챙겨줬다고… 점심이나 저녁이나 식사 한 끼 하는 것 뭐가 다르다고……."

토라진 아내는 저녁을 안 먹겠다고 했다. 난감하였다. 그렇지만 천기를 누설할 수는 없었다. 가까스로 내가 피치 못할 점심 약속이 있어서 그런다고 둘러대고는 저녁식사를 사수하였지만, 눈앞이 캄캄했다.

동창생 모임이라고? 그러면 그날 신부 측 친구들은 빠진다는 말인가?

부랴부랴 딸에게 비상 상황을 알렸다. 선불리 말했다가는 비밀이 누설될 염려가 있으니 조심스럽게 엄마 친구들에게 확인 전화를 하라고 했다. 딸은 아내 친구들에게 급하게 전화를 돌렸다. 그랬더니 친구들은 모두 이상하다는 듯이 아내가 먼저 동창 모임에 참가하겠다고 해서 자기들은 우리 결혼기념일 저녁이 취소된 줄로만 알고 있었다고 했다.

계획이 삐그러지는 소리가 들려왔다. 아내 친구들 참석이 불가능해진 것이다. 그러면 어찌 되는 건가? 내 친구들만 잔뜩 모여서 아내에게 '서프라이즈!' 외친다? 남자 친구들끼리 모여 맥주야 와인이야 잔뜩 시켜서 축하 파티를 한다? 아내를 감동시키기는커녕 격분시키기 꼭 좋은 짓이다.

딱히 딸에게 잘못을 물을 수도 없는 일이었다. 가수 김수정 씨도, 다른 축가 연주자들도 이런 상황에서 부를 수는 없었다. 기가 막혔다. 어디서부터 일이 틀어진 것인지 알 수가 없었다. 실로 난감했다.

다시 딸을 불러내 비상 대책 회의를 했다. 시간은 이틀밖에 남지 않았다. 식당은 30명 예약을 했고 물론 예약금도 걸었다. 돈이 문제가 아니었다. 이제껏 김수정 씨나 다른 연주자들에게 결혼 30주년 기념일 행사라고 호소하여 스케줄을 바꿔가며 참여해주기로 했는데 이제 와서 갑자기 취소? 이건 아니었다. 큰일이었다. 상황 감당이 안 된다. 나는 차라리 항복해버리고 싶었다.

나는 딸에게 엄마에게 이실직고하자고 했다. 서프라이즈 효과는 없더라도 어쨌든 친구들이 모여 30년 전의 추억을 음미하는 것은 의미 있는 일 아니겠느냐. 그러면 엄마도 친구들을 설득해보지 않을까? 딸은 고개를 가로저었다.

한참을 고민하던 딸이,

"아버지, 귀 좀……."

딸은 나에게 귓속말로 자기 계획을 말하였다. 이러면 엄마가 놀라면서 매우 좋아하지 않겠느냐고…….

우리 부부는 사실 딸이 결혼을 생각지도 않고 있는 것에 내심 불안해하고 걱정도 하고 있었던 참이었다. 그런데 딸이 이제까지 남몰래 사귀던 남자친구를 그날 전격 소개시키겠다는 것이었다.

정말 놀랄 만한 일이었고, 반갑기도 한 일이었다. 괜찮은 남자라면 이보다 더 좋을 일은 없으리라…….

아내를 기쁘게도 놀랍게도 할 만한 서프라이즈가 될 것 같기도 했다. 딸은 말했다.

"아빠, 제가 30명 레스토랑 예약이랑 다른 분들 약속은 취소할게요. 다 제 책임으로 정중하게 사과하고 여러 사정을 예쁘게 말씀드릴게요. 아빠는 그냥 엄마 모시고 근사한 저녁식사 하시자고만 하고 오세요. 그다음은 제가 알아서 하겠습니다. 걱정하지 마세요. 제가 두 분 만족스럽게 잘하겠습니다."

달리 방법이 있을 것이 없었다. 그런 비상 계획이라도 마련해준 딸이 고마울 따름이었다.

딸과 헤어지고 나는 한참을 혼자 걸었다. 아내와의 30주년 결혼기념일…….

그 하루가 별스러울 것은 없었다. 하지만 왠지 쓸쓸하고 허무하다는 생각이 밀려들었다.

기를 쓰고 달려왔지만 종착점은 여전히 안 보인다. 종착점이란 애당초 없는 것이었는지도 모를 일이었다. 앞서가던 수많은 주자들을 따라

잡기 위해 숨 가쁘게 뛰어왔건만, 어느 날 문득 고개를 들어보니 앞에도 뒤에도 뛰는 사람은 아무도 없고, 혼자서만 덩그러니 정신없이 달리고 있었다.

아픈 다리 쉬어갈까 싶어 길옆 모퉁이에 걸터앉는 순간, 물수건 한 장 건네주는 사람……

아내였다.

이 사람이 여태껏 나하고 같이 뛰었던가? 그런데 왜 통 보이지 않았지?

다시 바라본다.

나보다 더 아픈 다리를 부여잡고 여전히 내 뒤를 따라 뛰어온 사람…….

종착점 아닌 종착점에 왔나 보다. 그곳에 머리띠를 질끈 맨 아들이, 딸이 바통을 들고 대기하고 있었다.

세대란 강물 같은 것인가 보다. 샘물이 골짜기를 따라 흐르다 강을 만나면 그저 섞여 흐를 뿐, 어느 물이 샘물인지 어느 물이 강물인지 어찌 알 수 있으랴. 그렇게 사라져 가는 것…….

결혼식 때 신부 아버지가 하셨던 축사 말씀이 떠오른다.

"저는 오늘 한 세대가 30년이라는 말이 실감이 납니다. 왜냐하면 올해가 제가 결혼한 30년이 되는 해이기 때문입니다. 오늘로써 저는 자식에게 해야 할 숙제를 다 끝냈다는 생각이 듭니다. 홀가분합니다. 하늘을 날아갈 것 같은 기분입니다. 하지만 힘이 빠지기도 합니다. 오늘이 다시 무언가를 해야 하는 첫날임을 깨닫게 됩니다. 오늘은 딸과 사위에게 그리고 제게 정말 새로운 날이 되는 날입니다. 아마도 이 신혼부부가 결혼한 지 30년이 되면 제 말을 이해할 수 있을 것입니다……"

나는 묵묵히 걸었다. 생각하고 또 생각했다. 다시 무언가를 시작해야 하는 그것이 무엇이었을까. 바로 이것이었을까?
비로소 이해가 될 것 같았다.

아내였다. 부부였다.
자식이 떠나간 그 자리에 여전히 남아 있는 사람.
둘만 덩그마니 남았다. 우리는 처음 출발점으로 다시 되돌아왔는지 모른다.
아내와의 새로운 시작이 시작되는 날. 자식이 떠나는 날이었으리라.

갑자기 계획이 산산조각 나니 깨달아지는 것이 있었다.
애초에 딸에게 맡길 일이 아니었다.
놀라운 깨달음이었다.

나는 은행에 가서 나의 비자금 잔고 내역을 확인했다.
그리고 보석상을 향했다. 반지를 하나 샀다. 포장을 정성껏 부탁했다.
새로운 시작이다. 그것은 내 마음의 '서프라이즈'였다.

D-DAY.
그날이 왔다.

무심을 가장했지만 아침부터 설레는 마음을 진정시키기가 어려웠다. 나는 가장 좋은 양복에 가장 화사한 넥타이를 골라 매었다. 그리고 아내에게 저녁 7시 레스토랑 앞의 카페에서 만나, 같이 들어가자고 한 약속 잊지 말라고 신신당부를 하고 아내의 손가락을 보았다. 맨 손가락이었다.

저녁 7시.

아내는 그래도 결혼기념일 30주년이라는 것을 의식했는지 화사한 옷을 입고 화장을 곱게 하고 카페에 먼저 나와 앉아 있었다.

나는 아내에게 다가가,

"이 시대에 보기 드문 훌륭한 신랑을 만나 모진 풍파에 다양한 경험, 남들은 상상하지도 못한 고난과 극복의 다이내믹한 인생을 살게 된 것을 진심으로 축하합니다."

고 말하면서 아내의 손등에 키스를 하였다. 아내는 환히 웃었다.

아내와 팔짱을 끼고 천천히 레스토랑에 들어섰다. 이런 일을 이전에 경험한 바가 없었다. 나의 뇌가 빛의 속도로 회전했다.

식사는 간단히 하는 것이 좋을까? 아니면 천천히 여유 있게 하는 것이 좋을까? 반지를 끼워주며 아내에게 무어라 말할까? 고맙다고? 미안하다고? 어떻게 해야 나의 진심이 전해질까? 반지를 보고 아내는 정말 기뻐할까? 나의 마음을 알아줄까? 아니면 화라도 낼까?

딸의 남자친구는 도대체 어떤 녀석일까? 맘에 들까? 그 친구에게 아비로서 무슨 말을 해야 할까? 아내는 어떨까? 얼마나 놀라며 기뻐할까? 아니면 서운해할까?

불과 몇 발자국 떼어 들어가는 입구에 이르기까지, 그 짧은 시간에 오만 가지 생각이 머릿속에서 동시에 명멸하였다.

입구는 컴컴했다. 문을 열고 들어섰다.

아! 그때… 갑자기 고막이 찢어지는 듯 큰 소리로 울려 퍼지는 팡파레. 그리고 우리 부부의 눈을 향해 쏘아 비치는 서치라이트의 눈부신 불빛.

앞이 보이지 않았다.

어찌할 바를 모르고 손으로 눈을 가리고 서 있는 우리에게 일제히 터져 나오는 함성.

"서프라이즈! 결혼 30주년을 축하합니다!"

눈의 망막을 정돈하고 나서야 앞이 밝아왔다.

그때 눈에 들어오는 사람들.

흰머리가 성성해지고, 뺨에 주름살이 자리 잡은 초로의 신사 숙녀들. 30년 전 하객으로 축하해준 내 친구들과 아내 친구들이 그곳에 모두 앉아 있었다.

영문을 알 수 없었지만 가슴이 마구 뛰었다.

뒤통수를 얻어맞은 듯했다. 짚이는 것이 없는 것은 아니었다.

딸, 고것이… '걱정하지 마세요. 제가 두 분 만족스럽게 잘하겠습니다'라더니…….

검은색 정장을 입은 딸이, 마찬가지로 검은색 정장에 흰색 나비넥타이를 맨 젊은 청년과 함께 우리 내외를 좌석으로 안내해주었다. 앉을 때까지 박수가 그치지 않았다. 이어서 이어지는 의기양양한 딸의 멘트.

"지금부터 저의 아버지와 어머니의 결혼 30주년 기념 행사를 개최하겠습니다. 먼저 축배를 들겠습니다. 모두 테이블 위에 있는 와인을 들어주시기 바랍니다."

그때 무대 위에서 베르디의 〈축배의 노래〉를 부르기 위해 등장하는 저 듀엣. 한국의 프리마돈나 김수정 씨였다.

뇌 속에서 아드레날린과 엔도르핀이 동시에 분비되는 듯, 목과 가슴이 먹먹하여 말을 할 수가 없었다.

그것을 단순히 '감동'이라는 단어로?

축배가 끝나자 딸은 아내를 무대로 불렀다.

쑥스럽다는 듯, 믿어지지 않는다는 듯 아내가 무대 위에 섰다.

놀라서 서 있을 수도 없을 아내가 손님들을 한번 둘러보더니 인사말을 하였다.

"여러분, 진심으로 감사합니다. 오늘 이 자리를 위해 정말 오래 기다리고 준비했습니다. 30년간요……. 지금 제 남편은 깜짝 놀라고 있을 거예요. 그렇지요. 이제까지 결혼기념일이 되면 남편에게 뭐 해줄 거냐고 졸랐죠. 남편은 무뚝뚝하지만 그래도 저에게 선물을 해주곤 했어요. 늘 고생시켜서 미안하다고 했죠. 그렇지만 아니었어요. 정말 고생한 건 남편이었고, 오늘의 행복 또한 전적으로 남편 덕분이라는 걸 제가 잊을 수는 없었지요. 저는 30주년 결혼기념일만큼만은 남편에게 멋진 선물을 해주고 싶었어요. 그래서 오늘 이 자리의 모든 것을 계획하고 준비하여 딸에게 부탁했습니다. 딸은 충실히 계획을 이행해주었어요. 여러분 모두 비밀을 지켜주어 정말 고맙습니다. 오늘 30년 전 우리의 작은 결혼식으로 돌아가고 싶어요. 그날 축하해주신 여러분 정말 감사드리고요. 다시 한번 그날을 회상하면서 행복한 저녁이 되시기 바랍니다."

아내가 잠시 말을 멈추고 날 바라보았다. 짧은 침묵을 깨뜨리며 이어지는 말.

"여보, 사랑해요. 지금 이 순간 정말 행복합니다."

아, 이 황홀한 배신감. 이 감격스러운 놀라움. 내 눈에 눈물이 흐르는 것을 어찌 감출 수 있으랴……

30년 전의 예식이 다시 시작되었다. 그때처럼 친구들이 한 사람씩 차례로 일어나 축하의 말을 짤막하게 해주었지만, 그 내용의 다양함과 깊이는 비교할 것이 아니었다. 폭소 반, 감동 반, 그리고 그 위트와 유머. 나는 걸레에서, 폭군 그리고 난봉꾼이 되는 만신창이가 되었다가 끝에는 마라톤 우승자 같은 월계관이 머리에 쓰여졌다.

내 차례가 되었다. 나는 준비한 내 마음의 서프라이즈를 아내에게 선사하였다. 상상이 되지 않는 선물에 아내는 눈을 반짝이며 포장을 풀었다.

아내가 한 번도 가져보지 못했던 다이아몬드 반지……. 나는 아내의 맨 손가락에 그 반지를 끼워주었다. 내 마음의 '서프라이즈'가 아내의 마음에도 '서프라이즈'로 전달된 듯했다.

아내는 반지를 끼워주는 내 손등에 눈물을 방울방울 떨어뜨렸다.

축가는 30년 전 그대로 진행되었다. 맨 처음, 스크린에 상영된 30년 전 CD 영상… 아버지의 색소폰 연주였다.

'You raise me up……'

스크린을 바라보던 사람들이 모두 놀란 얼굴로 나를 쳐다보았다.

영상 속에서 색소폰을 부는 사람은 아버지, 그러나 바로 지금 나의 모습이었다. 30년이 지나 아버지의 그 자리에 내가 서 있는 것이었다. 바로 그 모습 그대로 강물은 흐르고 있었다.

다음 피아노 연주와 〈넬라 판타지아〉 플루트 연주… 곡은 세월이 가면서 더욱더 완숙해져 있었다.

마지막으로 등장한 사람. 누구겠는가. 소프라노 김수정 씨였다.

그녀가 마이크를 들었다.

"두 분의 결혼 30주년을 진심으로 축하합니다. 그때 뵙고 두 번째 뵙는군요. 저에게도 서프라이즈가 있답니다. 30년 전 저는 무명의 학생이었습니다. 유학을 가고 싶었지만 가난해서 갈 수가 없어 실의에 빠져 있었죠. 그때 우연히 저를 발견하고 유학 비용을 지원해주신 분이 바로 오늘의 주인공 신랑의 부모님이었습니다. 그분들은 저를 지원해주셨지만, 누구에게도 그런 말을 하지 않으셨죠. 어느 날 딱 한 가지 부탁을 하시더군요. 바로 아들 결혼식 축가였어요. 신부가 원하는 곡이라고 하면서요. 저는 진심으로 기쁜 마음으로 그 축가를 불렀습니다. 그리고 30년 후 따님이 전화를 했더군요. 30년 전 축가를 다시 불러주실 수 있겠냐고요. 극비로요. 저는 이태리에서 모든 스케줄을 변경하고 왔습니다. 누구 때문에 오늘의 제가 있었겠어요. 제가 거절할 수 없는 단한 사람의 부탁이 있다면, 바로 오늘의 주인공들이었습니다……"

그녀는 말을 하면서 눈길을 한 번도 우리에게서 떼지 않았다. 그녀의 눈길을 마주하는 내 눈길 또한 한 번도 뗄 수 없었다.

〈올 아이 에스크 오브 유〉가 시작되었다.

이제 어둡고 무거운 얘기는 하지 말아요.

모든 두려움을 잊어버려요.

내가 여기 있으니, 아무도 당신을 해칠 수 없어요.

내가 당신을 따뜻하고 편안하게 지켜줄게요.

당신을 자유롭게 해드릴게요.

햇살이 되어 당신의 눈물을 다 마르게 하겠어요.

내가 여기, 당신의 바로 곁에 있잖아요.

당신을 지켜주고, 당신을 이끌기 위해서요.

No more talk of darkness,

forget these wide-eyed fears.

I'm here, nothing can harm you,

my words will warm and calm you.

Let me be your freedom,

let daylight dry your tears.

미노스의 가족동화

I'm here, with you, beside you,

to guard you and to guide you.

30년 전 아내가 요청한 곡이었다. 그러나 오늘은 내 마음의 '서프라이즈'를 노래하고 있었다.

레스토랑은 숨소리 하나 들리지 않는 콘서트장이 되었다. 그녀의 고음은 청중을 정전기로 감전시킨 양 온몸의 털을 거꾸로 하늘을 향하여 곤두서게 하는 것이었다.

연주를 마친 김수정 씨가 나와 아내에게 다가왔다.

국제적인 무대 매너가 몸에 밴 듯, 프리마돈나는 세련된 자세로 우리에게 고개를 숙여 인사하고 아내와 내 손에 키스를 하였다. 그리고 예쁜 봉투를 선물이라 하면서 테이블에 놓고 갔다.

그분이 저에게 베풀어주신 축복의 100만분의 1의 축하입니다. 서프라이즈!

오! 그것은 오늘의 결혼기념 식사비를 모두 지불했다는 카드였다.

딸이 소개한 남자친구는 정말 맘에 들었다.

정확히 30년. 강물은 변함없이 흐르고 있었다. 아내의 그 만족해하는 모습이란……

나는 남자친구를 소개하는 딸에게 눈을 부릅뜨고 말했다.

"너, 절대 비밀 엄수하기로 약속했잖니!"

딸이 굴하지 않고 말했다.

"엄마가 먼저 컨설팅 제안을 했어요. 저는 엄마와 아빠의 비밀을 누구에게도 누설하지 않았답니다. 서프라이즈! 결혼을 축하합니다."

나는 딸에게 눈을 찢어지게 흘겼다. 하나도 믿지 않았다.

백년고택

백년고택.

소나무 숲을 등지고, 널찍한 남향의 앞마당이 자리 잡고, 동쪽으로 솟을대문이 나 있는 고택은 전형적인 한옥의 고전으로 알려질 만했다.

대청을 이루며 양 끄트머리에서 저고리 소매같이 살짝 올려지며 마무리를 장식하는 기와지붕이나, 길게 이어지면서도 구비마다 층을 이룬 운치 있는 담장이나, 처마 밑에 정연하게 하늘로 내뻗은 서까래, 그리고 기둥마다 걸린 주련을 바라보고 있노라면, 그 옛날 대목들의 기술은 예술의 경지라는 감탄을 하게 된다.

마을 어귀에서는 전혀 보이지 않다가 동그란 야산의 모퉁이를 돌아서면 별안간 나타나는 이 고택은, 반듯하면서도 격이 살아 있는 잘생긴 한량 같은 모습의 집이었다.

좋이 100년은 되었으리라……. 그 세월만큼 얽힌 사연 또한 처마에서 떨어지는 낙숫물에 깊게 파인 빗방울자국같이 있을 터였다.

'ㅁ' 자형의 아흔아홉 칸 집. 본채를 보면 정승 댁처럼 고고한데 담장과 정원은 기생집을 연상시키듯 요란스럽게 치장한 그 부조화 또한 묘했다. 이런 불균형을 보고 식견 있는 건축가라면 고개를 갸웃거린다. 이 집을 지은 애초의 주인은 학식이나 지체 높은 양반은 아닐 것이라고 짐작한다. 서화를 아는 문인도, 고고한 선비도 아닌, 예인藝人이거나 아니면 무식하지만 허영심이 있는 졸부猝富, 기인奇人이 아닐까 의심한다.

정원뿐만이 아니었다. 아흔아홉 칸이라는 것이 방 칸 수가 아닌 길이 단위 규모를 말한다 하여도, 그 많은 방에 그림을 걸어 장식해 놓았다고 했다. 어떤 방은 산수화, 어떤 방은 문인화, 또 화조도, 춘화……. 그중의 어느 방은 벽 전체에 그림을 그린 벽화가 있다는데, 그 벽화를 본 사람은 없다는… 풍설도 있었다.

서예 작품이 없는 것이 주인의 학문 수준을 말해주는 것이리라. 그리하여 지금은 거의 없어졌지만, 방 안에 걸려 있는 그림에 관심이 있어 백년고택을 찾는 사람도 많았다고 했다.

어쨌든 아낌없이 돈을 써서 격과 멋을 갖춘 고옥으로서의 가치를 집 주인의 품격과 연관 지을 일은 아니었다. 젓갈 장사로 거부가 되었다는 이 집 주인은 마을에서는 진사 어른이라고 불러주었다는데 그것도 바로 돈 덕분이었다.

진사 댁 땅을 밟지 않고는 장에 갈 수가 없었다는 말이나, 주인이 말 타고 마을을 돌아다닐 때면 동네 아이들이 뒤를 졸졸 따라다니며 말똥을 땔감으로 가져갔다는 말이 아직까지 전해지고 있는 것을 보면 어느 정도 부자였는지 짐작이 간다.

어떻게 그렇게 큰돈을 벌었을꼬?

집주인은 돈 쓰는 통이 있어 시도 때도 없이 손님을 불러 연회를 벌였다고 한다. 그런 술잔치 끝에 얻은 것이 퇴락한 양반들의 그림이었던가.

기생놀이야, 한량놀이야, 시화놀이야 하며 돈을 물 쓰듯 써서 인심을 잃지는 않았다.

진사가 죽고 나자, 인물 잘난 외아들은 한술 더 떴다. 서울로 올라가서 그림 공부한답시고 허랑방탕한 생활에, 나중에는 무슨 사업을 한다고 들락거리다가 갑작스레 죽었다고 한다.

순식간에 그 많던 땅과 재산도 사라졌다. 그리고 지금은 손녀, 그 허랑방탕한 아들의 큰딸이 홀로 이 고택을 지키고 있었다.

큰딸은 대학도 나왔는데, 미모도 있고 교양도 있어 혼처도 더러 나왔을 법한데, 독신을 고집하며 백년고택에서 홀로 살고 있다고 했다. 사랑채 한 동을 잘 꾸며, 산삼, 더덕, 하수오 등 희귀한 약초로 빚은 약주를 판매하는, 말하자면 전통카페를 운영하며 살고 있었다. 호구지책인 셈이다.

고택 체험이나 카페 덕분에 생계에 어려움은 없다고 하나, 예전 부잣집 손녀 시절의 호사와 비교하면 그저 처연하다고나 할까…….

이 고택에 가끔 부동산 중개업자가 방문하곤 했다. 집을 몇 년 전부터 매각하고자 내놓은 것인데, 워낙 덩치가 큰 집이어서 임자가 냉큼 나타나지를 않고 있었다.

활용도는 얼마든지 있을 법했다. 한정식 집, 한옥 카페는 말할 것도 없고, 미술관이나 한옥 게스트하우스도 얼마든지 가능할 만한 고택이니… 문제는 값이었다.

고집 센 딸은 시가의 세 배를 요구하고 있다고 한다. 부동산 중개업자는 그건 말도 안 된다고 했다. 서울의 기획 부동산에서도 두 배까지는 수용하겠는데 세 배는 도저히 아니라고 했다고도 했다. 더구나 이 까다로운 여주인은 집을 사자는 사람이 오면, 사람만 보고서 저 사람에게는 안 팔겠다고 고개를 설레설레 흔들고는 집 안으로 들어가버려 사람들을 민망하게 만들기도 했다.

집의 내력만큼 까다로운 조건이었으나, 그만큼 신비감이 더해져 어쨌든 흥정이나 해보자고 찾아오는 사람이 없는 것은 아니었다. 중개업자가 이런 여주인을 좋게 볼 리는 없다. 형식적으로 소개는 하지만 기대하지도 적극적이지도 않았다. 큰딸 또한 시큰둥하기는 마찬가지였다.

그녀는 마을 사람들과 잘 어울리지도 않았다. 별스러운 이웃이었고, 까탈스러운 집주인이었다.

한옥의 아름다움은 설경이라던가. 소담스러운 담장 위에, 소나무 가지가지에, 살짝 들려 올라가는 기와지붕에… 하얀 눈이 내리면 눈에 파묻힌 한옥의 그 서정적인 미감이야말로 한 폭의 동양화였다. 그 설경에 반하지 않을 사람은 없었다.

눈이 내려 설경이 그윽한 어느 겨울날. 한 신사가 백년고택을 찾아왔다. 고드름이 주렁주렁 처마에 매달려 주렴을 이루는 날이었다. 물론 부동산의 소개를 받고 온 것이지만, 부동산 사장은 뻔하다는 듯 주소만 가르쳐주고는 돌아가 손님이 혼자 찾아온 것이었다.

60대 중반의 잘 차려입은 신사였다. 중절모를 쓰고 단장을 짚은 모습은 구한말 때 영화에서나 보이는 신사의 분위기였다. 예술적인 기품도 엿보였고, 단단한 카리스마 같은 것도 느껴졌다. 콧대 센 딸도 이 신사 앞에서는 왠지 옷매무새가 다듬어지는 눈치였다. 공손하게 인사하며 맞이하였다.

"어떻게 오셨는지요?"

"한옥 고택이 하도 운치가 있어 이렇게 찾아왔습니다. 파시려고 내놓았다는 말도 들어서……"

"아, 그러셨군요."

딸은 손님에게 압도라도 된 듯 얼굴에 홍조를 띠며 수줍은 표정이었다.

"한옥에 관심이 많으신 모양이지요?"

"예, 아주 많지요. 더구나 이렇게 한적한 시골에 있는, 손이 타지 않은 한옥이 아주 좋습니다. 그리고… 그림이 유명하다는 말도 들은 바 있어서……."

"……."

"그림이 정말 있습니까? 관심이 많아서요. 제가 그림 그리는 화가라서……."

"아, 그러시군요! 화가시군요……. 그림이라야 몇 점 있기는 있지요. 대단치는 않지만요."

손님은 한옥을 한번 둘러볼 수 있느냐고 물었다.

"물론이지요."

중년 신사는 사랑방, 행랑채, 동재, 서재 등 방마다 문을 열어 살피다가 방 안에 그림이 걸려 있으면 유심히 바라보았다. 그러다가,

"이 집 어느 방에 유명한 벽화도 있다고 그러던데……."

딸은 대답이 없었다.

"아닌가요?"

"그걸 어떻게 아셨나요?"

"아니, 누구에게 들어서요. 있는 것은 맞습니까?"

딸은 손님을 뚫어지게 바라보았다.

"예, 있습니다만……."

아무에게나 공개하지 않는 그림이라는 말을 하려는 듯싶었다. 그러나 그렇게 망설이다 결단이라도 한 듯,

"예… 손님께는 보여드려야겠네요. 화가시라니까요."

하면서 신사를 안내했다.

아버지가 서재라고 쓰시던 방이라고 했다. 서재는 제법 넓었다.

한쪽 면에는 시골집에 흔히 보이는 장과 책꽂이, 옷걸이 등이 걸려 있었다. 아버지의 유품이라 그런지 손을 댄 흔적이 없었다. 맞은편 벽면은 구조상 벽장이라도 있을 듯 커튼으로 가려져 있었다. 딸은 실로 오래간만이라는 듯 두 손으로 커튼 먼지를 털어내며 조심스레 걷었다.

오, 저 영묘함……

벽면 가득이 거대한 동양화 한 폭이 문득 나타났다.

산수화였다. 구부러진 노송들과 멀리 겹겹이 아스라이 보이는 산들의 음영이 조화롭게 그려진 진경산수화 그림이었다. 예사롭지 않는 명품의 아우라가 그림에 서려 있었다.

손님은 아무 말도 없이 홀린 듯 그림을 응시하였다. 그리고 그림의 이곳저곳을 살피며 마치 감정이라도 하듯 자세히 들여다보았다.

딸은 말없이 그런 손님을 바라만 보고 있었다.

●

여주인은 손님을 응접실이자 귀빈이 오면 안내하는 작은 객실로 안내하였다. 격조 있게 꾸며진 방이었다. 장작 때는 난로가 가운데 있고, 난로 옆에는 자연목을 깎아 만든 탁자와 한옥에 걸맞게 디자인한 고풍스러운 안락 의자들이 놓여 있었다.

네 명 정도 점잖은 손님이 약주를 하며 담소하기 딱 좋은 분위기의 공간이었다.

"약주라도 한잔 하시겠습니까?"

손님은 그럴 의도는 없었다는 듯 잠시 여주인의 눈을 바라보았다. 눈초리가 예사롭지 않았다. 그 눈초리에 딸은 순간 부끄러운 표정을 지었다. 그렇지만 손님은 이내 눈빛을 바꾸었다.

"그러실까요. 감사합니다."

손님이 교양 있게 고개를 끄덕였다. 여주인이 술상을 차려 내왔다. 정갈한 상이었다. 전이며 젓갈, 너비아니 등 궁중요리 몇 가지에 술병이 어우러졌다.

"하수오주입니다. 서울에서는 보기 어려운 술이지요."

여주인은 공손하게 신사에게 한 잔을 따랐다.

손님은 대범하게, 그러나 선선히 권하는 술잔을 받았다. 딸이 그 모습을 보고 미소를 지었다.

"술맛이 어떨지 모르겠습니다. 한 잔 쭉 드십시오. 서양 술은 혀로 마신다는데 우리 전통 술은 목으로 마셔야 제 맛이라는군요."

"한 잔 하시겠소?"

신사가 잔을 건넸다.

"아니에요. 저는 술을 전혀 못해요. 죄송합니다."

그러면서 얼른 받은 잔을 돌려주며 다시 술을 따랐다. 신사는 점잖게 술잔을 받았다.

"화가시라고요. 손님은 참 멋있으시네요. 사람 없는 겨울날 이런 한옥을 찾아오시는 걸 보면요. 그런데 저의 집은 아시다시피 값이 좀 비싸요. 저의 집안 사연이 있어서지요. 저희는 이 고택을 보통 한옥으로 생각하고 있지 않답니다. 특별한 가치가 있다고 보지요. 부동산에서 가격 말씀은 들으셨는지요?"

손님은 거기에 대해서는 고개만 약간 끄덕이고는 낮은 목소리로 물었다.

"어떤 집안 사연이……?"

"저의 아버지의 사연이지요."

무심히 앉아 있는 화가의 눈이 가늘게 반짝였다. 대단히 흥미를 느낄 때 보이는 반응이었다.

"아버지께서 돌아가실 때 이 집을 팔려면 값을 세 배 이상 받으라는 유언을 남기셨어요. 그만한 가치가 있다고 보신 것이지요. 그래서 그렇게 하고 있습니다. 하지만 세 배 이상 주고 사시려는 분이 아무도 없어요. 아버지 유언이라 어길 수가 없네요. 그래서 이렇게 제가 지키고 있는 거랍니다."

손님의 눈은 더 반짝였다.

"선생님은 한옥에도 식견이 대단하신가 보죠? 한옥과 그림에 그렇게 관심이 많으신 걸 보면요. 더구나 눈이 내린 이런 날 찾아오신 걸 보면… 저의 집의 가치를 아실 분 같아요. 그렇죠?"

"예, 좋아합니다. 아주 좋아하죠. 그런데……."

화가가 정색하고 물었다.

"아버지는 어떻게 돌아가셨나요?"

딸 또한 정색하면서 말했다.

"저의 아버지요… 말씀드리기 창피하군요……. 아버지는 객사하셨어요. 집안에 망조가 들었는지… 길에서 돌아가셨죠. 왜 돌아가셨는지는 잘 몰라요. 그렇게 연락만 받았거든요."

"어떤 연락이었나요?"

이번엔 손님의 눈을 쳐다보는 딸의 눈이 가늘게 반짝였다.

"단지 돌아가셨다는 연락뿐, 이유를 말해주는 사람이 없었어요. 그게 의문입니다. 무슨 비밀이 있었던 것 같아요. 무엇인가가 숨겨진 채 돌아가셨어요."

딸이 술 한 잔을 따라 또 손님에게 권했다. 손님은 술잔을 입술에 조용히 대고는 서서히 마셨다. 딸의 말을 한마디도 놓치지 않고 신중히 경청하고 있었다. 대화에 이렇게 집중해주는 손님 앞에서는 이야기할 맛이 난다. 그런 사람이 흔치 않다는 걸 잘 알기 때문이다. 딸이 수줍은 듯 송구스러운 듯 말했다.

"그런데… 손님께서는 그래도 이 집을 사실 수 있겠습니까?"

중년 신사는 여주인을 가만히 바라보곤 작은 미소를 지으며 조용히 고개를 끄덕였다.

"워낙 가치 있어 보이고, 예풍이 있군요. 참 드문 집입니다. 이런 집은 어디서도 볼 수 없지요."

"정말이세요? 정말 고맙습니다. 손님께서 사신다면 준비를 해야죠. 술이 과해지면 실수할지도 모르니까요. 그다음에 편하게 저의 집안과 아버지 말씀을 해드리지요. 집을 사시지 않을 분에게 하기에는 창피한 얘기라서요."

여주인은 부랴부랴 계약서와 도장 등을 준비해 왔다. 손님은 서슴지 않고 도장 날인과 서명을 했다. 가격 또한 한번 힐끗 보고는 더 이상 따지지 않았다. 오랫동안 팔리지 않던 유서 깊은 백년고택이 새 주인을 맞는 새로운 장이 열리는 순간이었다.

계약이 성사되자 딸은 흥분되는 듯했다. 붉게 달아오른 얼굴로 새로운 술병을 한 병 가져왔다.

"이렇게 저의 집을 알아보는 임자를 만나니 너무도 고마워서 제가 한턱 대접 드리지 않을 수가 없네요. 감사합니다. 이건 백 년 된 산삼으로 담은 산삼주예요. 언젠가 이 집을 사시는 분에게 대접하려고 오랫동안 귀하게 보관해 온 술이랍니다. 오늘 정말 주인을 만났습니다. 한잔 하시죠."

딸은 술잔에 가득 산삼주를 따랐다. 흥분한 탓인지 손이 가늘게 떨렸다. 손님이 한 잔을 마셨다.

"술맛이 예사롭지 않네요. 백년고택에 어울리는 깊은 맛이 있군요. 백 년 된 산삼이라… 신선이 되겠군요."

신사는 선선하게 웃었다. 딸에게 술잔을 건네려 하자 딸은 완강하게,

"아니에요. 말씀드렸지만 저는 정말 술을 못해요. 술집을 하면서 술을 못한다면 못 믿으시겠지만 사실이에요. 손님들이 즐겁게 술을 마시고 또 마시면서 제 이야기를 들어주시면 그게 가장 큰 즐거움이에요."

하며 한 잔을 더 따라주었다. 신사는 여유가 있었다.

"중국에서는 좋은 술은 짝이 되어야 된다고 짝수로 마시는데, 우리는 홀수로 마시는 법이지요. 홀수가 귀한 거니까……."

손님은 한 잔을 더 마셨다.

"제 이야기 들어보실래요? 제 아버지 이야기요."

새 주인이 석 잔 술에 취기가 오는 듯 얼굴에 약간 붉은 기가 있는 것을 보고 옛 주인이 말했다.

남자는 고개를 끄덕끄덕하며 여자의 이야기를 기다렸다.

●

"우리 아버지는 형편없는 난봉꾼이었습니다. 천하의 망나니였죠. 어머니 속을 얼마나 썩였는지 몰라요. 할아버지는 이 마을에서 제일 갑부였는데 배우지를 못했어요. 장사에는 귀신이었죠. 엄청난 돈을 벌어 아낌없이 이 고택을 지었어요.

아버지는 참 좋은 분이었어요. 그렇지만 돈 많은 할아버지 밑에서 아버지 또한 공부를 하지 않았어요. 멋대로, 제멋대로 자라신 것 같아요. 할아버지 성품을 닮아서 인심 쓰고 돈 쓰는 데 아무도 말릴 수가 없었대요.

인물 훤칠하고 성격도 좋으셨어요. 풍류도 많아서 창도 그림도 제법 하셨어요. 어떤 때는 화가들을 잔뜩 모셔다 그림 배운다고 몇 날 며칠 술판 벌이시고 그림 몇 장 얻곤 하셨죠. 서울 출입도 잦았습니다. 기생이다, 마작이다, 술이다, 춤이다… 환락이라면 다 즐기셨어요. 돈을 그렇게 다 쓰고 돌아다니셨지요. 아버지는 친구들 사이에 봉이고 물주였을 거예요. 어머니는 그런 아버지 얼굴도 제대로 못 보았어요. 어머니에게는 정말 못마땅한 남편이었겠죠.

그러나 딸에게는 아니었어요. 저에게는 그보다 좋은 아버지는 없었어요. 저를 정말 예뻐해주셨죠. 제가 원하면 뭐든지 들어주는 아버지셨어요. 아버지가 엄마 몰래 사다 주신 빨간 구두, 마음 설레는 크리스마스 선물… 아버지는 저에게 늘 산타클로스 할아버지였죠. 딸 바보… 아버지는 첫딸인 저를 누구보다도 사랑했지요. 저 또한 아버지를 좋아했습니다. 그러잖아요? '아버지는 딸의 첫 번째 연인이고 아들의 첫 번째 영웅'이라고요.

그랬어요. 아버지는 저의 첫사랑이었어요.

아버지는 늘 어디선가에서 알 수 없는 일을 하셨어요. 저희들에게도 말하지 않은 걸 보면 좋은 일은 아닌 것 같았어요. 그러나 저는 알아버리고 말았습니다. 재주라고는 별반 없는 저를 굳이 미대로 보내면서 유난히 좋아하시더군요. 아버지는 이름 없는 밀실의 화가가 되신 것이었어요."

딸은 화가의 눈치를 살폈다. 아버지가 화가였다는 말에 상대방의 반응이 궁금한 듯했다. 화가는 덤덤한 표정이었다.

"아시겠어요? 밀실의 화가? 미술품 위조를 하는 것이죠. 미대를 다니면서 아버지와의 대화 속에서 저는 간파하고 말았답니다. 미술품 위조는 조직적으로 하더군요. 공급책, 위조책, 유통책… 위조책도 전문화되어 있어요. 동양화, 서양화는 말할 것도 없고, 같은 그림 속의 인물, 풍경마다 전문가가 다르죠. 진품과 구분하기란 정말 어렵습니다. 그렇게 식별할 수 있는 안목을 가진 사람이 얼마나 되겠어요? 또 그런 안목을 가진 사람들이 위조를 한다면? 진품을 구하기는 어려우니, 도록 등의 사진을 가지고 위조를 하지요. 진품을 구했다면 그건 대박이에요. 진품은 절대 유통시키지 않습니다. 위작품을 수없이 모사하여 진품이라 팔죠. 아버지는 유통책이었던 것 같아요. 그래서 저희 집에도 그림이 많죠. 아버지는 오랜만에 집에 들어오면 서재로 가서는 비밀 벽장 안에 무엇을 넣고 자물쇠를 잠그곤 했죠. 무엇이었겠어요? 그림이라는 걸 눈치로 알았습니다. 저는 딸이니까요. 그것은 황금알을 낳는 거위였어요. 하루는 아버지가 어떤 사람과 함께 서재 벽에 그림을 그리기 시작하셨어요. 저는 아버지가 비밀 벽장을 벽화로 위장한다는 걸 알았습니다. 그러고는 집을 나가셔서 소식이 없었어요.

갑작스럽게 경찰서에서 연락이 왔어요. 아버지께서 술에 취해 길에서 돌아가셨다고요. 그냥 그렇게… 그렇게 아버지는 가셨어요. 저희 집은 풍비박산이 되었습니다. 어머니는 홧병으로, 남동생은 군대 가서 사망하고… 저만 남게 되었죠……."

딸의 눈에 눈물이 가득 고였다. 눈물이 넘쳐 떨어져도 닦으려고도 하지 않았다. 마치 그것이 정직한 그녀의 감정이라고… 숨길 것도 없다는 듯…….

"그런데 아버지는 돌아가시기 전에 저에게 휴대폰으로 문자를 남기셨어요. 이 고택을 팔지 말라고… 팔려면 세 배 이상 주겠다는 사람에게 팔라고요. 저는 아버지가 재산을 다 없애고, 저를 가엾게 생각하셔서 그런 줄 알았어요. 그렇지만, 얼마 있다가 깨닫게 되었어요."

딸이 손님의 얼굴을 쳐다보았다. 손님은 고개를 숙이고 미동도 하지 않고 이야기를 듣고 있었다. 얼굴이 약간 더 붉어져 있었다.

"아버지, 아버지는요… 살해당하신 것이었어요. 조직 내의 누구에게 당한 것이겠죠. 아버지가 먼저 배신했는지는 모르겠어요. 진품을 빼돌렸던 거죠. 저는 나중에 알았답니다. 벽장 위의 그림이 여느 그림이 아니라는 걸⋯ 진품이었어요. 아버지는 그림 실력이 없었습니다. 빼돌린 진품을 위조품같이 벽장 위에 위장한 것이었습니다. 제가 그래도 명색의 미대생이었으니까요. 그걸 아는 사람은 아무도 없을 거예요. 저밖에는요⋯⋯."

손님은 얼어붙은 듯 손가락 하나 까딱하지 않고 딸의 이야기를 듣고 있었다.

"아, 또 한 사람 있겠군요. 그때 위조 벽화를 같이 그린 사람. 저는 많이 생각했어요. 아버지가 돌아가시고 난 뒤, 저는 이 집을 내놓았습니다. 많은 사람이 사려고 찾아왔어요. 하지만 시가에 세 배 값을 주고 살 사람이 어디 있겠어요. 만약에 사려고 하는 사람이 있다면 이 집이 좋아서가 아니었겠죠. 이 집에, 세 배가 아니라 열 배의 재산이 숨겨져 있다는 걸 아는 사람이겠지요. 그렇잖아요?"

딸이 손님을 쏘는 듯한 눈초리로 바라보았다. 손님도 고개를 들고 딸을 쳐다보았다. 눈동자의 동공이 동그랗게 확대되어 있었다. 딸은 아무렇지도 않다는 듯 다시 말을 이어갔다.

"저는 바로 그 사람이 아버지를 죽인 범인이라고 생각했어요. 진품을 차지하기 위해⋯⋯. 당연히 범인은 화가겠죠, 벽화를 그린⋯⋯. 언젠가는 아버지를 찾아, 아니, 숨겨진 진품을 찾아 이곳에 오리라고 믿고 있었어요. 그리고 그날을 위해 준비했어요. 백 년 된 산삼이죠. 저는 산삼주에 독을 넣었어요. 사랑했던 아버지의 한을 풀어드려야지요. 저는 아버지의 딸이니까요⋯⋯."

손님이 갑자기 "욱!" 하며 몸을 일으키려 했다. 딸을 향해 손을 뻗었지만 미치지 못했다. 딸이 낮고 침착한 목소리로 말했다.

"안 될 겁니다. 손님. 이미 석 잔을 마셨어요. 술집을 하면서 복어 알의 독을 착실히 모아두었어요. 지금쯤 목이 뻣뻣하실 거예요. 하지만 제 말은 똑똑히 들리실 겁니다. 곧 온몸이 마비되실 거예요."

손님은 의자에 앉은 채로 방바닥으로 굴러떨어졌다. 몸이 뻣뻣하게 굳어가는 것이 딸의 눈에도 보였다. 딸의 눈에서 눈물방울이 한 방울 똑 떨어졌다.

"옛날 어렸을 때 아버지가 어느 책에서 읽으셨다며 저에게 들려주신 이야기가 생각나는군요. 어린 저를 무릎 위에 앉히시고 들려주셨어요. 부모가 자식을 얼마나 사랑하는지… 도둑질하는 못된 아들이 있었대요. 아들은 도둑질한 물건을 집 안 어느 구석에 숨겨놓곤 했대요. 그런데 어느 날 갑자기 죽고 말았대요. 어머니는 아들이 숨긴 물건을 찾는 동료들에게 추궁당하다 살해된 것으로 생각했대요. 어머니는 기다렸죠, 복수를 하기 위해. 언젠가는 물건을 찾으러 이 집에 사람이 올 것이라고. 아들을 죽인…….

저도 그랬습니다. 바로 당신이었죠. 손님의 눈길은 한옥에 꽂혀 있지 않았어요. 그림을 찾으셨어요. 오늘 같은 설경의 한옥이라면 그 자체가 그림이지요. 구석 방의 벽화 그림을 찾지는 않지요.

오늘 계약서에 쓰인 집값은 세 배가 아니라 다섯 배였어요. 그런데 값에 전혀 신경을 안 쓰시더군요. 그건 저를 죽일 생각이 있었던 것 아니겠어요, 안 그런가요?

아버지가 들려주셨던 그 얘기가 왜 자꾸만 떠올랐을까요? 아버지는 자신의 이런 운명을 예견하셨을까요? 저에게 남기신 운명의 메시지였을까요?

이야기 속 어머니는 집값을 터무니없이 비싸게 불렀답니다. 그럼에도 집을 사려는 사람은 아들을 죽인 범인이라는 것이었죠. 아버지는 이 고택의 값을 세 배 이상 부르라고 했어요. 저는 비로소 아버지의 메시지를 깨달았습니다. 아버지와 딸은 그렇게 통하는 것이었어요. 모든 것이 아버지와 저만이 알 수 있는 운명의 메시지였어요. 그것이 옳든 그르든…….

그 어머니는 너무나도 아들을 사랑하여, 죽고 싶었지만 죽지 않고 외롭고도 괴로운 삶을 살아온 그리움의 화신이었을 거예요. 저처럼…….

저는 이제 한이 없습니다. 아버지 원수를 갚았으니까요. 아버지는 저의 '첫 번째 연인이자 마지막 사랑'이었지요. 어머니만 아들을 그렇게 사랑하는 것만은 아니랍니다. 딸도 아버지를 그렇게 사랑할 수 있답니다. 당신은 오늘 당신이 그토록 좋아하는 한옥 고택에서 생을 마감할 거예요. 설경이 있는 백년고택에서 화로 불빛에 반해 난로를 껴안고 죽는 거죠. 마치 불후의 거장 장승업처럼… 얼마나 낭만적인 화가의 죽음인가요, 그렇죠?"

딸은 중년 신사를 향해 난로를 발로 걷어찼다. 장작 불꽃과 함께 불꽃송이들이 손님의 몸을 휘감아 덮었다. 손님은 미동도 하지 못했다. 이윽고 불길은 마른 기둥과 탁자를 혀로 삼킬 듯 휘감기 시작했다. 백년 된 고택의 나무 기둥들은 기다렸다는 듯이 불꽃을 빨아들였다. 파랗다가 붉다가 노랗다가 주홍색으로 물드는 화려한 불꽃들의 색깔, 밝았다 어두워지다 다시 환해지며 너울거리는 불빛들의 현란한 빛깔…… 화가는 수십 편의 진경 그림을 보았다. 그림 너머 어른거리는 아버지와 딸의 그림자를 배경으로 한……

  아침이 밝았다. 눈이 두텁게 쌓인 백년고택의 아름다운 바깥 설경은 변함이 없었다. 하지만 작은 객실 내부는 다 타서 재만 남아 있었다. 두 시체와 함께…….

* 이 작품은 오래전 읽었던 한 단편소설에서 모티프를 얻어, 딸을 위해 창작하였습니다. 작중 인물 집주인이 "아버지가 들려주셨다"며 손님에게 전해주는 이야기가 바로 그 소설의 내용입니다.

랄랄라 시계마을

저 먼 나라 서쪽 작은 마을에는 시계를 만드는 사람들이 모여 살고 있었습니다. 그곳 마을 사람들은 할아버지의 할아버지의 할아버지 때부터, 아니 몰라요, 언제부터인지… 그냥 아주 오래오래 옛날부터, 세상에 시계가 처음 나왔을 때부터, 시계만 만들어 살고 있었어요. 할아버지, 아버지, 아저씨, 아들 모두가 시계를 만들어 팔고 있죠.

시계마을 사람들이 만드는 시계는 너무 신기해서 세상 사람 모두가 그 마을에서 만드는 시계를 갖고 싶어 했습니다. 하지만 그 마을에서 만드는 시계는, 그 마을에 가지 않으면 살 수가 없답니다. 또 그 마을에서 시계를 가지고 나올 수도 없답니다.

왜 그럴까요? 이제 그 이야기를 해줄게요.

한 나이 든 나그네가 시계마을을 찾아왔습니다. 멀리멀리에서 물어 물어 찾아왔어요. 시계마을 입구에 들어선 나그네는 깜짝 놀랐답니다. 자기처럼 시계를 사려고 시계마을을 찾아온 사람이 많아서였지요. 사람들은 길게 줄을 서서 시계마을에 들어가려고 하였습니다. 나그네도 하는 수 없이 맨 끝줄에 서서 순서를 기다렸습니다.

나그네는 앞에 서 있는 할머니에게 물었습니다.
"언제부터 줄을 서서 기다리셨나요, 할머니?"
할머니가 말했습니다.
"사흘은 됐지요."
나그네는 깜짝 놀랐습니다.
"사흘요?"
나그네는 발뒤꿈치로 서서 길게 선 앞줄을 보았어요. 그리고 슬그머니 앞줄로 가서 기다리고 있는 아주머니에게 넌지시 물었어요.
"아주머니는 얼마나 기다리셨어요?"
그랬더니 아주머니는,
"세 시간째 기다리고 있는 거예요."
하시는 것이었어요.
"예?"
나그네는 어리둥절하였어요.

과연 얼마나 기다려야 저 시계마을에 들어갈 수 있을까요? 나그네는 영문을 알 수 없어 포기하고 돌아갈까 망설였지만, 멀고 먼 곳에서 찾아온 시간이 너무 아까웠어요. 그래서 기다리기로 하였습니다.

줄을 서서 기다리고 있으려니 배가 고팠어요. 다리도 아팠어요. 힘이 들어 얼굴에 주름이 생기는 것 같았고, 눈이 퀭하고 들어가는 것 같았어요. 그러나 줄을 선 사람들은 아무도 포기하지 않고 있었습니다.

나그네가 할머니에게 물었습니다.

"할머니, 할머니, 왜 시계를 꼭 사려고 하세요? 이렇게 기다리는 사람이 많은데… 다음에 사시면 안 돼요?"

할머니는 나그네를 물끄러미 바라보며 웃었습니다.

"이 마을 시계가 무슨 시계인지 모르고 오셨수?"

얼마나 시간이 지났을까요? 드디어 나그네가 마을 입구에 서게 되었습니다. 입구에서는 젊은 사람들이 시계를 팔고 있었는데, 연신 싱글벙글 깔깔깔깔 웃으며 팔고 있는 것이었습니다.

기다렸던 사람들은 시계를 사자 모두 손목에 차고 마을로 들어가는데, 그들도 싱글벙글 웃으며 마을에 들어가는 것이었어요.

순서가 되어 나그네는 마을의 젊은 사람 앞에 섰습니다.

"여기 처음 오셨나요?"

"예, 그런데요."

"그러면 이 마을이 어떤 마을인지 모르시나요?"

"예, 잘 모릅니다만……."

시계를 파는 젊은이는 싱긋이 웃더니 나그네에게 이 마을에 대해 설명하기 시작했어요.

"여기는 시계가 시간을 지배하는 곳이에요. 다른 세상에서는 시계가 시간을 가르쳐주지만, 이곳에서는 시계가 시간을 움직인답니다."

어리둥절해하는 나그네에게 그 젊은이는 더 친절하게 가르쳐주었습니다.

"시간은 늘 똑같이 지나가는 것 같지만, 그렇지 않지요. 즐겁고 기쁜 일이 있으면 시간은 빨리 지나가고, 슬프고 괴로운 일이 있으면 시간은 느리게 가지요. 안 그런가요?"

나그네는 지나온 시간들을 되돌아보았습니다.

'그렇지, 시간은 늘 같은 것은 아니지. 사랑하는 가족과 즐거운 시간을 보낼 때는 왜 그렇게 시간이 빨리 지나가던지. 그리고 슬프고 지루할 때, 시간은 왜 그리 더디 가던지……'

나그네는 오랫동안 괴로운 나날을 보냈었어요. 사실 나그네는 몹쓸 죄를 짓고 감옥에서 오랜 세월을 보내다가 오늘 이 시계마을에 온 것이었습니다. 감옥에서 나올 때 누군가가 이 마을에 꼭 가보라고 했거든요.

고생을 많이 해서 그런지 나그네의 얼굴은 마치 노인과 같았습니다. 주름이 가득하고, 눈가는 검게 물들었고, 허리는 굽어 있었습니다. 그런 나그네를 살펴보고 젊은 사람이 물었어요.

"나그네는 나이가 얼마나 되셨지요?"

"57세입니다."

"그러면 아직도 젊은 나이군요."

그러면서 빙그레 웃었습니다.

"나는 77세라오."

나그네는 깜짝 놀랐습니다.

시계를 파는 젊은 사람이 설명을 계속했어요.

"이곳의 시계는 신기한 시계입니다. 여기서는 즐겁고 기쁜 일이 있으면 시간이 늦게 가고, 괴롭고 힘든 일이 있으면 시간이 빨리 가지요. 그래서 시계가 시간을 가리키는 것이 아니고, 시계 주인이 시간을 만들어가지요."

나그네는 그래도 이해가 가지 않아 물끄러미 마을 사람을 쳐다만 봤습니다.

"그래요. 즐겁고 기쁜 마음을 가지면, 시계가 천천히 가지요. 그리고 정말 행복하고 계속되었으면 좋겠다는 마음이 들면 시계가 멈추기도 한답니다. 그러려면 늘 남을 사랑하고, 착한 생각을 하고, 자기 스스로 즐거운 마음이 되도록 해야 합니다."

나그네는 조금 이해가 가는 듯했습니다.

"그런데 반대로 화를 내거나 남을 미워하거나 불행한 생각을 하면 시간은 갑자기 빨리 흘러가버립니다. 그러면 나이도 빨리 먹어 늙게 되지요."

하는 것이었습니다. 그러면서,

"자, 여기 시계 있습니다."

하고 시계를 건넸습니다. 그런데 그 시계 값은 나그네가 살 수 없을 정도로 비싼 것이었습니다. 시계를 쥐고 있던 나그네는 크게 실망했습니다.

슬펐습니다. 그러자 이상한 일이 벌어졌습니다. 갑자기 나그네 얼굴이 더욱 빠르게 늙어가는 것이었습니다.

이를 본 시계마을 사람이 말했습니다.

"돈이 없으시군요. 여기 있습니다. 그냥 차고 가세요. 그리고 행복하게 지내세요."

이상한 일은 또 벌어졌습니다. 그렇게 말하는 마을 사람 얼굴이 더 젊어지는 것 아니겠어요?

나그네는 기쁘고 감사한 마음으로 시계를 차고 마을로 들어갔습니다.

마을은 신나고 기분 좋은 일로 가득했고, 명랑한 젊은 사람이 많았습니다. 사람들은 즐겁게 인사 나누고, 맛있는 음식을 권하며, 서로서로 도우며 살고 있었습니다.

나그네도 덩달아 기분이 좋아졌습니다. 그때 나그네가 시계를 보았더니, 시계바늘은 멈추어 서서 거의 움직이지 않고 있었습니다.

너무도 기쁘고 감사했습니다. 거울에 얼굴을 비추어 보니, 몇 년 전의 젊은 얼굴로 돌아가고 있는 것 아니겠어요?

나그네는 젊은 사람이 되어 마을을 돌아다니며 열심히 사람들에게 기분 좋게 인사를 하고, 어려운 사람이 있으면 기꺼이 도와주며, 밝고 희망찬 생각을 하였습니다. 참으로 행복했습니다.

시계는 멈추어 섰고, 나그네 얼굴은 점점 더 젊어지고 있었습니다.

며칠을 그렇게 보냈습니다.

어느 날 밤이 되었습니다. 나그네는 문득 집에 두고 온 가족이 생각났습니다.

'나는 행복한 시간을 보내고 있는데 가족들은 어떻게 지내고 있는지?'

시계가 멈추었으니 며칠이 지났는지 알 수도 없었습니다. 슬그머니 걱정이 물밀 듯 들어왔습니다.

이때 갑자기 채깍채깍 하는 소리가 들리더니 시계바늘이 돌아가기 시작했습니다. 얼굴에도 주름살이 쭈굴쭈굴 잡히기 시작했습니다.

겁이 더럭 났습니다.

'아니야, 아니야. 그럼 안 되지. 시간을 멈추어야지'

하고 생각하니 초조해져서 더욱 걱정이 앞섰습니다.

시간이 점점 빨리 지나가고 있었습니다. 걷잡을 수가 없었습니다.

나그네는 밖으로 뛰어나왔습니다. 그러고는 마을 입구로 달려가 시계를 주었던 마을 사람을 찾았습니다.

"시계를 멈출 수가 없어요. 시간이 너무 빨리 가고 있어요. 제가 늙어가고 있습니다. 제발 시계를 멈추게 해주세요."

다급하게 말하였습니다.

시계마을 사람이 나그네에게 말했습니다.

"지난 일을 생각하지 말고, 내일 아침 기분 좋게 일어나 뽀뽀하고 싶은 착한 딸을 생각해보세요."

간신히 시계가 천천히 움직이기 시작했어요.

나그네는 오랜 시간을 신비한 시계마을에서 보냈습니다. 그는 다시 건강한 젊은이가 되었습니다. 행복해졌고 마음의 안정을 찾을 수 있었습니다.

그는 이젠 가족이 있는 고향으로 돌아가고 싶어졌습니다. 시계마을을 떠나기로 했습니다. 마을 사람들에게 감사의 인사를 전하고, 나그네는 천천히 걸어 다시 마을 입구에 왔습니다. 여전히 젊은 사람이 시계를 팔고 있었습니다.

시계마을을 떠난다고 하자 마을 사람은,

"행복하셨나요? 시간을 잊어보셨나요? 다행이군요. 시간은 스스로 만드는 것이랍니다. 아셨지요?"

하고 미소를 지으며 나그네에게 시계를 돌려달라고 하였습니다.

나그네는 그 시계를 갖고 싶었습니다. 그래서 값을 치르겠으니 팔라고 했습니다. 마을 사람이 나그네의 눈을 보며 말했습니다.

"아직도 모르시는군요. 가지고 가셔도 소용이 없답니다."

"왜요?"

"그것은 보통 시계와 다를 것이 없으니까요."

의아해하는 나그네에게 마을 사람은 이렇게 말하는 것이었습니다.

"불행한 생활이 시계를 빨리 가게 하고, 행복한 생활이 시계를 늦게 가게 했던 것은 아닙니다. 불행도 행복도 따로 있는 것이 아닙니다. 다 흔들리는 당신 마음일 뿐이었지요. 우리 시계마을은 당신에게 시계를 채워주며 마음을 바로잡도록 했던 것뿐입니다. 우리 시계마을에서 행복했나요? 그렇게 마음을 행복하게 가지시기 바랍니다. 그러면 어디서

든 시계는 천천히 가는 법이고 젊어지는 법입니다."

나그네는 믿어지지 않았습니다.

'그러면 이제까지 지냈던 시계마을은 내 마음이 그렸던 마을이었단 말인가? 이제까지 움직였던 시계도 내 마음이 움직였단 말인가? 내 눈에 보였던 모든 것이? 내 마음으로?'

믿어지지 않는 마음으로, 나그네는 찬찬히, 시계마을의 젊은 사람을 바라봤습니다. 그제야 젊은 사람의 얼굴이 다시 보였습니다. 77세 노인의 얼굴이었습니다.

마지막 첫사랑

어린이집에서 요양원 노인들을 위해 위문 공연을 왔나 보다. 노란 병아리 옷을 입고 어린것들이 재재거리며 요양원 앞뜰에서 재롱을 피우고 있다.

'귀여운 것들…….'

잘 나오지도 않는 발음으로 노래를 부르고 무용을 한다. 뽀얀 살갗하며 초롱초롱한 눈동자들, 고사리 같은 손가락으로 하트 모양을 그리며 열심히 재롱을 피운다. 얼마나 앙증맞은지…….

'눈에 넣어도 아깝지 않을 것들…….'

의자에 걸터앉았거나 휠체어에 앉은 사람, 기둥에 기대 선 사람… 할머니들은 입이 저절로 벌어지는 것도 모르고 어린것들의 재롱을 구경하고 있다. 같이 손뼉을 치거나 고개를 갸웃갸웃하며 장단을 맞추어주기도 한다. 귀여운 아이들의 재롱을 보면서 모두들 입가에 가느다란 미소를 머금고 있다. 가장 행복했던 옛날을 잠시 회상하게 된다. 품 안의 자식들이 응석 떨며 재롱 피던 잊지 못할 그 시절…….

　재롱 잔치의 마지막 순서는 비누거품 풍선 불기였나 보았다. 선생님의 지시에 어린이들이 비누거품 놀이 용기를 모두 꺼내 대롱에 비누를 묻혀 하늘을 향해 후우 불었다.
　방울방울……. 많디 많은 무지갯빛 풍선들이 하늘로 너울너울 올라간다. 장관이다. 예쁘다. 노인들은 모두 동심으로 돌아간다.
　거품을 불던 어린이들이 우 하고 할머니 할아버지에게 달려온다.
　"함머니, 하부지. 같이 불어요."
　하면서 비누거품 용기를 노인들에게 나누어준다. 노인들도 모두 대롱에 비누거품을 묻혀 하늘에 대고 후우 분다.
　방울 방울 방울……. 아까보다 더 많은 비누거품 풍선이 하늘하늘 날아 올라간다. 파란 하늘에 둥근 방울꽃이 무수한 무지개가 되어 여기저기 피어오른다. 풍선들은 곧 터진다. 그러면 아이들과 노인들이 또 대롱을 후욱 불어 작은 무지개 풍선들을 하늘로 띄운다.
　노인들은 모두 어린이가 된다. 소년 소녀가 된다. 청춘이 된다. 풍선이 된다.

　뜰 한쪽에서 휠체어에 깊숙이 몸을 파묻고 어린것들의 재롱을 보던 백발 할머니는 비누거품 방울이 파란 하늘로 올라가 떠다니는 모습을 보자 입가에 미소가 조용히 떠올랐다.

파란 하늘… 푸른 잔디… 긴 벤치……

벤치에 앉아 비누거품 풍선을 만들어 불던 아련한 추억이 떠올랐다.

봄날이었지. 바람이 살랑살랑 불어 비누 풍선이 더 높이 올라 금방 터지곤 하였지. 그래서 더욱 자주 대롱을 불어야 했었어. 깔깔거리며…… 그러다가 스르르 그의 어깨에 머리를 기대곤 했었지.

백발 할머니는 휠체어를 밀고 한 어린이에게 다가갔다. 어린것은 쪼르르 비누거품 놀이 하나를 할머니에게 주었다.

'후후우.'

잔디밭 맞은편에서도 휠체어에 앉아 할아버지가 비누거품 풍선을 만들어 불고 있었다. 숱이 많지 않은 흰머리를 곱게 빗어 뒤로 넘기고 검은 칼라의 하얀 셔츠를 입고 비눗방울 풍선을 만들어 하늘에 대고 후우 하고 날려 보내고 있었다.

눈은 감았는지 반쯤 떴는지… 모처럼 노인들은 모두 요양원 숙소에서 나와 어린이들의 밝은 재롱으로 한껏 기분이 밝고 화창한 봄날을 즐길 수 있었다.

이런 날이 아니면 노인들끼리도 함께 얼굴을 대할 수 있는 기회란 별로 없었다. 마음이 밝아지니, 서로서로 얼굴을 보면서 인사도 나누고 말도 건네는 명랑함도 되살아난다.

백발 할머니가 미소를 지으며 어린애같이 거품 풍선을 불다가, 맞은편에서 거품을 불고 있는 흰 셔츠의 휠체어 할아버지를 얼핏 보았다.

눈을 반쯤 감고서 한 방울 한 방울 거품 풍선을 만들어 불고 있는 노인의 얼굴은 사뭇 진지하면서 회상에라도 잠긴 듯 고즈넉하였다.

왼쪽 관자놀이에 있는 검은 사마귀…….

백발 할머니는 살며시 눈을 감았다.

다시 쳐다본다.

왼쪽 관자놀이에 검은 사마귀…….

●

어린것들이 놀러 온 후부터 백발 할머니가 요양원 앞 뜰 벤치에 앉아 비누거품으로 풍선을 불며 시간을 보내는 일이 점점 길어졌다.

"할머니가 밖에 나가 보내는 시간이 많아졌어요. 좋은 일이죠, 선생님?"

"그럼, 좋은 일이지요."

요양원의 간호사와 의사는 커튼을 살짝 열고 창문 사이로 백발 할머니를 엿보면서 말했다.

"그래도 여전히 누구하고도 대화하지는 않아요. 늘 방에서 혼자 텔레비전만 보는 것보다는 낫겠지만……. CNN과 NHK를 틀어놓고 보세요. 이해하니까 보시는 것 아니겠어요? 옛날에 외국에서 꽤 공부를 많이 하신 분 같기도 하고… 궁금한 분이에요. 아무튼 미스터리예요. 희한한 분이세요."

여기는 중산층 이상 노인들이 들어와 살고 있는 실버타운. 요양원이라고는 하지만, 품격 있는 생활공간과 병원, 헬스시설, 쇼핑센터, 극장까지 고루 갖춘 쾌적한 실버 시니어들의 케어 홈이다. 입주자들의 형편에 따라 방 크기나 시설이 다르긴 하지만, 비교적 프라이버시와 품위가 보장되는 곳이었다.

입주자들은 대체로 만족도가 높았다. 시설 관리도 잘하지만, 주변 경관이 수려하고, 무엇보다 입주자들의 수준이 여유가 있는 층들이어서 그런지도 모른다. 기품 있는 평온이 있었다. 여유로운 안식이 있는 곳.

몸과 마음을 다 내려놓고 인생의 황혼을 갈무리하면서, 처음 왔었던 어머니의 태반 속 같은 고요함과 편안함으로 다시 돌아가는 마지막 여로에 서서, 텅 빈 마음으로 자비로운 그분의 손길을 기다리는 곳. 날마다 새로운 아침 햇살에 감사드리며, 만나는 모든 사람에게 각별한 인사와 미소를 잊지 않는 곳.

백발 할머니도 다른 노인들과 다름이 없었다. 다만, 혼자 있는 것을 좋아하는지 다른 노인과 별반 왕래가 적을 뿐. 텔레비전과 책을 주로 보면서 상념에 빠지는 일이 많았다.

백발 할머니의 과거는 요양원 직원들 사이에 심심찮은 화젯거리였다. 경제적 여유도 있어 보이고 인텔리겐치아의 풍모가 있어 대하기가 쉽지 않은, 그러면서도 사연이 있을 듯한 분위기의 노인이었다. 젊은 시절에는 꽤 미인 소리를 들었을 법한 외모, 희미하게 바랬지만 이지적인 눈빛, 고급스러운 취향, 늘 외국 방송을 시청하고 있는 모습. 분명히 왕년에 한가락 했던 사람이라고 누구든지 느끼곤 했다. 그러나 할머니의 진료 기록이나 명세서에 그녀의 배경에 대한 것은 전혀 나오지 않는다. 그래서 의사와 간호사도 백발 할머니에게는 더 신경이 쓰였다.

할머니는 최근 들어 야외에서 눈에 많이 띄었다. 잔디밭 벤치에서 무엇인가를 회상하거나, 누구를 기다리는 듯한 모습으로 비눗방울 거품 대롱을 손에 들고 후우 불며 앉아 있기도 했다. 어린이 재롱잔치가 끝나고부터 생긴 작은 변화였다.

●

좋은 날씨였다. 여기저기 노인들이 잔디 정원에 나와 햇볕을 쪼이거나 담소를 나누고 있었다. 그곳의 한 벤치에 백발 할머니가 혼자 앉아 있었다. 밝은 성격의 젊은 간호사가 경쾌하게 다가가 비누풍선을 불고 있는 할머니에게 물었다.

"할머니, 할머니. 비누거품 풍선이 재미있으세요? 손자 생각나시나 봐요, 매일같이 비누 풍선 부시는 것 보면……. 손주들 얼굴이 풍선 속에 있나 보죠?"

할머니는 빙그레 웃기만 했다.

"그럼 옛 애인 얼굴이라도 있으세요? 풍선 속에?"

하면서 간호사는 까르르 웃었다.

백발 할머니가 그 애기를 듣더니 간호사를 가만히 손짓으로 불렀다. 귀를 가까이 대고선,

"저기, 부탁이 하나 있어요……."

"무슨 부탁이신데요?"

할머니는 들키면 안 된다는 듯이 손가락을 작은 동작으로 가리키면서,

"저기저기, 저 할아버지 이름 좀 알 수 없을까?"

하면서 잔디밭 맞은편에서 혼자 휠체어에 앉아 조는 듯 생각에 잠겨 있는 할아버지를 가리켰다.

간호사는 할머니가 가리키는 할아버지를 보았다. 흰색 드레스 셔츠에 검은 칼라를 하고 있는 할아버지였다. 간호사는 이내,

"아, 저 할아버지요. 바오로라고 하시는 분, 저분요?"

하는 것이었다.

"바오로? 본명은 뭔가요?"

"본명은 저희들도 몰라요. 아시다시피 여기서는 본인이 제출하는 신상명세 외에는 알 수가 없잖아요. 그냥 바오로 어르신이에요."

"바오로… 바오로……."

천주교 신자라는 세례명 외에 더 알 길이 없다. 할머니는 낭패라는 듯 중얼거리며 밝았던 표정을 거두었다. 간호사는 비밀이라도 엿본 듯이 할머니를 살피고는 자리를 떠났다.

이튿날. 눈치 빠른 간호사는 오늘도 벤치에 홀로 앉아 있는 할머니에게 자연스럽게 다가갔다. 바오로 할아버지의 휠체어를 밀면서였다.

"할머니, 오늘은 비누거품 풍선 안 부세요?"

가볍게 던지듯 말을 건네며 간호사는 검은 칼라 할아버지를 할머니에게 가깝게 접근시켰다. 마치 두 노인의 로맨스를 성사시키기라도 하려는 듯 세심하게 마음을 쓰고 있는 것이었다.

바오로 어르신이라는 노인은 백발 할머니를 넌지시 건너보았다. 무심하면서도 자상한 눈길이었다.

간호사는 두 노인의 눈길을 유심히 살폈다. 백발 할머니의 눈길이

가늘게 흔들리고 있었다. 바오로 노인의 눈길을 정면으로 바라보지 못하고 살짝 비켜가는 옆눈길로 보면서, 뺨에 분홍빛 홍조가 설핏 물들고 있었다. 흔들리던 눈빛은 노인의 왼쪽 관자놀이의 검은 사마귀에 꽂혔다.

"안녕하세요. 처음 뵙겠습니다. 반갑습니다."

말을 먼저 건넨 것은 바오로 노인이었다.

"예, 처음 뵙네요. 안녕하세요?"

젊은 간호사는 슬그머니 자리를 비켜주었고, 두 노인은 노인들끼리 나눌 수 있는 대화를 나누기 시작했다.

날씨가 어떻고, 식사는 하셨는지 등······.

●

먼저 관심을 보였던 백발 할머니, 송원희는 흔히들 대화의 첫머리에 말하고 물어봄 직한 이름을, 간호사에게만 살짝 물어보곤 정작 바오로에겐 묻지 않았다.

저쪽 이름을 물으면 이쪽도 이름을 말해야 하는 고로······.

그렇지만 이야기를 나누면서 이름을 물을 필요가 없어지는 것 같았다.

목소리··· 변함이 없었다. 50년이 지난 지금, 여전히 그 목소리 그대로였다.

최광호. 틀림없었다. 송원희는 그 목소리를 듣자, 가슴이 두근거리다 못해 멎을 것만 같았다. 서둘러 대화를 마치고 방에 들어왔다.

최광호. 그 남자가 이 요양원에… 마지막 생을 마감하는 이곳에서 그 남자와 다시… 잊을 수 없는 첫사랑의 남자. 사랑의 배신. 살아왔던 인생의 어느 순간에서도 잊히지 않던 배신의 순간과 그 쓰디쓴 아픔.

송원희는 믿어지지 않게, 일흔이 넘은 이 나이에 얼굴이 달아오르고 가슴이 뛰었다. 머릿속에 만 가지 추억의 영상이 스쳐 지나갔다.

마치 편집되기 전의 필름처럼 전후도 없고 두서도 없이 마구 머릿속에 떠올랐다간 지워지고, 다시 상영되었다간 꺼지곤 했다.

●

대학 1학년. 생물학과 친구의 소개로 최광호를 만났을 때, 소개한 친구를 저주했었지. 저런 남자를 소개하다니… 볼품없는 외모에 지방 출신, 대학도 나만 못하고… 세련미도 없는 주제에 여자에 대한 매너도 없던 남자. 그건 나를 무시한다는 것이겠지. 역겨운 담배를 연신 피워가며…….

명문여고, 명문대학, 대기업 CEO의 딸로, 곱상한 외모를 가진 나는 미팅에 가면 언제나 최고의 퀸 카드였다.

그런 내가 제일 싫어하는 파트너가 있다면, 바로 막걸리나 마시며 촌놈 말투에 여자 무시하는 남자였다.

바로 최광호 같은 남자였다. 거기에 관자놀이에 있는 볼썽사나운 점.

그렇게 덜떨어진 촌놈인 그 남자와 한번 만난 후로는 우연찮게 자주 보게 되었다. 과 친구들과 맥줏집에서 치맥이라도 할라치면 이상하게 동석이 되곤 했었다. 최광호의 친구들이 우리 과에 많이 있었던 때문이었다. 여자들에게는 영 매너 제로인 최광호는, 그의 친구들과 만날 때면 조금 달랐다. 친구들은 그를 대하는 것이 무언지 달랐다. 말하자면, 최광호는 대학 1학년짜리가 그 나이에 보일 수 있는 천방지축의 장난기나 치기가 없었다. 그렇다고 철학가나 문학가연하는 궁상을 떠는 것도 아니었다. 친구들과 긴 말은 없었지만, 가끔 던지는 말에 위트와 촌철살인의 핵심이 있었다. 친구들 사이에도 무시하지 못하는 어떤 기품 같은 것이 있었다.

이런저런 계기로 그와 몇 번 만나면서 느낀 점은, 대화가 다르다는 것이었다. 같은 나이에, 같은 교육부 교과과정을 거쳐 대학에 들어왔건만, 그는 나로서는 들어보지도 못한 이야기를 세상의 상식인 양 천연스럽게 늘어놓았다.

"가와빠따 야스나리가요. 노벨문학상을 받고 74세에 자살을 한 이유가, 사람들은 미시마 유키오라고 하는 제자가 할복 자살한 것에 충격을 받았기 때문이라고 하는데, 사실은 그를 시중들던 젊은 여인과의 연정을 못 이겨 자살했다고 하는 이야기가 믿어집니까? 플라톤은 노인이 되어 진정한 자유를 누릴 수 있어 행복하다는 이유가 바로 성욕으로부터 해방된 자유 때문이라고 했잖아요. 그렇다면……."

"……."

나는 솔직히 가와빠따 야스나리가 누군지, 미시마 유키오가 어떤 사람인지 캄캄하게 모른다. 플라톤이야 그리스의 철학자로 알고 있었지만…….

생뚱맞은 화제지만, 호기심에 끌려 그의 이야기에 귀를 기울이다 보면 내가 자꾸 작아지는 느낌이 들었다. 그는 나와 같은 대학 1년생이 아닌 것 같았다. 화제와 관심이 달랐다. 흔히 생각 없이 지껄이던, 시답지 않지만 우리 사이에선 화젯거리들이 그의 앞에 나오면, 갑자기 내가 그간 쓰레기나 주워 먹었던 것 같은 느낌을 들게 했다.

달랐다. 그래서 그의 친구들도 그를 대하는 것이 달랐던 건가?

그에게는 묘한 호기심을 유발하는 구석이 있었는데, 당시는 그것을 호기심이라 하였지만, 지금 생각해보면 그것이 바로 지적인 매력이었다.

전혀 다듬어지지 않은 돌. 그를 만나다 보면, 작고 못생겼던 돌이 점점 커져 바위가 되어가는 것 같은 느낌이 들었다. 잘 다듬으면 큰 산맥을 이룰지도 모른다는 생각이 들기 시작한 것은, 어느 봄날의 해프닝이 있고부터였다.

그날, 오전 첫 수업이 끝나고 과 친구들과 커피를 마시고 다음 강의실로 모두들 재잘거리면서 걸어가고 있었다. 그때 눈에 띄는, 강의실 문 앞에 서 있는 그.

갑작스러운 그의 출현에 나는 내심 당황스러웠다. 아직 사귀고 있는 사이도 아니었다.

저 사람이 지금 왜 저기에 서 있는 거지?

그도 나를 발견한 모양이었다. 무리를 지어 강의실로 들어가려는 우리 친구들 사이를 비집고 나에게 성큼성큼 다가오더니, 선포라도 하듯이 큰 소리로 말하는 것이었다.

내 친구들이, 절반이 남학생이었는데, 다 보는 앞이었다.

"송원희 씨, 지금부터 송원희 씨를 납치하겠습니다."

그러고는 내 팔을 잡고 강의실 밖으로 끌고 나가는 것이었다.

너무도 창피하고 어찌할 줄을 몰라 나는 속절없이 그의 팔에 끌려 나왔다. 놀란 눈을 동그랗게 뜨고 나를 쳐다보는 나의 친구들… 남학생들… 그러나 용감하게 그를 제지하는 사람은 그중에 아무도 없었다. 졸지에 나는 숨은 '남친'을 둔 내숭으로 소문날 수밖에 없게 되어버렸다.

그런데 더 기가 막힌 것은 나였다. 속절없이 따라 나오면서도 가슴이 두근거리면서,

좋았다!

그가 높은 산같이 여겨졌다.

그 따뜻한 봄날, 그와 공원 벤치에 앉아 데이트를 하고, 차를 마시고, 영화를 보았다. 나름 재미있었다. 헤어지면서 그는 나에게 조그만 선물을 하였다. 나무로 만든 작은 군화 한 쌍이었다.

"걸레가 더럽다 하지만, 더러운 것은 마룻바닥이지요. 더러운 바닥을 치우기 위해 깨끗했던 걸레가 더러워진 것을 보고, 사람들은 걸레가 더럽다 하는군요. 이 군화가 더러운 것을 밟으며 송원희 씨의 예쁘고 깨끗한 발을 지켜줄 것입니다."

나는 그 작은 군화를 곱게 간직하였다. 그리고 그에게 빠져들기 시작하였다.

그의 앞에 서면 나는 말이 없어진다. 자꾸만 작아진다. 그리고 없어져버린다…….

방학이 되면 그는 부모님이 있는 고향 시골로 내려갔다. 휴대폰도 전화도 자유롭지 못한 시절, 몇 개월이나 만날 수 없다는 것이 그리도 안타까웠다. 나는 기차를 타고 내려가는 그에게 명령하였다. 매주 월요일

이면 도착되게 편지를 써서 올리라고……. 그리고 그는 겨울방학이 끝나는 3개월을 한 번도 빠짐없이 편지를 써서 보냈다.

'월요 이야기'라는 제목을 붙이고, 1편, 2편이라는 식으로 시리즈를 만들어 온갖 이야기를 써서 보냈다. 시, 수필, 소설, 논설… 그의 한계가 어디까지인지 도무지 알 수가 없었다.

방학이 끝나고 모은 그의 편지 모음은 A4클리어파일 한 권 분량이었다. 편지들의 그 기발한 내용과 재미, 그리고 그 은밀함… 그토록 열렬하였다.

개학이 되자 나는 주저할 것이 없었다. 그와의 데이트는 언제라도, 무엇보다도 우선이었다. 나는 볼펜을 잡으면 그의 얼굴을 그리는 것이 습관이 되었다. 비누거품 대롱을 불면 비누 풍선 속에 그의 얼굴이 있었다. 우리는 벤치에 앉아 어린아이같이 비누거품을 누가 더 크게 만드는가 시합을 하곤 하였다. 그는 멋있었다. 그렇게 잘생기고 세련되고 여자를 배려하는 매너를 갖춘 사람이 없는 것 같았다. 나는 눈이 멀어버린 것이다.

3학년이 되면서 그가 약간 변하였다. 하루는 담배를 끊겠다고 말하였다. 새삼,

"몸에 해로운 담배를 왜 피우지요?"

라고 물었을 때, 그가 나에게 한 말이 기억났다.

"저는 왜 여자들이 담배를 피우는지 모르겠어요."

"남자는 되면서 여자는 안 된다는 거예요?"

나의 반문에 그가 말했었다.

"몸 상하는 담배를 왜 피우냐고요, 여자들이……. 남자들은 그럴 수밖에 없지만……."

"……?"

"여자는 눈물이 있지 않습니까. 슬프면 울면 되잖아요. 남자는 울지 못합니다. 울어서는 안 되지요. 그래서 담배를 피워요. 눈물을 연기로 내보내는 겁니다, 남자는……."

그랬다. 그런 그가 담배를 끊겠다고 한다.

"고시 공부를 시작하렵니다. 담배를 끊고서요. 눈물 흘릴 일을 만들지 말아야겠어요."

그리고 그는 책을 싸들고 절간으로 들어가 버렸다. 그때는 그런 것이 유행이었다. 나는 교회에 나가 그의 합격을 기도하였다. 애가 타는 것은 늘 내 쪽이었다.

가끔 절에서 내려온 그를 만나는 것은 가뭄에 단비를 보는 것같이 달콤했지만 부족하기만 했다.

볼 때마다 그의 얼굴은 창백하고 핼쑥해져 있었다. 그것이 나를 더 애태웠다. 참을 수 없이 보고 싶을 때는 태백산 절간으로 그를 찾아가기도 하였다.

고시 공부는 배고픈 사자와 싸우는 검투사와 같았다. 죽이지 않으면 잡아먹힌다. 등장할 때에는 검투사의 영웅적인 모습에 관객들이 환호하지만, 싸움이 치열해질수록 지친 검투사는 초췌해지고 비참해진다. 관객들은 곧 그를 야유한다. 무릎을 꿇는 순간 그는 사지가 찢긴다.

그는 1차는 합격하였지만, 매번 2차에 실패하였다. 다시 1년만, 1년만

하면서 대학 시절이 끝나가 어느덧 졸업을 맞이하게 되었다. 군대를 가야 하는 그에게 이제 단 한 번의 기회밖에 남지 않게 되었다. 나는 초조해졌다. 만일 또 실패한다면?

군복무 3년은 사랑의 무덤이었다. 꽃 같은 나이에 무작정 기다리기에는 너무 긴 시간이었다. 그 후의 희망도 절벽이었다.

직업도, 돈도, 든든한 백도 없는 3무三無 인생의 그를 사랑 하나로 받아들이기엔 세상이 너무도 차가웠다. 부모님의 눈치도 달라졌다. 부모님은 최광호의 마지막 한 번의 기회를 기대하면서도 만일을 위한 결단을 준비하라는 식이었다.

그때, 영재형, 그 형이 나를 은밀히 보자 했다. 영재형은 우리 과 복학생이었다. 일류 명문고에 재력이 단단한 집안에 명석한 두뇌로 과의 리더였던 형이다. '오빠'라는 끈적거리는 호칭이 아닌 '형'은, 담백하면서도 친근한 존경을 표현할 수 있어 여학생들은 모두 그렇게 그를 불렀다.

그 형의 고백은 놀라웠다. 복학하여 나를 본 순간부터 사랑에 빠졌다고 했다. 그러나 강의실 앞에서 최광호에게 납치당하는 나를 보면서 실망과 상처를 받으며 그저 멀리서 지켜만 보았노라고 했다. 행여 둘 사이가 멀어질 때를 기다려봤지만, 이제 더 기다릴 수 없다고 했다. 독일로 유학을 떠나야 하기 때문이었다. 나하고 결혼하여 같이 독일로 떠나고 싶다고 했다. 진정 나를 사랑한다고 했다. 그리고, 최광호를 만나게 해달라고 했다. 자기가 그를 설득하겠노라고.

소심하고 내성적인 성격이었지만, 영재형은 조건으로는 최적의 신랑감이었다. 참으로 난처하였다.

연애는 최광호와 하다가 결혼은 신영재? 어떻게 최광호를 배신한단 말인가? 더구나 고시에 낙방하여 가장 어려운 처지에 있는 그 불쌍한 남자를……. 인간적으로 있을 수 없는 일이다. 하지만 현실은? 막연한 사랑의 낭만 때문에 엄연한 현실의 행복을 저버린다는 것은, 어리석은 일인 것만 같기도 했다. 신영재는 무조건 최광호를 만나게 해달라고 했다. 누가 더 송원희를 사랑하는지 확인하고 싶다면서.

마음이 흔들렸다. 최광호는 아무것도 모른 채 우연을 가장해 우리 셋은 함께 만났다. 나도 두 남자의 자세를 지켜보고 싶었다. 최광호는 창백한 얼굴로 나타났다. 신영재는 긴장한 얼굴로 나타났다. 두 남자는 어색한 인사를 나누었다. 신영재가 먼저 본론을 이야기하였다.

"송원희 씨를 얼마나 사랑하십니까? 송원희의 행복을 책임지실 수 있습니까?"

신영재는 '사랑이란 책임을 지는 것'이라면서 자신은 끝까지 송원희를 책임질 것이니, 자기에게 사랑을 양보할 수 없느냐고 했다. 자기 또한 송원희를 이 세상 누구보다 사랑해왔노라고 했다.

송원희를 진정으로 사랑한다면 자기에게 양보해달라며 그는 최광호에게 고개를 숙이며 간절히 말했다. 그의 손이 가늘게 떨리고 있었다.

최광호는 신영재의 말을 경청하였다. 아무런 대답 없이 그의 말을 듣고만 있다가 한참 후에 입을 열었다.

"양보라고 했습니까? 송원희 씨를 책임질 테니 양보해달라고 하셨습니까?"

최광호는 말했다.

'양보'란 그렇게 쓰는 단어가 아니라고. '양보'란 강자가 약자에게 하는 것이지, 약자가 강자에게 하는 것이 아니라고 했다. 약자가 하는 양보는 '굴복'일 뿐이라고 했다. 그리고 자신은 약자라고 했다. 아무 가진것도 힘도 없는 약자인 자기가 어떻게 강자에게 '양보'할 수 있겠느냐고 했다. '양보'할 수 없다고 했다.

최광호는 '사랑이란 지켜주는 것'이라고 했다. 자기는 끝까지 송원희의 행복을 지켜줄 것이라고 했다. 송원희의 선택을 지켜주겠노라고. 만일 송원희가 신영재를 선택한다면 자기는 두말없이 사라져 두 사람의 행복을 기원하겠다고 했다. 그러면서 신영재에게 물었다. 당신도 그렇게 할 수 있느냐고⋯⋯. 그의 눈빛은 동물처럼 빛났다.

신영재는 그렇게 하겠노라고 했다. 그러면서 두 남자는 나에게 둘 중의 한 사람을 이 자리에서 선택하라고 했다.

나는 당혹스러웠다. 그러나 결단을 내려야 했다. 여기서 망설이는 모습을 보인다는 것은 두 사람 모두에게 비겁한 배신을 하는 것이라는 생각이 스쳐 지나갔다.

나는 자리에서 일어났다.

나는 최광호의 옆자리에 조용히 앉았다.

동시에 신영재가 자리를 박차고 일어났다. 코트의 어깨 깃을 고쳐 세우고 그는 뒤도 돌아보지 않고 걸어갔다. 남자의 어깨가 그렇게 좁게 보일 수 없었다.

겨울비가 추적추적 내리는 날, 그는 우산도 없이 그렇게 떠나갔다.

최광호는 죽기 살기로 고시 공부에 매진하였다. 내가 연락하여도 만나주지 않았다. 딱 1년만이다, 하면서⋯⋯. 그러나 1년 후⋯ 그는 또 낙방하였다.

하늘이 무너져 내리는 것 같았다. 내 인생이 밑이 보이지 않는 절벽에서 끝나는 것만 같았다. 암담하였다. 차라리 내가 고시에 낙방하는 것이 낫겠다는 생각이 들었다. 내 심정이 이러니 그는 오죽하랴. 그를 만났지만 그는 말이 없었다. 내 손만 꼭 잡을 뿐이었다.

부모님은 성화였다. 신영재를 버린 나를 노골적으로 책망하였다. 그리고 2개월 후 최광호는 편지 한 장을 보내왔다. 나를 끝까지 지켜주겠노라고… 그래서 하루빨리 군에 갔다 오겠노라고……

나는 한없이 울며 그를 원망하였다. 배신당한 느낌까지 들었다. 이것이 지켜주는 모습이냐고 따지고 싶었다. 역시 사랑은 책임지는 남자의 것이라는 생각도 들었다. 그러면서도 최광호가 못 견디게 그리웠다…….

그가 입대한 지 6개월이나 지났을까. 눈물샘도 말라 야윈 내 뺨 위로 흐를 눈물도 더 이상 없어졌을 때, 느닷없이 집에 찾아오는 초인종 소리가 들렸다. 아버지가 문을 열었다.

신영재였다.

그는 들어오자마자 아버지에게 넙죽 절을 하고는, 독일에서 유학하다 방학이라 들어왔다면서 자기소개를 하고는, 내 팔을 잡고 아버지에게 외치는 것이었다.

"지금부터 제가 송원희 씨를 독일로 납치하겠습니다. 끝까지 책임지겠습니다."

부모님의 열화 같은 재촉과 함께 나는 속절없이 독일로 끌려갔다.

그리고 그곳에서 결혼식을 올렸다. 교회 웨딩 마치에 행진을 하면서도 나의 뇌리에는 최광호의 창백하게 야윈 모습이 떠나지 않았다.

이국 땅 결혼식장에서 부모님께 절을 하며 눈물짓는 나의 모습에 같이 눈시울을 붉힌 많은 하객 중에 누가 내 마음을 헤아릴 수 있었을까… 최광호를 잊지 못하는 내 슬픈 마음을……

최광호, 최광호… 무슨 말을 할 것이며, 어떻게 할 수 있으랴……
나는 그에게 소포를 보냈다.

'월요 이야기' 편지 파일을 포장하면서 나의 눈물은 편지 속의 잉크를 온통 적셨다. 그가 나를 강의실에서 납치하던 날 선물했던, 작은 나무 군화 한 쌍도 함께 넣었다.

최광호는 이 모든 걸 이해하리라……
그러면서 나는 스스로를 수없이 저주하였다.
'천벌을 받을 년, 배신자……'

●

든든한 재력의 뒷받침 속에 세계적인 학자를 꿈꾸며 공부하는 신영재와의 화려한 해외에서의 결혼생활은 생각만큼 행복하지는 못하였다. 외국 땅에서 남편은 연구 스트레스 외에, 외로운 타국 생활에 가끔씩 망연히 있는 나를 볼 때에는, 최광호를 그리워하는 거냐며 의심하였다.

소심한 그는, 만족스럽지 못하면 비관하기 일쑤였다. 아들, 딸 하나씩을 키우면서, 우리는 걸핏하면 다투고 갈등하였다.

'아내를 책임지는 것이 사랑'이라고 하지 않았느냐고 대들면, '책임질테니 남편을 사랑하라'고 소리쳤다. 돈도, 자식도, 출세도 부족함이 없었건만 나는 행복감을 느끼지 못하였다.

어느 날, 남편은 연구실에서 싸늘한 주검이 되어 발견되었다. 과로사인지 자살인지, 나는 말하지 못한다. 그 후의 나의 인생은 인생이 아니었다. 아이들을 미국으로, 일본으로 유학시키면서, 또 통역과 번역 일을 하면서, 나는 유럽과 미국과 일본을 전전하며 살았다. 살기 위해 바빴다. 시간에 쫓기며 복잡한 해외 활동의 분주함 속에 최광호도 까맣게 잊었고, 한국도 까맣게 잊었다. 복잡했지만 단조로웠다. 나는 달리기만 했다.

세월은 빨랐다. 아이들은 이제 성인이 되어 아들은 미국에서, 딸은 일본에서 자리를 잡았다. 그들은 이제 그들 인생의 거친 항해에 옆이든 뒤든 돌아볼 여념이 없다.

내 나이 어느덧 70세. 주변에 아무도 없이, 색깔 다른 이들만 남았을 때, 고국이 생각났다. 나는 고국을 찾았다. 고국의 실버타운에 마지막 내 몸을 의탁하고 싶었다. 고국 하늘의 공기를 마시며 고국 땅에 묻히고 싶었다. 고급 실버타운을 물색하면서 나는 한 번도 가보지 않았던 최광호의 고향을 생각하게 되었다.

그가 내게 보내준 '월요 이야기'를 썼던 곳… 최광호가 어린 시절을 보냈다는 그의 숨결이 있었을 그곳……

그래서 이곳에 온 것이었다. 그런데 바로 이곳에서 최광호를……

●

젊은 간호사는 간간이 바오로와 송원희를 관찰하였다. 송원희는 바오로에게 무슨 시그널을 찾는 것 같았다. 그런데 바오로는 송원희의 그런 내심을 전혀 못 읽는 것 같았다. 그도 그럴 것이라고 이해되었다. 바오로는 병명도 없는 희귀병 환자다. 기억력과 생명력이 급속도로 감퇴되고 있는 중이다.

송원희는 오히려 이를 다행으로 생각하였다. 만일 그가 자기를 알아본다면 어떻게 눈을 들어 그를 볼 수 있겠는가. 생각만 해도 얼굴이 화끈거렸다. 자신은 용서할 수 없는 사랑의 배신자였다.

최광호를 만난 후부터 송원희는 잠을 이룰 수 없었다.

최광호는 어떤 인생을 살았을까? 예전의 그 모습이 남아 있을까? 나를 알아본다면 무엇이라 말할까?

그녀는 가슴이 소녀같이 두근거렸다. 가능만 하다면 과거를 깨끗이 지워버리고, 백지 상태에서 옛날의 그 사랑을 다시 나누고 싶었다. 그러기 위해서는 최광호가 나를 몰라봐야 한다.

아침에 일어나면 최광호의 동정부터 살폈다. 최광호의 일상은 고정적이었다. 아침 산책, 식사, 물리치료, 자유시간, 또 산책… 송원희는 자신의 스케줄을 최광호의 스케줄에 일치시켰다. 자연히 둘이 마주치는 기회가 많아졌다.

"샬롬… 보케르 토브!"

송원희가 어느 날 아침 최광호에게 인사하였다. 히브리어였다. 바오로라는 세례명으로 보아 천주교 신자임을 알고 해본 인사였다.

"보케르 토브. 샬롬!"

최광호 역시 반갑게 인사하였다. 둘은 스스럼없이 식사를 같이 하게 되었다.

"선생님은 참 맑아 보이시네요. 비눗방울 풍선을 좋아하세요? 지난 번에……."

"예, 좋아하죠. 풍선 속에 가끔 제가 사랑하는 사람 얼굴이 보이거든요."

송원희는 가슴이 뜨끔했다. 나를 알아보는가?

"지금은 어디 있는지 알 수 없지만, 풍선을 보면서 옛날 친했던 사람을 떠올리면 풍선 속에 얼굴이 보인답니다."

"사랑했던 사람이 많았나 보죠?"

"……."

침묵하던 최광호가 입술을 열어 나지막하게 말하였다.

"사랑했지요, 딱 한 사람… 지금은 모든 사람을 사랑합니다."

그는 말을 머뭇거렸다. 송원희는 내친김에 물었다.

"젊었을 적에는 어떤 일을 했어요? 직업이?"

"저요… 저는 가톨릭 신부입니다. 젊어서 이제까지 40년간……."

신부? 오, 최광호가 신부가 되었구나. 그간 독신으로 살았다는 것이구나…….

송원희는 가슴이 무너져 내리는 것 같았다.

그것은 나 때문이 아닐까? 사랑에 배신당한……?

"여사님은 어떤 일을 하셨어요? 히브리어로 인사를 하시는 걸 보고 살짝 놀랐습니다. 공부를 많이 하셨나 봐요."

송원희는 대답을 피하였다. 그리고 재차 물었다.

"왜, 신부님이 되셨어요? 이렇게 여쭈어봐도 된다면……."

최광호는 말하였다.

"하느님의 사랑을 지키기 위해서지요. 저는 하느님을 사랑하니까요. 그리고 하느님도 저를 사랑하시니까요. 사랑은… 지켜주는 것이니까요."

송원희는 말을 잇지 못했다. 바로 이 남자였다.

그녀는 간호사에게 몰래 그의 건강 상태를 물어보았다. 희귀병 환자. 최근의 기억력부터 감퇴하면서, 면역력이 떨어져 앞으로 1년을 넘기지 못할 것이라고 했다. 그는 시한부 인생을 살고 있었던 것이다.

오, 가엾은 사람. 그래서 그런지, 그는 가끔 어제 만난 사람을 새삼스럽게 기억하지 못하는 증상을 보였다. 그것이 송원희에게는 다행이었다. 매일 새롭게 그와 대화를 나눌 수 있었다.

송원희는 그의 옛 사랑을 듣고 싶었다. 그의 이성은 또렷하였다. 더구나 예전 기억은 비교적 생생하였다.

그는 송원희에게 매우 자상하고 친절하였다. 송원희는 갑자기 세상의 모든 아침이 환하게 밝아지는 듯한 느낌이 들었다. 아침에 일어나할 일이 있다는 것이 이렇게 생을 활기차게 하는 것인 줄 몰랐다.

아침이 기다려지고 입맛이 살아났다. 화장을 다시 시작하였다. 그와 함께 있으면 시간이 멈추었다. 70이 된 이 나이에 20대의 사랑의 감정이 되살아난다는 것이 기적처럼 신기했다.

●

"신부님은 여자를 사랑하거나 용서해본 적이 있나요? 신부가 되시기 전에……?"

송원희가 아침식사를 마치고 홍차를 잔에 타주면서 바오로 신부에게 물었다. 신부님의 첫사랑 이야기는 누구에게라도 흥미 있을 이야깃거리이리라…….

바오로는 빙긋 웃었다.

"한 여자를 내 여자로 사랑한 적이 있었죠. 물론 이루어지진 않았지만……. 그러니까 신부가 되어 있는 것 아니겠어요? 용서해본 적은 없어요. 용서라는 것은 미움이 있어 비로소 생겨나는 마음이에요. 용서한다는 말은 미워했다는 말이지요. 저는 미워해본 적은 없어요. 오직 사랑할 뿐이죠. 더욱이 신부가 되고 난 후부터는……."

최광호… 거짓말. 그에게 왜 사랑이 없었고, 미움이 없었겠어. 용서까지는 몰라도…….

그렇지. 신부가 되고 난 후부터였겠지. 미움을 없앤 건…….

그전에는 나를 얼마나 미워했겠어? 어떻게 용서할 수 있었겠어?

송원희는 그렇게 생각했다.

"배신한 사람을 어떻게 사랑할 수 있나요? 사랑을 받아주지 않았는데… 저는 사랑하지 못할 것 같아요."

"그 사람을 사랑하지는 않지만 그 사람과의 사랑을 사랑해야지요."

"……."

송원희는 최광호 이 남자에게, 자기를 모르느냐고 묻고 싶은 충동이 일었다. 그에게 50년 전의 첫사랑 송원희를 잊었느냐고 묻고 싶었다. 용서받고 싶었다. 당시의 일을 정직하게 고백하고 그에게 진심으로 용서를 빌고 싶었다. 그리고 50년 전의 사랑으로 돌아가자고 말하고 싶었다.

그렇지만 그럴 수는 없었다. 그의 마음의 빚에 정면으로 맞설 용기가 나지 않았다.

바오로는 커피보다는 홍차를 즐겨했다. 그런 바오로에게 오늘도 홍차를 타주면서 송원희가 물었다.

"신부님, 신부님은 언제가 가장 슬플 때라고 생각하세요? 사랑하는 사람이 죽었을 때……?"

"그렇죠. 사랑하는 사람이 죽었을 때 가장 슬프겠지요. 그런데 죽기 때문에 슬픈 것은 아니겠지요. 이별이라는 것이 슬픈 것이겠지요. 이별이 슬픈 것은 아니겠지요. 사랑했기 때문에 슬픈 것이겠지요. 사랑하는 것과 이별하는 것을 슬픔이라고 생각합니다. 사랑하면 할수록 그 이별의 슬픔은 더 커지겠지요."

송원희의 가슴에 강물이 출렁거렸다.

"신부님은… 슬픈 적이 없었어요?"

바오로 신부는 송원희를 물끄러미 바라보았다. 왠지 그 눈빛에 잔잔한 눈물이 비치고 있는 것 같았다. 그러나 빙그레 웃으며,

"왜 없었겠어요? 여사님은 없었습니까? 여사님도 있었겠지요."

하였다.

신부를 바라보던 송원희의 눈이 촉촉이 젖는 것 같았다.

"그래요. 죽음이라 해서 다 슬픈 것도 아니고, 이별이라 해서 다 슬픈 것도 아니지요."

왠지 남편 신영재가 생각났다. 송원희는 얼른 말머리를 돌렸다.

"어느 때가 가장 기쁠 때일까요? 신부님?"

"하하하… 그거야 슬픔과 이별할 때이겠지요. 사랑하는 사람과 다시 만날 때… 저는 하느님과 만나서 제일 기뻤습니다. 요즘 매일 매일이 기쁩답니다."

송원희는,

'이 남자가 정말 나를 몰라보는 걸까? 알면서 모르는 척하는 것은 아닐까? 하느님보다 더 사랑하는 사람이 있어서는 안 된다고……?'

하는 의구심이 들기도 하였다.

그러나 어제 복용한 약도 기억하지 못하는 바오로를 볼 때, 바오로가 송원희를 기억하지는 못하는 것 같았다.

'고해성사를 하리라.'

송원희는 언젠가 바오로 신부에게 고해성사를 통해 자기가 송원희였노라고 고백하고 용서를 구하고자 마음먹었다. 최광호의 말을 듣고 싶었다. 무슨 말이든 들을 수 있을 것 같았다. 그렇게 해야 한다고 생각하였다.

시간도 많이 남지 않았다…….

어쨌든 바오로는 간호사의 시중이 필요한 환자였다.

송원희는 아침마다, 또는 가능한 한, 바오로와 시간을 함께하면서 그의 간호를 정성껏 도왔다.

하루하루 그를 사랑하는 마음이 샘솟았다. 요양원의 의사나 간호사, 또 다른 사람들에게는, '가톨릭 신자로서 신부님을 지극히 섬기고 천국에 가고 싶어 그런다'라고 말하였다. 다른 사람들에게 그녀의 바오로 신부에 대한 사랑의 헌신은 그렇게 이해되었다. 바오로 신부 또한 송원희의 지극한 보살핌을 기쁘게 여기며 조금도 마다하는 표정이 없었다. 송원희는 하느님께 감사하였다.

하루는 바오로 신부에게 송원희가 진지하게 말했다.

"신부님, 죽기 전에 고해성사를 하고 싶습니다. 저의 죄에 용서를 빌고 하느님 곁으로 가고 싶어요. 고해성사를 하지 않고서는 지옥에 떨어질 것만 같아요. 죄 많은 제 고해성사를 받아주실 수 있나요?"

바오로 신부는 살며시 미소를 지으며 말했다.

"저는 은퇴한 신부입니다. 성당의 다른 신부에게 하시는 것이 좋을 것 같아요. 제가 소개해드릴까요? 저는 못합니다."

"아닙니다, 신부님. 꼭 신부님께 하고 싶어요. 신부님이 아니면 안 될 것 같아요. 부탁입니다."

바오로 신부는 고개를 가로저었다. 그러면서,

"정 그러시다면 제가 기도해본 후 주님의 뜻에 따르겠습니다."

하고는 아무 소식이 없었다.

햇볕이 따스한 정원에서 휠체어에 나란히 앉아 도란도란 이야기를 나누며 간혹 손을 맞잡기도 하면서 홍소를 터뜨리는 두 노인의 모습은 한 폭의 그림같이 아름다웠다.

두 노인이 사귄다는 소문이 의사와 젊은 간호사 사이에 은근하고 정겹게 퍼졌지만, 송원희는 개의치 않았다. 70세 노인들의 은빛 사랑… 아름답지 않은가?

송원희는 행복하였다. 진정으로 사랑하는 사람을 사랑하는 것이 행복하였다. 둘이 나누는 일상의 평화롭고 조용한 대화가 너무도 행복하였다.

"신부님, 이 세상에서 제일 듣기 좋은 말이 무엇인지 아세요?"

"'사랑해'라고 하더만요."

"맞아요. 신부님은 '사랑해'를 몇 개 국어로 할 줄 아세요?"

"영어, 일어, 라틴어, 히브리어 정도로 할 수 있을 것 같아요. 여사님은요?"

"저는 독일어, 프랑스어, 영어, 일어, 중국어로 할 수 있을 것 같아요."

"한번 해보실까요?"

둘은 번갈아 가며 '사랑합니다'를 각국어로 말하였다.

"아이 러브 유I love you, 아이시테루요愛してるよ, 이히 리베 디히Ich liebe dich, 워 아이 니我愛你, 쥬 뗌므Je t'aime, 아모테Amo te, 아니 오헤부 오타흐בההוא אני אוהב אותך."

"신부님, 마지막 히브리어로는 무어라고 하셨죠?"

"아니 오헤부 오타흐."

"뭐라고요? 다시요."

"아니 오혜부 오타흐."

"다시 한 번만 더요. 제 눈을 쳐다보고요……."

바오로는 "푸핫" 하고 폭소를 터뜨렸다. 그러더니 천천히 송원희의 눈을 쳐다보며 또박또박 말했다.

"아. 니. 오. 헤. 부. 오. 타. 흐."

송원희는 너무도 기쁘고 행복했다. 송원희는 바오로의 귓불에 키스를 했다. 송원희는 다시 간청하였다.

"신부님, 고해성사 받아주세요."

"조금만 더요… 기도를 하고 있습니다."

그러더니 바오로가 송원희를 정면으로 바라보며 물었다.

"여사님은 연애결혼을 하셨습니까? 중매결혼을 하셨습니까? 사랑합니다라는 표현을 그렇게 많이 아는 걸 보니, 중매결혼은 아닌 것 같군요."

생뚱맞은 이 말에 송원희는 잠시 기가 막혔다.

'이 남자는 나를 확실히 기억하지 못하는구나…….'

"글쎄, 모르겠어요. 그것이 연애인지, 중매인지… 납치당해 결혼했습니다."

"……."

바오로는 더 이상 묻지 않았다.

바오로의 증세는 날로 악화되어 갔다. 그것은 다 알고 있는 사실이라 놀라운 것은 아니었다. 그러나 송원희는 하루하루가 타들어가듯 안타까웠다. 다행히 고통이 수반되지 않는 병이라 일상생활은 평온했지만, 기억력과 근력이 현저하게 떨어져 갔다. 송원희는 그럴수록 더욱더 바오로에게 다가가 지극히 간호를 하였고, 바오로는 감사하다는 말을 되풀이하였다. 그리고 끝에 '하느님께'라는 말을 잊지 않았다.

●

어느 이른 새벽이었다. 간호사가 송원희를 급히 찾았다. 바오로가 찾는다는 것이었다. 송원희는 응급실로 달려갔다. 바오로는 응급실 침대에 누워 있었다. 창백하고 해쓱한 얼굴. 송원희의 눈에 고시 공부하던 최광호의 창백했던 얼굴이 떠올랐다. 두 얼굴이 오버랩되며 일치하였다.

침대로 달려가 바오로의 손을 잡자, 바오로는 간호사에게 커튼을 치고 나가라고 눈짓을 하면서 송원희에게 작은 목소리로 속삭이듯 말하였다.

"고해성사를 하세요. 하느님께서 허락하셨습니다."

송원희는 하얀 백발을 부여잡고 울부짖었다.

바오로의 침대 밑에 무릎을 꿇고 그녀는 흐느꼈다. 상황을 이해 못 할 바 아니었다. 그녀가 입술을 바오로의 귓가에 대고 어깨를 출렁거리며 말하였다.

"너무 늦었잖아요. 이제는 너무 늦었잖아요. 신부님, 신부님. 저를 모르시겠어요? 저 송원희예요. 그렇게도 모르시겠어요? 당신 최광호가 가장 어려울 때 배신하고 떠난 나쁜 년 송원희예요. 용서해주세요. 용서해주세요. 그때는 어쩔 수 없었어요. 그렇지만 저는 최광호 씨 당신만 사랑했습니다. 제 일생 딱 한 번 첫 번째이자 마지막 사랑이었어요. 그것만은 진심입니다. 믿어주세요. 하느님의 이름으로 맹세합니다. 저를 용서하시고 천국으로 가세요. 저도 곧 따라가겠습니다. 천국에서 우리 사랑 다시 나누어요. 신부님, 아니 최광호 씨, 사랑합니다. 사랑합니다……."

송원희는 바오로의 손과 얼굴에 자신의 손과 얼굴을 포개며 엎드려 흐느껴 울었다.

이때, 바오로가 손을 움직이며 송원희의 손을 더듬었다. 그리고 송원희의 손바닥에 무엇인가를 쥐어주었다. 송원희는 쥐어진 물건이 무엇인지 펴보았다.

열쇠고리였다. 나무로 만든 작은 군화 한 쌍이 매달린…….

송원희가 소스라치게 놀라며 몸부림쳤다.

"최광호 씨… 신부님… 최광호 씨… 이미 아셨었군요……."

바오로는 손과 얼굴을 부비며 흐느끼는 송원희의 품속에서 고요히 숨을 거두었다.

●

열쇠는 바오로의 사물함 열쇠였다. 바오로의 장례식을 마치고 송원희는 바오로의 사물함을 열었다.

노란색 가죽 봉투에 두툼한 노트가 하나 들어 있었다. 최광호가 송원희에게 써서 보내고, 다시 송원희가 최광호에게 소포로 보냈던 '월요 이야기' 파일이었다. 그리고 파일 겉표지 위에 편지가 한 장 놓여 있었다.

하느님, 감사합니다. 이 죄 많은 종을 용서하여 주시옵소서. 하느님의 사랑을 지키고자 종이 된 제가, 하느님만이 아닌 또 한 여자를 평생 못 잊고 사랑했던 이 종을 용서하시옵소서. 하느님의 사랑에 감사드립니다. 송원희 그녀를 못 잊어 신부가 되었고, 신부가 된 후에도 그녀를 못 잊어 죽기 전에 단 한 번만이라도 좋으니 만날 수 있게 해달라고 기도한 이 죄 많은 종의 기도를 들어주셔서 감사합니다. 하느님의 사랑과 그녀의 사랑을 끝까지 지킬 수 있게 해주셔서 감사합니다. 그녀를 끝까지 보호해주소서. 그녀는 아무 죄가 없사옵나이다……. 주의 종 마지막으로 하느님께 기도합니다. 아멘…….

송원희는 편지와, 눈물에 얼룩진 '월요 이야기' 파일과, 나무 군화 한 쌍을 가슴에 안은 채 그대로 주저앉고 말았다.

천국에서의 소원

꽃 피고 따스한 미풍이 부는 천국의 정원에 어머니들이 모여 잔잔한 미소를 지으며 나비들을 보고 있었습니다.

선하고 가련하여 하느님의 특별한 축복을 받았던 어머니들이었습니다. 남편을 잃고 한 아들을 키우며 오직 하느님과 세상의 선한 섭리를 믿으며, 작은 거짓도 용서받지 못할 죄악으로 여기고, 최선을 다해 봉사함을 은총으로 생각하며 하루하루를 살아왔던 거룩한 어머니들이 었습니다.

하느님은 이들의 선함과 가련함을 잘 아시는지라, 이 어머니들이 아들을 낳을 때 한 가지 소원들을 들어주기로 하셨습니다.

해산을 목전에 두고 진통이 온몸을 쥐어짤 때 천둥같이 큰 목소리가 하늘에서 들려왔습니다.

"가여운 어머니여, 네 어려움과 소망을 내가 아노라. 아들에게 들어줄 한 가지 소원을 말하라. 내 어여삐 들어주겠노라."

어머니는 태어날 아들에게 한 가지 소원을 들어주신다는 크나큰 축복에 고통 속에서도 감격의 눈물을 흘렸습니다.

두 손 모아 은혜에 감사드리며 아들을 위해 기도를 하였습니다.

'어떤 소원을 말할 것인가?'

머릿속을 맴도는 수많은 소원 중 무엇을 말할 것인가? 어머니는 번민에 빠지고 말았습니다.

아이의 행복을 바라지만, 행복하려면 무엇을 소원해야 할까?

결단을 내릴 수 없어 계속되는 진통에 땀을 흘리며 초조해했습니다.

출산을 더 이상 미룰 수 없는 마지막 순간에 하느님께 외쳤습니다.

"오, 하느님. 태어나는 우리 아들에게……."

어머니들은 하느님께 외친대로 소원이 이루어졌습니다.

소원대로 아들이 자라나는 것을 보았습니다.

그리고 이제 모두 천국의 정원에 모인 것이었습니다.

한 어머니가 미소를 지으며 말하였습니다.

"저는 하느님께 아들이 자라면 어렵고 힘든 사람들에게 돈을 마음껏 쓰는 사람이 되게 해달라고 기도했지요.

부자를 소원하지는 않았어요. 세상에 돈 많은 부자는 많지만, 인색하거나 돈을 더 벌기 위해 돈을 쓸 뿐, 가치 있게 쓰는 사람은 별로 없었어요.

저는 아들이 돈을 많이 버는 사람보다는 돈을 많이 쓸 수 있는 사람이 되어 많은 사람을 행복하게 해줄 수 있는 사람이 될 수 있도록 기도했지요."

"오, 좋은 소원을 기도하셨군요. 하느님께서는 물론 소원을 들어주셨겠지요."

또 한 어머니가 말하였습니다.

"저도 하느님의 은혜에 감사드리며 소원을 기도했어요. 정말 생각을 많이 하였어요.

저는 태어나는 아들이 세상 사람들에게 큰 영향을 미칠 수 있는 힘 있는 자가 되게 해달라고 기도했어요. 권력이라고 말하지만, 권력자들은 욕심이 너무 많고 이기적이었어요.

권력자라기보다는 큰 영향력 있는 사람이 되기를 빌었지요. 하느님께 감사드리면서요……"

세 번째 어머니 차례가 되었습니다.

"오, 좋은 소원들을 말하셨군요.

저는 제 아이가 정말 행복하게 살기를 바랐습니다. 행복이란 사랑받을 때 생기는 것이라고 믿었어요. 그래서 아들에게 모든 사람에게 사랑받는 사람이 되기를 기도했습니다.

더욱이 하느님의 사랑을 듬뿍 받으면 얼마나 행복할까요. 그래서 저는 그렇게 기도했답니다."

마지막 어머니가 말하였습니다.

"저는 아들이 모든 사람에게 기쁨을 주는 사람이 되기를 기도했답니다. 사람들에게 가능한 한 즐거움을 많이 주는 사람……

그런 사람이 무엇인지는 모르지만 사람들에게 끊임없이 즐거움을 샘솟게 하는 사람이 되면 얼마나 좋을까, 그렇게 되기를 소원했지요."

네 명의 어머니는 옛날을 회상하듯 꿈에 젖은 표정으로 하느님께서 주신 축복과 은혜를 감사하였고, 또 그 소원을 들어주신 하느님의 전지전능하신 능력과 놀라운 계획을 서로 이야기하였습니다.

첫 번째 어머니에게 누군가 물었습니다.

"그래서 아드님은 돈 많은 부자가 되었나요? 돈을 많이 쓰면서 행복하게 살았나요?"

"아들은 돈 많이 버는 부자가 되지는 않았어요. 그렇지만 돈을 엄청나게 많이 쓸 수 있는 사람이 되게 해주셨어요.

처음에는 은행가가 되었어요. 돈이 필요한 사람에게 돈을 마음껏 쓸 수 있게 해주었지요. 금융과 투자의 천재가 되었습니다. 아들을 당할 만한 전문가는 없었습니다. 마음껏 돈을 주물렀습니다. 오직 하느님만이 주실 수 있는 능력이었지요.

그리고 이내 다른 일을 하게 해주시더군요. 재무부 장관이 되었어요. 아들의 경제이론에 반론을 펴는 사람은 없었어요. 한 나라 예산보다 더 많은 돈을 가진 부자는 없지요. 아들은 마음껏 돈을 썼습니다. 자기 돈은 아니지만, 어마어마한 나랏돈을 마음대로 썼어요.

아들은 늘 말했죠.

세상의 부자는 둘로 나뉜다고요. 돈을 많이 '가진' 사람과 많이 '쓰는' 사람이라고요.

누가 진정한 부자일까요? 아들은 하느님께 늘 감사했어요. 자기가 진정한 부자라고요."

"그래서 행복해했나요?"

"……"

"우리 아들은 정말 세상의 힘 있는 사람이 되었어요."

"대통령이 되었나요? 정치인? 아니면 검사? 장군이 되었나요?"

"아니에요. 하느님은 우리 아들을 명쾌하고 날카로운 명논설가로 만들어주셨어요.

붓이 칼보다 강하다고 하잖아요. 그리고 언론을 무관의 제왕이라고 하잖아요.

아들은 돈도 없고 지위도 없지만 정말 힘이 있었어요. 그것은 수많은 사람들의 마음을 움직이는 것이었어요. 아들의 말이 곧 여론이 되었어요. 사람들의 행동을 움직였어요.

그 무서운 힘이란……. 대통령도 정치인도 아들의 혀끝으로 자리를 내놓았죠. 수많은 사람을 구속시키고 석방시키곤 하였어요.

아들이 보기에 좋은 세상을 만들려고 무척 노력했답니다. 소원을 이루어주셔서 정말 감사할 일이지요."

"행복하셨나요? 아드님?"

"……"

사랑받게 해달라고 기도했던 세 번째 어머니도 이야기하였습니다.

"저는 아들이 세상 누구에게도 사랑받는 사람이 되게 해달라고 기도했어요. 진정한 행복은 사랑에서 나오는 것이니까요. 이 소원을 이루어주셨어요.

아들은 태어날 때부터 아름다웠습니다. 누구든지 한번 보면 반해버리고 말지요. 그리고 아들에게 사랑을 고백했어요.

얼굴만 아름다운 것이 아니었답니다. 말도 정말 아름답게 잘했어요. 아들이 말을 하면 누구라도 넋을 잃지 않는 사람이 없었어요. 사랑에 빠지지 않을 수 없었죠.

아들은 어디 가든 최고의 인기인이 되었어요. 누구나 아들을 도와주고 싶어 하고 가까이하고 싶어 했으니까요.

하는 일은 무엇이든 성공을 거두었죠. 사업도 했습니다. 정치도 했습니다. 공부도 했습니다. 놀랄 만한 성공을 거두었습니다. 정말 사랑이란 기적의 묘약이었어요.

모두들 우리 아들을 사랑스러워하며 못 도와주어서 안달이었으니까요. 돈, 권력, 명예, 지위 모든 걸 가졌답니다. 세상 사람 누구든지 아들을 부러워했지요. 하느님 감사합니다."

어머니는 고개를 숙여 진심으로 감사의 기도를 올렸습니다.

"정말 좋은 소원을 이루어주셨군요. 아드님은 그래서 행복하셨나요?"

"……."

네 번째 어머니 차례가 되었습니다.

"아들은 사람들에게 즐거움을 주는 사람이 되는 선물을 받았답니다. 아들은 유명 인기 연예인이 되었어요. 진정한 기쁨과 즐거움은 시간과 공간을 초월하는 것이어야 하나 봐요.

아들은 말했어요. 세상의 가장 큰 즐거움은 인생의 비밀스러운 속살을 몰래 엿보는 것이라고요. 바로 그런 연기를 하였어요.

아들이 출연한 작품이나 프로그램은 수많은 사람에게 사랑을 받았어요. 세계적으로 아들 이름을 모르는 사람이 없게 되었죠. 사람들은 아들의 얼굴과 손 한번 만져보는 것이 일생의 큰 기쁨이었어요.

아들은 세상에 자아의 몰입만큼 더 깊은 기쁨은 없다고 하더군요. 몰입을 하면 자신의 생명조차도 잊어버리니까요. 하느님께서는 이렇게 놀랍게 계획을 이루셨습니다. 정말 감사하고 감사하지요."

"오, 정말 그렇게… 아드님은 정말 행복했겠네요. 작품 활동을 할 때마다 몰입하였을 테니까요."

"……."

네 어머니는 아들에게 소원을 들어주신 하느님의 사랑을 감사함으로 증거하였습니다. 어머니들의 마음은 맑고 선하며 정직했습니다.

그러나 아들의 행복을 말하는 대목에서는 모두들 침묵하며 묵상을 하곤 했습니다.

그 아들들은 모두 행복하였나요?

첫 번째 어머니가 말했습니다.

"아니었어요. 아들은 돈을 쓰는 데 한도가 없었고, 아무에게도 속박

되지 않았으므로 어떤 부자보다도 아끼지 않고 돈을 썼지요. 욕심 부리거나 나쁜 마음을 가진 적은 없었지요. 그렇지만 행복하지는 않았어요.

아들 주위에는 늘 사람들이 들끓었지요. 어려워서 손을 내미는 사람도 많았지만, 더 많은 건 더 큰 돈을 벌려고 하는 사람이었어요.

그리고 아름다운 여인들이 많았어요. 여인들은 아들의 사랑스러운 눈을 바라보며 돈을 이야기하고, 아들의 아름다운 지갑을 보며 사랑을 이야기하더군요.

아들은 혼자 있는 법이 없었어요. 늘 누군가가 아들 곁에 다가왔지요. 아들은 돈은 권력의 종착점이라고 하더군요. 돈 없는 권력이란 사랑 없는 데이트와 같아서 오래 지속되기 어렵다고 했습니다.

아들은 아내를 여러 번 바꾸었지요. 그런 말 있잖아요? '지위가 높아지면 친구가 바뀌고, 돈이 많아지면 아내가 바뀐다'고요. 저는 이 말을 믿지 않았지만, 아들은 진정한 아내의 사랑을 받아보지 못했던 것 같아요. 따스한 가정의 행복 없이 진정한 행복이 존재할 수 있을까요?

보람을 느끼곤 했던 것은 같았어요. 그렇지만 보람찬 생활이 행복한 생활이라고 말할 수만은 없겠죠."

첫 번째 어머니의 말을 듣고 모두 숙연해졌습니다.

두 번째 어머니는 아들에 대해 이렇게 말하였습니다.

"아들을 보면서 권력이나 힘은 사람들과 소통하는 공감에서 나온다는 걸 알았어요. 언론은 대통령보다도 더 큰 힘을 가지고 있다는 것을 깨달았답니다. 아들은 펜촉으로 사람을 죽이기도 하고 살리기도 한다고 늘 말했어요. 법도 재판도 필요 없이요…… 세상의 교사이자 검사이자 판사였죠. 그 세 존재의 힘을 모두 합한 진짜 힘이 있었어요.

사람들은 잘 모르지요. 자신들이 아는 것은 대부분 언론으로부터 배운 것이란 사실을 말이에요. 그러나 아들이 행복했다고 생각되지는 않았어요. 교만했거든요. 늘 힘없는 자를 위한다고 했지만, 자신을 비난하는 걸 참지 못했어요. 겸손한 말을 쓰지만 겸손한 척하는 것이었어요.

자신의 선과 정의가 세상의 선이자 정의라고 단정했어요. 그런 막강한 영향력을 가졌지요.

하지만 아들은 외로웠어요. 아들로 인해 상처받은 사람이 너무 많았던 거죠.

아들에게 마음속의 진심을 말하는 사람이 별로 없었습니다. 아들이 일을 그만둔 후에는 사람들이 찾아오지 않을 것이라는 걸 저는 알 수 있었어요. 힘의 속성이라 생각했어요. 아들도 힘의 시작과 끝을 알기에 그 힘을 아끼는 법이 없었습니다. 외로움이 닥친다는 것을 아는 사람이 어떻게 행복한 사람이겠어요? 하지만 하느님은 저의 기도를 정말 충실히 들어주신 분이에요. 감사드립니다."

어머니들은 숙연해졌습니다. 단 한 가지 소원을 말하는 것이 얼마나 어려운 것인지 뼈가 사무치도록 실감이 되었습니다.

"아들은 온 세상 사람들에게 사랑을 받으며 성장했습니다. 사랑의 기운은 온 세상을 다 움직일 수 있다는 것을 알았지요. 하느님께 정말 좋은 소원을 말했다고 생각했습니다. 모든 것을 아들이 뜻한 대로 이룰 수 있었으니까요.

그런데 아들에게는 진실된 마음의 행복이 없었어요. 사랑의 기쁨은 받을 때가 아니라 할 때에 느낄 수 있는 것이라는 사실을 몰랐었습니다. 사랑하지 않는 사람이 아들에게 사랑을 고백할 때 아들은 고통스러워했어요.

사랑하려 해도 사랑이 생기지 않을 때 고문을 받는 것 같다고 했어요. 아들의 마음은 늘 얼음장처럼 차가웠어요. 사랑의 불꽃이 없었던 거죠. 차라리 미워해주었으면 행복할 것 같다는 말도 종종했지요.

사랑을 받는 것으로 모든 걸 이루었지만 정작 행복은 이룰 수 없었어요. 사랑에 지쳐 그는 행복하지 않은 사람이었습니다.

사랑은 주어야 하는 것이었어요. 아들은 늘 하느님께 기도했습니다. 사랑할 수 있게 해달라고요."

어머니들이 모두 작은 소리로 기도를 하였습니다. 감사와 함께 자신의 짧은 어리석음을 회개하는 기도였습니다.

마지막 어머니가 조용히 말을 하였습니다.

"아들은 유명한 인기 연예인으로서 명성과 부를 얻었습니다. 그는 사람들의 기쁨과 슬픔, 그리고 인간 내면의 오묘하고도 복잡한 감정을 잘 이해하고 있었어요.

아들의 연기에 사람들은 슬퍼 눈물을 흘리고, 기뻐 손뼉을 치는가 하면, 분노와 흥분에 몸을 떨었죠. '어찌 인간의 심장을 멈추게 하면서 피는 더 솟구치게 한단 말인가?'

아들은 가수이기도 했어요. 아들이 발표하는 명곡들은 많은 사람들을 달래고 위안을 주었죠. 그렇지만 사람들을 웃기면서도 아들은 웃을 수 없었고, 즐겁게 하면서도 즐거울 수 없었고, 격정에 사로잡히게 하면서도 정작 본인은 냉정했습니다.

아들은 인간의 내면을 해부하는 해부사와 같아서 심장을 도려내면서도 흥분하지 않았고, 피를 솟구치게 하면서도 자신의 혈관은 덥혀지지 않는 인간이었어요.

아들의 생활은 겉과 속, 낮과 밤, 무대의 앞과 뒤가 다른 이중적인 것이었어요.

몰입하여도 스스로를 위한 몰입이라기보다 타인을 위한 몰입이라는 것이 주는 희열이라는 것이 얼마나 클까요? 스스로의 뜨거운 가슴이 없이 어떻게 행복했겠어요. 그는 자신 같은 연예인이 한 사람 더 있었으면 하고 늘 바랐어요. 자기를 뜨겁게 열광케 해주는 존재요."

천국의 어머니들은 하느님께 감사를 드리며 자신들의 소원에 대해 깊은 묵상을 하였습니다.

과연 사람들을 행복하게 해주는 단 하나의 소원이 있다면 무엇일까. 한 어머니가 말하였습니다.

"진정한 행복이란 무엇일까요? '마음의 평화'가 아닐까요? 마음이 평화로울 때 비로소 내면의 행복이 느껴지는 것 아닐까요?

돈이나 권력이나 명예나 사랑도 모두 마음의 평화를 가져다주지는 않으니까요. 성취나 보람도 행복은 아닐 것 같아요."

"그렇군요. 마음의 평화… 진정한 행복일 수 있겠네요. 하지만 욕구가 채워지지 않는 부족함 속에서 마음의 평화를 얻을 수 있을까요? 부족하지만 만족스러운 평화를 얻으려면 하느님께 무슨 소원을 말해야 할까요?"

"그래서 그토록 번민했었지요. 해산의 진통보다도 더 아프게… 지혜로운 소원이라고 생각했는데 지나고 보니, 그것도 아니었다는 것이 늘 가슴 아프게 합니다. 무엇일까요? 그 부족한 소원이……"

이때였습니다. 하늘에서 천둥 같은 소리가 네 명의 어머니들에게 들려왔습니다.

"선하고 가여운 어머니들이여. 거룩한 어머니들이여. 마지막으로 한 가지 소원을 말하라. 아들에게 다시 들어주겠노라."

어머니들은 은혜가 많으신 하느님께 무릎을 꿇고 감사와 찬미의 기도를 하였습니다.

"하느님, 하루만 시간을 더 주십시오. 저희들이 더 생각하고 생각하여 소원을 말하겠나이다."

하느님은 너그럽게 어머니들에게 하루의 시간을 주셨습니다.

네 어머니들은 세상의 지혜와 천국의 은총을 깊이 생각하며 '마음의 평화'를 얻을 수 있는 단 한 가지의 소원을 생각해보았습니다.

"세상은 무엇을 얻어도 부족합니다. 다 얻을 수도 없습니다. 부족해도, 불만이어도 '마음의 평화'를 이룰 수 있는 단 한 가지 소원. 행복의 조건을 충족시키는 단 한 가지 조건. 무엇일까요?"

현명하고 참을성 있고 양보심 강한 어머니들은 머리를 맞대고 숙의하였습니다.

이튿날 날이 밝았습니다. 천둥 같은 소리가 하늘에서 들려왔습니다.

"무엇을 소원하겠느냐? 지혜롭고 충직한 어머니들이여."

네 어머니는 모두 한목소리로 소리를 높여 동시에 외쳤습니다.

"감사합니다, 하느님.

저희들의 소원은 아들이 어떤 역경에 빠져도 감사해하는 마음을 갖는 것입니다."

하느님은 소원을 들어주셨습니다. 어머니들은 아들들에게 그 소원을 내려주었습니다.

소원이 이루어지자 아들들은 하루아침에 인생이 바뀌기 시작했습니다.

돈을 마음껏 쓰던 아들에게 갑자기 불투명하게 돈을 쓴 것에 대한 의혹을 제기하며 이제까지 없었던 비난이 창살처럼 퍼부어졌습니다.

펜과 혀로 막강한 영향력을 행사하던 아들에게는 궤변으로 국민을 호도하였다고 언론과 지성인들로부터 송곳 같은 비판이 쏟아졌습니다.

사랑을 받으며 성공 가도를 달리던 아들에게는 위선자라며 사기를 당했다는 고발이 줄을 이었습니다.

연예인으로서 명성을 날리던 아들은 사생활이 문란하고, 국민 정서를 타락시켰다는 비평이 뭇매처럼 쏟아졌습니다.

아들들은 급작스럽게 들이닥친 불운과 불행에 파멸의 늪으로 떨어져 갔습니다. 회복할 수 없는 파탄이었습니다.

이때, 아들들의 마음속에서 이제까지 느껴보지 못했던 따뜻한 불꽃이 모락모락 피어올랐습니다.

그간 빼앗기고 부족한 것에 대한 원망이, 그간 가졌고 지금도 가지고 있는 것에 대한 감사함으로 바뀌는 것이었습니다.

비난과 실패와 누명과 좌절의 화살이 아프게 꽂혀올수록 그 불꽃은 점점 더 뜨겁게 불타올랐습니다.

감사의 모닥불이었습니다. 이제까지 바라기만 하였고, 이루어졌던 것에 대해 까맣게 잊고 있었던 감사함이 가슴속을 가득히 채웠습니다.

그들을 비난하고 뒤돌아서는 저들이 밉기는커녕 그렇게 사랑스럽고 감사할 수가 없었습니다. 있을 수 없는 하느님의 축복과 은혜였습니다.

뜨거운 눈물이 용천수처럼 솟아올랐습니다.

아들들의 마음속에 고요한 평화가 넉넉하게 깃을 들였습니다.

처음으로 느껴보는 충만된 행복감이었습니다.

아들들은 무릎을 꿇었습니다.

"감사합니다. 감사합니다. 이 모든 것에 감사합니다."

"행복이란 물항아리 바닥에 쌓여 있는 금화 같은 것이노라.

더 많은 금화를 얻기 위해서는 더 많은 물을 비워야 함에도 하잘것없는 항아리를 채우느라 금화를 보지 못하는 아들들아.

비울수록 채워지는 것에 감사를 느끼고, 감사할수록 그만큼의 행복이 찾아온다는 것을 알기를 진심으로 바라노라."

천국에서의 어머니들의 소원은 이루어졌습니다.

젊은 어부의 영원한 사랑

그곳에 평화롭고 고요한 작은 바닷가 마을이 있었습니다.

야트막한 산으로 둘러싸여 하늘 아래 아늑하게 묻힌 마을은, 논도 밭도 변변치 않아 마을 사람들에게는 고기 잡는 바다가 애오라지 삶의 텃밭이자 일터였습니다.

양팔을 두르듯 마을 어귀에 자리 잡은, 하나밖에 없는 포구는 이 마을 어부들에게는 조석으로 바다로 들락거리는 나들목이자 고깃배들의 안식처였습니다.

앞바다에서는 철따라 고기가 잘 잡혔습니다.

동 트는 이른 아침, 어부들은 작은 고깃배에 몸을 싣고 가까운, 때로는 먼 바다로 나갔습니다. 조기, 고등어, 갈치를 가득 싣고 서쪽 바다로 미끄러지듯 떨어지는 해를 등지고 포구로 돌아올 때면, 붉은 노을은 온 마을을 주홍빛 물감으로 물들이곤 했습니다.

포구로 돌아오는 남편들을 맞이하는 어부의 아내들은 그렇게 행복할 수 없었습니다.

미역 조갯국에 남편이 방금 잡아온 고기를 기름지게 구어 흰 쌀밥에 얹어 도란도란 둘러앉아 먹는 저녁식사는 이 세상 어디에서도 맛볼 수 없는 진미 중의 진미였습니다.

배부른 저녁을 먹고 그날 고기를 잡으면서 일어났던 아버지 이야기를 듣는 자식들의 얼굴에는 행복한 웃음꽃이 환하게 피어났습니다.

밝지는 않아도 따뜻하게 비치는 작은 등불에 어른거리는 어부 가족의 단란한 모습같이 아름다운 그림이 또 있을까요?

세차게 바람이 불거나 비가 쏟아지면 어부들은 고기잡이를 나갈 수가 없었습니다.

바다로 나가지 않는 날이나 특별한 날이 오면, 마을 사람들은 어김없이 마을 산기슭에 우뚝 서 있는 느티나무 사당을 찾았습니다.

사당을 찾아 마을을 지켜주는 신령님께 아무쪼록 잔잔한 바다에서 고기를 많이 잡을 수 있도록 해달라고 정성껏 빌고 또 빌곤 하였습니다.

이 작은 바닷가 마을의 느티나무 사당은 다른 마을하고는 달랐습니다. 그곳에 모셔져 있는 신령님은 젊고 아름다운 한 청년과 처녀의 혼령이었습니다. 그 사당은 특별한 곳이었습니다. 특별한 날에만 문을 열 뿐, 평소에는 문을 여는 법이 없었습니다.

마을 사람들은 열심히 고기를 잡고, 늘 자신들을 지켜주는 신령님께 감사해하며, 가족을 사랑하면서, 가난하지만 그렇게 행복하게 살았습니다.

●

바다는, 무한하고 알 수 없는 곳이었습니다.

비단결같이 부드러운 실바람이 살랑살랑 스쳐 지나갈 때나, 밝은 햇살이 따스한 손길로 포근하게 어루만질 때, 바다는 포근한 어머니 품이 됩니다.
에메랄드 푸른빛으로 빛나는 보석처럼, 유리같이 투명한 거울처럼 바다는 아름답고 고결한 미인입니다.

하지만 늑대 발톱같이 날카로운 바람이 서릿발처럼 몰아칠 때, 하늘의 창살이 내리꽂히듯 거친 빗줄기가 쏟아질 때, 바다는 어머니 품에서 악어의 이빨로, 고결한 미인에서 악마의 얼굴로 둔갑합니다.
밝고 푸른빛은 검고 어두운 먹물로 돌변하여 그 누구도 용서하지 않는 지옥의 사자로 변신합니다.

다행히 이 작은 바닷가 마을은 느티나무 신령이 보살펴주시는 덕분인지, 또는 선량한 어부들이 하늘을 감복시켰는지, 앞바다는 늘 포근한 어머니 젖가슴같이 어부들에게 맛있고 풍부한 젖꼭지를 물려주곤 하였습니다.

마을 사람들은 고기 잡으러 나가기 전에는 느티나무 신령에게 감사드렸고, 바다로 나가서는 어머니 바다에게 허리 숙여 고마운 절을 드리고는 바닷속으로 그물을 던지곤 하였습니다.

●

옛날, 마을에 젊고 씩씩한 청년이 있었습니다.

고기잡이 아버지 밑에서 어릴 적부터 고기잡이를 배워온 청년은 마을 누구보다도 고기 잡는 일에는 자신이 있었습니다.
늘 앞장서서 배를 몰았고, 가장 먼저 그물을 던지며, 아무리 힘든 일이 있어도 웃음을 잃지 않고 마다하지 않는 용감한 청년이었습니다.

마을의 처녀들은 모두 이 청년을 사모하였습니다. 넓고 단단한 어깨, 검게 그을린 얼굴, 두터운 두 손, 그리고 그의 폭넓은 이해심에 반하지 않는 처녀는 없었습니다.

그렇지만 청년은 쉽게 마음을 허락하지 않았습니다. 청년은 좋을 때나 어려울 때나, 봄날이나 겨울날이나, 따스한 햇살이나 차가운 비바람이 몰아쳐도 자신만을 영원히 사랑해줄 처녀를 원했습니다. 그런 처녀를 만나 살아도 같이 살고 죽어도 같이 죽는 순수한 사랑을 원했습니다.

마을의 처녀 중에 그렇게 자신과 함께 변함없는 사랑을 할 수 있는 처녀를 찾지는 못했습니다. 청년은 결혼을 망설이며 자기만의 애틋한 사랑을 가슴에 안고 살았습니다.

그러다 청년은 평소에 눈에 잘 띄지 않았던 한 처녀를 보았습니다.
처녀는 수줍어서 말없이 청년을 바라보다 슬그머니 모습을 감추곤 하였습니다. 작고 동그란 어깨에 어딘지 서글픈 눈동자를 가진 가냘픈 처녀였습니다.
청년이 그 처녀를 보는 순간 가을바람에 나뭇잎 떨어지듯 마음이 흔들렸습니다.
청년은 그 처녀가 어디에 사는지 궁금했습니다. 어떤 처녀인지 알고 싶어졌습니다.

그 처녀는 바로 느티나무 신령을 모시는 처녀였습니다. 느티나무 신령을 모시는 처녀는 결혼을 하지 못하는 것이 그 마을의 풍습이었습니다. 청년은 그 처녀가 느티나무 신령 모시는 처녀라는 것을 알자 크나큰 실의에 빠졌습니다.

청년은 그 처녀를 잊을 수 없었습니다. 그 처녀가 그리워 견딜 수가 없었습니다.

청년을 그리워한 것은 그 처녀도 마찬가지였습니다. 남몰래 청년을 볼 때마다 봄바람에 꽃잎 날리듯 가슴이 설레었습니다.

청년은 밤에 몰래 느티나무 신령당으로 처녀를 찾아갔습니다. 청년과 처녀는 사랑에 빠지게 되었습니다. 두 사람은 아무도 모르는 사랑을 나누었습니다. 밤이면 밤마다 청년은 그 처녀를 찾았습니다.

하지만 청년과 처녀는 결혼을 할 수 없는 운명이었습니다.

청년은 처녀에게 속삭였습니다.

"나는 언제까지 당신과 함께 있겠어요. 나는 당신의 행복을 낚아주는 어부로 있을 거예요. 저 바다같이 넓고 푸르고 깊은 사랑을 당신께 드릴 거예요. 날씨가 변하면 바다는 변하지만 나의 마음은 변하지 않을 거예요. 우리가 결혼을 못해도 좋아요. 당신을 향한 나의 보석 같은 마음은 영원히 변치 않을 거예요. 사랑합니다."

처녀는 청년의 고백을 듣자 너무도 행복하고 황홀했습니다.

"저 또한 당신에게 거울같이 깨끗한 사랑을 바치겠어요. 당신 외에 누구도 사랑하고 싶지 않아요. 살아도 같이 살고 죽어도 같이 죽는 사랑을 하겠어요. 결혼을 할 수는 없지만 저 또한 영원히 당신을 사랑하겠어요."

두 사람의 사랑은 날이 갈수록 깊어졌습니다.
어떤 비바람이 두 사람의 사랑을 막을 수 있을까요?

굳은 땅을 뚫고 나오는 푸른 새싹같이, 고치를 부수고 나는 노란 나비같이, 낙엽 속에 열리는 붉은 열매같이, 얼음장 밑을 흐르는 맑은 샘물같이 두 사람의 사랑은 갈수록 강해졌습니다.

두 사람은 둘만의 사랑을 영원히 지속하고 싶었습니다. 샛별같이, 진주같이 영원히 지속하고 싶었습니다. 그러나 결혼을 할 수는 없었습니다. 느티나무 신령의 노여움이 두려웠습니다.
두 사람은 바닷가 마을을 떠나기로 했습니다. 손가락을 걸어 영원한 사랑을 지키겠다는 맹서를 하였습니다.

청년이 신령 모시는 처녀와 사랑에 빠진 것을 아는 사람은 아무도 없었습니다.
청년은 여전히 용감하고 씩씩한 어부였습니다. 아침이면 어김없이 고깃배를 타고 어부들과 고기잡이를 나갔습니다.

햇살이 유난히 밝은 어느 아침, 이런 날이야말로 고기가 많이 잡힌다는 것을 잘 아는 어부들은 청년을 앞세우고 힘차게 고깃배를 띄웠습니다.

과연 그날은 바다가 주시는 선물인 양, 그물을 던지는 대로 가득 가득 고기가 올라왔습니다. 어부들은 점점 더 먼 바다로 나갔습니다.

작은 어선에 가득 실린 고기를 보며 어부들은 그들만의 기쁨을 소리 높여 외쳤습니다.

"느티나무 신령님… 감사합니다!"

그러고는 그물을 접고 포구로 돌아갈 채비를 하기 시작하였습니다.

그때 미역줄기같이 작은 구름 하나가 서쪽 하늘에 나타났습니다.

마을 사람들은 서둘러 노를 저었습니다. 너무나 먼 바다로 나온 것 같았습니다.

작은 미역줄기 구름이 점점 커져 붉은 노을에 물들어야 할 서쪽 하늘이 검푸른 색깔로 변하기 시작했습니다.

파도가 일기 시작했습니다. 곧이어 하늘에서 바다로 그물이라도 던지듯 엄청난 비가 쏟아져 내리기 시작했습니다. 검은 장막이 바다를 휘감기라도 할 듯 세찬 바람이 작은 고깃배를 휘감았습니다.

어부들은 놀라 정신없이 노를 저었습니다. 바다는 악마의 얼굴로 변해가고 있었습니다.

가엾은 어부들은 뱃전에서 두 손을 모아 빌었습니다.

"하늘이시여, 느티나무 신령이시여, 노여움을 푸소서.

저희들은 착하고 가난한 어부들입니다. 아내와 어린 아이들이 저희들이 돌아오길 애타게 기다리고 있습니다. 저희 중에 죄 지은 사람이 있으면 용서하시고, 바람과 빗줄기를 거두어 저희들이 무사히 집으로 돌아갈 수 있도록 해주십시오.

신령님께 빌고 비옵니다……"

그러나 비바람은 더욱 심해지기만 할 뿐 가라앉을 기미를 보이지 않았습니다. 모두들 절망에 빠져 슬피 울기 시작했습니다.

어쩔 수 없었습니다. 작은 배는 곧 뒤집어질 수밖에 없게 되었습니다.

이때, 말없이 뱃머리를 지키던 청년이 일어났습니다. 청년의 눈에서 한 줄기 뜨거운 눈물이 흘러 내렸습니다. 그러나 쏟아지는 빗줄기 속에서 그의 눈물을 알아차리는 사람은 아무도 없었습니다.

청년은 하늘을 향해 외쳤습니다.

"느티나무 신령이시여, 용서하옵소서. 이분들은 아무 죄가 없사옵니다. 이분들이 무사히 집에 갈 수 있도록 구해주시옵소서. 오로지 죄지은 사람만 벌하여 주시옵소서."

뜨겁고도 굵은 두 줄기 눈물이 또다시 청년의 얼굴에서 쏟아지듯 흘러내렸습니다.

하늘을 우러러 깊은 탄식을 한번 하더니, 청년은 바닷속으로 뛰어들었습니다. 누가 말릴 사이도 없었습니다.

청년은 그렇게 검푸른 바닷속으로 사라졌습니다.

남은 어부들은 죽을힘을 다해 배를 저었습니다.

다행히 빗줄기가 서서히 잦아들고 바람도 잔잔해졌습니다.

천신만고 끝에 어부들은 집에 돌아올 수 있었습니다.

다음 날, 사람들은 마을의 모든 배를 동원하여 바다로 나갔습니다.

청년 덕분에 자기들이 살았다면서, 청년의 시체라도 찾아야겠다는 것이었습니다. 목숨을 구해준 청년을 기리는 성대한 장례를 치러주고자 했습니다.

그렇지만 아무리 바다를 찾아봐도 청년의 시체는 발견할 수가 없었습니다. 마을 사람들은 청년의 시체를 찾는 일을 포기할 수밖에 없었습니다. 그리고 느티나무 밑에 청년의 혼이라도 위로하는 제사를 지내기로 하였습니다.

제사를 준비하면서, 마을 사람들은 느티나무 신을 모시는 처녀가 없어졌다는 것을 그제야 알았습니다.

언제부터 처녀가 안 보였는지 아무도 몰랐습니다.

이번에는 사람들이 처녀를 찾아 나섰습니다.

마을의 배를 모두 바다에 띄워 청년을 찾듯이 처녀를 찾았습니다. 처녀 역시 어디서도 찾을 수가 없었습니다.

하는 수 없이 체념하고 마을 사람들은 처녀도 혼이나마 느티나무 밑에 제사를 지내주기로 하였습니다.

마을 사람들이 청년과 처녀의 제사를 준비하고 있던 아침이었습니다. 바닷가 모래밭을 바라보던 한 마을 사람이 큰 소리로 외쳤습니다.

"여기 좀 와보세요, 여기요!"

모두들 모래밭으로 달려 나갔습니다.

그리고 보았습니다.

그곳에는 서로 꼭 껴안은 채 움직이지 않는 두 사람이 있었습니다.
청년과 처녀의 시체였습니다.
마을 사람들은 모두 놀란 얼굴로 서로를 쳐다보았습니다.
세상에 도저히 있을 수 없는 일이었습니다.

●

이 작은 바닷가 마을에 전설이 생겼습니다.

'느티나무 신령을 모시는 처녀를 사랑했던 청년이 있었습니다.
두 사람은 남몰래 사랑을 하였습니다. 그러나 신령을 모시는 처녀는
사랑을 해서는 안 되는 사람이었기 때문에 신령이 노하였습니다.
신령은 청년이 고기잡이 하러 나가자 모진 비바람을 몰아쳤습니다.
청년은 신령의 노여움을 풀고자 스스로를 바다의 제물로 바쳤습니다.
남은 어부들은 무사히 집으로 돌아왔습니다.
청년이 죽었다는 말을 들은 처녀는 청년을 따라 바닷속으로 몸을
던졌습니다. 청년이 죽은 곳과는 천 길이나 떨어진 곳이었습니다.
그런데 아주 신비한 일이 일어났습니다. 아무도 못 찾던 두 사람의
시체가 꼭 껴안은 채 마을로 돌아온 것이었습니다.
살아서는 사랑을 못 이루었지만, 죽어서 혼령이 되어 신령의 노여움
에도 불구하고 바닷속에서 서로를 찾아 사랑을 이룬 것입니다.

신령의 노여움도 그들의 사랑을 이길 수는 없었습니다.

그때부터 마을 사람들은 느티나무 신령을 두려워하지 않게 되었습니다. 두 젊은 청년과 처녀가 더 마을을 지켜주고 사랑해줄 것이라고 믿게 되었습니다.

마을 사람들은 느티나무 사당에 청년과 처녀의 혼령을 모셨습니다. 그들이 진정으로 마을을 지켜주는 수호신이라고 믿었습니다.'

●

이 작은 바닷가 마을에 특별한 날이 왔습니다.

마을 사람들이 모두 느티나무 사당에 모여들었습니다. 경건한 마음으로 정갈한 옷을 입고 정성껏 차린 제사상을 차렸습니다.

1년에 단 한 번 사당의 문이 열리는 날이었습니다.

젊은 어부였던 청년과 신령의 신녀였던 처녀가 서로를 꼭 껴안고 고향의 마을로 돌아왔던 그날입니다.

바로 그날 이후, 마을 사람들은 사당에 청년과 처녀의 혼령을 모셔두고 절대로 문을 열지 않았습니다. 두 연인의 사랑을 방해하지 않는다는 마음에서였습니다. 그리고 오직 특별한 그날에만 문을 열고 제사를 지내기로 하였습니다. 감사와 위로와 기원으로 하루를 보내기로 하였습니다.

그날은 고기잡이를 나가지 않았습니다.

사람들은 매년 이맘때 험한 바람이 불고 파도가 높아지는 것을 이상스럽게 여기지 않았습니다.

두 연인이 살아 못다 한 사랑을 바닷속에서 이루는 회한이 천지를 진동한다고 믿었기 때문입니다.

그날은,

신령을 모신다고 처녀의 사랑을 가로막았던 우매함을 반성하며 뉘우치는 날입니다.

사랑의 힘이 죽어서까지 얼마나 큰 기적을 일으키는 것인지 경건하게 되새기는 날인 것입니다.

두 사람의 사랑이 서로가 맹서한 대로 영원히 지켜지길 기원하는 날입니다.

그리고 두 사람의 혼령이 이 작은 마을의 풍요와 안녕을 지켜주는 것에 감사해하며 두 손 모아 비는 날인 것입니다.

그날,

사랑을 약속한 젊은 남녀가 있으면 반드시 사당의 두 혼령 앞에서 깊은 절을 하였습니다.

'우리의 사랑을 영원히 지켜주세요……'

사랑의 목숨

숨이 점점 가빠진다. 심장의 고동이 점점 느려지고 약해진다. 목이
마르다.

이제 곧 숨이 멎겠지.

나는 고개를 돌려 문을 쳐다보았다. 문에 시선을 직선으로 고정하
고 정신을 집중하여 그녀가 나타나기를 기다렸다. 단 한 번, 단 한 번이
라도 좋으니 마지막으로 그녀의 모습을 보고 싶었다. 그녀의 입술에 마
지막 키스를 하고, 그녀의 손길을 부드럽게 느끼면서 나의 생을 마감하
고 싶었다.

그럴 수만 있다면⋯ 그럴 수만 있다면⋯ 지금의 이 고통쯤은 아무

렇지 않게 잊을 수 있으련만……. 의식이 가물거린다. 문득 그녀가 나타나 왜 자신이 올 때까지 기다리지 않았냐고 원망할까 봐 두렵다.

미안하기 그지없다. 미안…….

이내 숨이 멎어졌다. 나는 죽었다…….

수연이. 내 사랑… 내 평생 사랑하지 않은 순간이 단 한시도 없었던 그녀.

오직 그녀만을 바라보며 나의 손끝, 나의 털끝, 나의 온 신경과 감각을 다 바쳐 사랑했다.

내 목숨까지도…….

그녀와의 만남은 운명적이었다. 동갑내기로 태어난 그녀와 나는 갓난아기 때부터 한방에서 같은 우유병으로 젖을 먹었다. 엄마는 우리를 한시도 곁에서 떼어 놓지 않고, 그렇게 예뻐하며 길러주셨다.

그때부터 느꼈던 수연이와의 사랑.

수연이의 그 입에서 나는 젖 냄새, 겨드랑이 살 냄새…….

황홀하기 그지없는 사랑의 냄새였다.

수연이도 나에게 마찬가지였다. 우리는 엄마보다도 서로를 더 찾고 더 느끼며 더 사랑하였다.

어린것들이 무슨 사랑이냐고? 우리가 사랑을 모른다고?

그러면 그것이 사랑이 아니고 무엇이란 말인가? 보고 싶고, 함께 있고 싶고, 서로 살갗을 느끼고 싶고, 혼자서 곁을 독차지하고 싶은 그 아련한 느낌이……

　엄마는 우리가 아무것도 모를 것이라고 생각하겠지만, 우리는 많이 알고 있었다. 알 것은 다 알았다.
　엄마의 눈빛에서 기쁨의 별빛과 슬픔의 냇물을 다 느낄 수 있었고, 엄마의 가슴에서 근심과 안도의 두근거림 소리를 다 듣고 있었으며, 아빠에게 향한 목소리와 우리를 향한 목소리가 얼마나 다른지 다 알고 있었다.

　그런 것들은 수연이보다도 내가 더 영리하게 잘 아는 것 같았다. 수연이는 말하자면 알긴 아는 것 같은데, 느렸다. 능청맞기도 한 것 같았다. 아무것도 모르는 양 내숭 떨며 어리광 부리는 수연이를 보면 얄밉기도 했지만, 엄마에게는 그것이 귀여운 재롱이었다. 그런 수연이가 나도 사랑스러웠다.
　수연이의 그 사랑스러운 모습과 하얀 몸에서 났던 그 좋은 냄새. 나는 평생 잊지 못하고 있다.

　돌이 지났다. 수연이의 발육은 왠지 나보다 떨어졌다. 현저하게 떨어졌다. 걷는 것, 말하는 것, 심지어 손가락 움직이는 것도 수연이는 나를 따라오지 못했다. 엄마는 영민한 나를 칭찬해줄 줄 알았는데, 엄마의 사랑은 늘 수연이 먼저였다.

제법 걸어 다니게 되면서 집 안 구석구석 말썽을 피우기 시작했을 때, 아빠와 엄마가 안방에서 나누는 대화가 들리기 시작했다. 의미야 물론 이해할 수 없었지만, 나에게는 감이 있고 촉이 있었다.

어느 날 엄마와 아빠가 긴장된 분위기에서 말다툼을 하였다. 수연이와 나를 한번 둘러본 뒤, 안방을 걸어 잠그고 언성이 높아지며 흥분과 긴장이 고조된 분위기에서 두 분은 다투었다.
다툼은 좀처럼 끝나지 않았다.

수연이는 아무것도 모르고 새근새근 잠들고 있었지만, 두 분의 그런 모습에 나는 두렵고 무서운 마음에 안방 문 앞에 가서 그만 큰 소리로 울음을 터트리고 말았다. 화들짝 문을 열고 나온 엄마는 놀라는 한편, 괘씸하다는 표정으로 나를 바라보았다. 나는 울음을 그치지 않고 더 크게 울며 엄마에게 매달렸다. 엄마는 나를 달래면서, 혹시 내 울음에 수연이가 잠에서 깨어나지 않을까 걱정하는 표정이었다.
엄마가 화를 내는 모습은 그때 처음 보았다.

그것이 화근이었다. 그로 인해 나는 수연이와 떨어져 살게 되었다. 엄마는 멋진 잔디가 있는 마당의 작은 방으로 나를 옮겨주었다. 나름 대로 아늑하고 쾌적한 방으로 부족한 것이 없었지만, 오직 서운한 것은 수연이와 같이 지낼 수 없다는 것이었다. 늘 가까이하면서 같이 먹고, 같이 잠자고 싶었던 내 사랑 수연이······.

그때의 서운한 마음은 지금도 가슴에 짠하다. 수연이와 함께 있는 시간이 줄어들기 시작했다. 나는 수연이 방 앞에 기어가 기웃거리며 그녀를 찾았지만, 수연이는 애타는 내 마음을 아는지 모르는지, 어쩌다 나를 보았을 때만 귀여운 소리를 지르며, 손을 만지고, 볼을 비비면서 반가워할 뿐이었다.

시간이 참으로 빠르게 흘렀다. 이제는 홀로 서야겠다는 생각이 들기 시작한 것은, 점점 손발에 힘이 가고, 눈이 밝아지며, 귀가 예민해지면서부터였다. 작은 소리도 크게 들려왔다. 아주 미세한 냄새도 코를 자극하기 시작했다. 피가 점점 뜨거워져 내뿜는 힘을 참아내기가 어려워졌다.
어느덧 어른이 되어가고 있는 것인가?

귀를 반듯하게 세웠다. 자존심도 꼿꼿하게 세웠다. 엄마가 주는 것이라 해서 아무것이나 먹지 않기로 했다. 품위 있고 매너 있게 나의 자리와 식기를 챙겼다.
옆자리에 아무나 앉을 수 없도록 위엄을 세우기로 했다. 나의 존재감을 내세워야 하겠다.
보면 어쩔 수 없이 온몸에 힘이 빠지는, 사랑하는 수연이를 제외하고는…….

가문을 더럽히지 않겠다라는 의식이 들기 시작한 것도 그때부터였다. 뼈대 있는 가문의 자식으로 날 키워준 부모님께 부끄럽지 않아야 했다. 누구에게도 당당하게 나를 말해야겠다는 생각이 들었다.

"나는 진돗개다."

수연이는 말할 것도 없고, 엄마도 아니 어느 누구도, 나를 속속들이
아는 사람은 별로 없었다.
하긴 나를 얼마나 알겠는가?

내가 그들의 70배나 발달된 후각을 가지고 있어, 엄마 냄새, 아빠 냄
새, 우리 집을 찾아온 모든 사람의 독특한 냄새를 한번 맡으면 다 기억
하고 있다는 걸······.
사람들이 2만 번의 진동을 겨우 감지할 때, 우리는 10만에서 70만
번의 진동수를 가려내 발자국 소리 하나로 그것이 무엇인지 다 알고
있다는 걸······.
뿐이랴. 수백 미터 떨어진 숲속의 암컷 고라니가 갉아 먹고 있는 저
고구마가 순돌이 할머니네 밭 고구마라는 걸······.
배고픈 호랑이를 우리에 가둬놓고 먹이로 던져주었다는 진돗개 세
마리가, 아침에 일어나 보니 호랑이를 잡아먹고 있었다는 옛 전설의 피
가 아직도 내 혈관에 흐르고 있다는 걸······.

우리를 길들이기 전에는, 어느 누구도 맨몸으로 우리의 능력을 당할
수 없어 우리를 신과 같이 숭배하고 보호천사로 여기던 시절이 수만
년에 이른다는 걸······.

사람들이 농사를 지을 줄 알아 그 주린 배를 해결하기 전, 사냥으로 겨우 허기를 달래던 시절에는 감히 우리를 목줄로 매어 놓고 먹이를 던져주는 무엄한 행동은 상상도 하지 못했었다는 걸…….

그런데, 저 비굴한 푸들이나 말티즈, 포메라니안, 시추, 치와와…….
저 녀석들은 그저 혀로 핥고, 온몸으로 아양을 떨면서 얼굴과 털로 갖은 우아를 다 부리며 주인의 사랑을 차지하고 호사스럽게 먹고 살고 있지만, 주인만 없으면 표변하여 똥오줌을 아무 데나 갈기고, 제 것과 주인 먹을 것을 구분하지 못하고 게걸스럽게 주둥이를 들이대다가, 주인만 나타나면 다시 웃음을 파는 것을 보면, 모가지를 한 입 덥석 물어 날카로운 송곳니 맛을 보여주고 싶지만, 가련한 나의 천성인 충성심으로 오늘도 참고 있을 따름이다.

오랜 옛적부터 우직한 나의 동료들… 그레이하운드, 셰퍼드, 그레이덴, 복서, 뉴펀들랜드, 세인트버나드, 마스티프…….
적군과 싸우는 병사들과 생사고락을 같이하며, 전쟁이 없으면 사냥을 하고, 늑대와 승냥이로부터 양을 지켜 주인을 돕다가, 최후의 순간에는 목숨을 바쳐 그 고기를 식량으로 주인에게 헌신했다.

또 잊지 못할 전사들이자 사냥의 명견… 포인터, 세터, 스패니얼, 키 작은 테리어…….
단단한 어깨에 강골의 뼈와 근육으로 아무리 힘들어도 고통을 호소하지 않는 거인 같은 친구들…….

평생 눈밭에서 썰매를 끌면서 따뜻한 수프 한 그릇에도 감사를 잊지 않는 충직하고 멋진 사나이들의 개… 사모예드, 엘크하운드, 차우차우, 시베리안허스키…….

눈이 안 보이는 사람들에게, 외로운 환자들에게 친절하게 다가가, 손을 이끌어주고, 뒹굴며 놀아주고, 부드러운 털과 따스한 체온으로 위로해주는 인정 많은 개… 리트리버…….

진돗개라는 우리 가문.

뼈대 있는 가문의 명성에 답하고자, 나의 눈은 밤에도 형형히 빛을 내며 한눈을 판 바 없고, 나의 귀는 언제나 꼿꼿이 세워 경계를 가벼이 하지 않았으며, 왼쪽으로 말아 올린 꼬리로 나를 키워준 주인을 위해 목숨을 바치며 두 주인을 결코 섬긴 바 없었다.

초능력적인 후각과 시각, 그리고 사람들이 이해할 수 없는 방향감각으로, 주인이 바뀌어 수천 리 떨어진 곳으로 옮겨졌어도, 처음 주인이 있는 진도로 홀로 되돌아왔을 때의 능력과 인내심…….

사람들은 우리의 동상을 만들어 그 놀라운 의리와 충성심을 기려주었다.

나의 관찰력은 무서울 정도로 정확하다.

주인의 가족 친지와 이방인을 정확히 가려내 대접할 줄 알았고, 주인에게 적대감 있는 사람에게는 유감없이 이를 드러내어 위협하곤 하였다.

알 것이다. 나의 이빨은 한번 물면 나의 팔다리가 끊어져 너덜거릴 지라도 목숨이 다할 때까지 놓는 법이 없어, 최후의 승리는 언제나 우리의 것이었다는 것을.

주인의 명령 없이, 감히 훈련이라는 이름으로는 나를 길들일 수 없다.
미 육군에서 나의 능력을 높이 평가하여 군용견으로 훈련시키고자 하였으나, 나를 길러준 주인이 아니면 명령에 따를 수 없어 결코 순종하지 않았다.

하지만… 수연이. 작은 그녀의 고사리 같은 손과 눈빛에는 고양이 앞의 생쥐같이 오그라들기만 한다.
오, 사랑하는 그녀…….
수연이는 입을 오므리며, 종알대며, 아장아장 걷는 네 살에 불과했 지만, 나의 앞다리는 강철같이 곧아졌고, 뒷다리는 치타와 같이 굵어 졌다.

어느 날, 수연이가 나의 집을 방문하였다.
그녀의 그 상큼한 내음. 그 보드라운 살결…….
푸른 잔디가 있는 앞마당에 슬리퍼를 신고, 작은 손으로 나의 꼬리 를 흔들고, 내 이빨을 만지는 수연이에게 나는 혹여 상처를 입힐까 봐 가슴 조마조마하며 더욱 몸을 웅송거려 조아리기만 했다. 그녀의 온몸 구석구석 냄새를 맡아 기억하고자 했다.
수연아. 가만히 좀 있어봐…….

오, 심장이 터질 것만 같다.

나의 코와 예민한 관찰에 의하면 아빠의 직업은 의사였다.

가방 속의 흰 가운에서 스며 나오는 클로르칼크 소독약 냄새…….

퇴근할 때마다 풍기는 각기 다른 약 냄새와 가끔 고약하게 나는 역겨운 냄새들…….

수술 후에 적출한 환부의 냄새가 몸에 배어 이런 고약한 냄새가 난다는 것을 나는 이내 알았다.

멀리서 승용차가 눈에 들어오면 그것이 아빠의 차인지 아닌지는 냄새를 맡아 1킬로미터 밖에서도 알아보았다.

아빠는 아마 모를 것이다, 사람의 장기마다 냄새가 다르다는 것을.

심장과 위장과 간장의 냄새가 각각 다른 것은 당연한 것이고, 건강할 때와 이상이 있을 때 냄새가 달라진다는 것은 더욱 당연한 것이다.

명의라 소문난 의사들도 MRI를 찍어보고, CT 촬영을 해보아야 병을 진단할 수 있는 모양인데, 그나마도 해석에 따라 다른 것은 그만큼 정확도가 떨어진다는 말일 것이다.

우스운 일이다.

70배의 고배율의 후각으로 맡아보면, 사람들의 병이 어디 부위에서 발생한 건지 우리는 금방 알 수 있다. 병명이나 다른 정보들을 표현할 수 없어서 망정이지… 의과대학을 다닌 것도 아니니…….

개들이 처음 만났을 때, 서로의 항문 냄새를 맡으면서 상대방의 생리주기, 건강 상태, 컨디션, 성적인 감정, 적대적인지 친화적인지… 숱한 정보를 순간적으로 파악하여 다음 태도를 결정한다는 사실을 믿어준다면 우리의 이러한 특별한 능력도 인정해줄 수 있을 것이다.

아빠가 유난히 늦게 돌아오는 날이면 냄새가 더욱 고약했다. 장시간의 수술이 있었음에 틀림없다. 아주 고약한 그 냄새에는 일관성이 있었다. 암덩어리의 냄새였다. 아빠는 외과 의사였을 것이다.

생각해보면 세상은 냄새로 가득하다. 냄새로부터 자유로운 사물이 있을까? 냄새 없는 사물이 있다면, 그것이 바로 우리의 천적이다.

다행히 세상에 냄새 없는 것은 없으니, 후각만으로도 보이지 않는 것을 얼마든지 볼 수 있고, 코 하나만으로도 눈과 귀를 얼마든지 대신할 수 있었다.

우리가 공중에 코를 대고 킁킁거리는 모습을 본다면, 바람결에 실려오는 모든 존재와 사연들의 냄새 속에서 우리가 바로 이곳에 실존함을 확인하는 몸짓으로 보면 옳을 것이며, 그 몸짓 또한 우리의 주인을 지키려는 끊임없는 노력으로 보면 틀림없을 것이다.

적어도 우리 진돗개에게는…….

수연이는 발육이 여전히 늦기만 했다. 네 살이라지만 마른 몸매에, 또래에 비해 키도 작았다. 엄마는 잘 먹지 않아서 그렇다고 늘 걱정하셨다. 입이 짧은 것도 좋은 일은 아니다. 입맛이 없다는 것일 테니…….

가끔씩 잔디밭 정원에서 나와 놀 때만은 기운이 넘치지만, 그것도 짧은 순간, 이내 싫증을 내곤 피곤해했다. 작고 느린 아이… 내 마음을 아프게 한다.

오늘 햇볕은 참 따스했다. 수연이도 엄마도 뜰에 나와 햇볕을 쪼이며 한가한 시간을 보낸다.

나는 수연이에게 어슬렁어슬렁 다가갔다.

수연이의 그 좋은 냄새… 나는 코를 흠씬거리며 수연이의 몸 여기저기 향기를 맡아보고, 혀로 핥아보며 모처럼의 행복을 느끼고 있었다. 그런데 일이 터졌다.

내가 그녀를 앞발로 건드렸을 때, 수연이가 갑자기 자지러지게 울음을 터뜨린 것이다. 엄마가 불에 덴 듯 놀라 수연이를 부둥켜안았다.

수연이는 배를 만지며 더욱 자지러지게 울었다.

엄마는 나를 큰 소리로 쫓아냈다. 내가 수연이를 어떻게라도 한 줄 아는 모양이었다. 영문을 알 수 없는 일이었다.

그때 희미하나마 풍겨 나오는 한 가닥 냄새.

이 냄새가 수연이에게서 나오다니.

오, 이럴 수가, 이럴 수가……

나는 코를 킁킁거리며 수연이에게 막무가내로 가까이 다가갔다.

엄마는 그런 나를 소리 질러 야단치며 급기야는 빗자루를 꺼내들고 나를 쫓아냈다. 엄마는 수연이를 안고 방 안으로 들어가버리셨다.

나의 심장이 두근거린다. 마구 두근거린다.

수연이는, 수연이는,

그 고약한 냄새는…

암 냄새였다.

어린아이에게 무슨 암이?

그래서 엄마는 상상도 못하고 계시는 듯했다.

틀림없다. 나의 후각은 속일 수 없다. 위암이었다. 초기 단계의……

엄마가 안아주고 달래주자, 수연이는 아무 일도 없었다는 듯이 이내 잠잠해졌다.

엄마는 나만을 원망하고 계시리라…….

초조해지기 시작했다.

내가 무엇을 할 수 있는가?

수연이는 그 뒤로 나와 더욱 멀어졌다.

엄마는 나를 바짝 경계하며 좀처럼 수연이를 가까이하지 않도록 주의하셨다. 엄마와 아빠는 수연이에게 아무런 낌새를 못 느끼고 있었다. 냄새가 더욱 진해지고 있는데도…….

나는 안달이 났다.

수연이가 있는 방문 앞에서 끙끙대며 수연이를 찾았다.

수연이가 혹여 보일 때면 나는 컹컹 짖으며 수연이를 큰 소리로 불렀다. 울부짖고 으르렁거렸다.

"사랑이가 이상해요. 우리 수연이에게 함부로 덤벼요."

엄마는 두려운 눈빛으로 나를 보면서 아빠에게 말하였다.

"사랑이를 다른 사람에게 주어야 할까 봐요. 지난번 같은 일이 생길까 겁이 나요."

나는 겁이 더럭 났다.

'안 돼요. 안 돼요!'

나의 마음은 더욱 불안해지고, 먹을 것이 눈에 들어오지 않았다.

신경질이 난다. 택배나 우체부나 집에 찾아오는 쓸데없는 사람을 보면 마구 짖어댔다.

의사인 아빠에게 나의 의사를 분명히 전하기로 결심했다.

퇴근하는 아빠를 향해 나는 큰 소리로 외쳤다.

"수연이가 위험해요. 암이에요. 위암이란 말이에요, 아빠!"

아빠는 마구 짖어대는 나의 위협적인 경고에 깜짝 놀랐다.

방 안으로 들어가는 아빠의 바짓가랑이를 물면서 컹컹 외쳤다.

아빠는,

"얘가 왜 이래!"

하면서 발길로 나를 걷어차고는, 나를 피해 방으로 뛰어 들어가고 말았다.

사단은 벌어지고 말았다.

나를 산속에 있는 과수원집 주인에게 팔기로 하였다는 말이 두런두런 들려왔다.

나는 극심한 불안감에 빠지기 시작하였다. 수연이와 헤어진다는 서

러움과 수연이를 구해야 한다는 조바심 때문이었다.

수연이를 구해야 한다……. 그렇지만 어떻게?

속수무책이었다.

일주일 후 과수원집 주인이 우리 집에 찾아오기로 되었다.

나는 웅크리고 앉았다. 밥도 거부하였다. 잠도 자지 않았다. 내 생각에 골몰했다. 몰골이 점점 피폐해져 갔다. 눈빛은 황달이라도 걸린 듯 누렇게 뜨고, 콧등의 찬 물기도 푸석푸석 말랐다.

쫑긋하던 내 귀가 풀이 죽어 꺾여 숙여졌다.

수연이를 볼 수가 없었다. 만날 수가 없었다. 나를 묶어 둔 쇠사슬의 강도를 이길 수가 없었다.

엄마와 아빠는 나를 보려고도, 가까이하려고도 하지 않았다.

정을 떼야 한다고 생각하고 계시겠지…….

일주일 후,

굵은 밧줄로 만든 목줄을 손에 거머쥔 과수원집 주인이 집에 왔다.

아무 관심이 가지 않았다.

어차피 내가 주인으로 섬길 수 없는 사람이다. 죽는 한이 있더라도…….

나는 얌전히 순종하였다.

아빠와 엄마가 나를 배웅해주었다.

"새 주인 만나 행복해라, 사랑아. 그동안 고마웠어."

엄마는 진심으로 섭섭해하셨지만, 어쩔 수 없는 일이었다.

수연이. 그때 수연이가 졸망졸망 걸어 나왔다.

오, 그토록 보고 싶던 수연이……

'하느님 한번만 저 귀여운 손으로 저를 쓰다듬게 해주세요. 마지막으로……'

기도를 들어주셨는지 수연이가 나에게 살금살금 다가왔다.

"안녕… 사랑이 안녕……"

나를 쓰다듬는 그 손길, 비단결 같고 봄날의 햇살같이 따듯하기만 한 그 손길…….

나는 눈이 스르르 감기었다.

그런데 이 냄새… 더 독해져 있었다.

아, 참을 수 없다. 이 고약한 냄새…….

이건 아니야…….

나는 덥석 그 고약한 냄새 덩어리를 물어버렸다.

우 워 어엉……!

수연이는 그 자리에서 배에서 피를 흘리며 쓰러져버렸고, 나는 삽자루로 머리를 맞아 외마디 소리를 지르고 정신을 잃고 말았다.

얼마나 지났을까.

정신이 들었을 때, 나는 고약한 냄새들의 한가운데에 묶여 있었다.

악취… 배설물의 악취… 썩어가는 시체들의 악취… 고약한 약품들의 악취…….

내가 끌려온 곳은 과수원이 아니었다. 그곳은 동물들을 안락사시키는 집단 수용소였다.

용서받을 수 없는 만행을 저지른 나는, 살 가치가 없는 생명이었다.

목을 드리우며 나는 사형 집행을 기다렸다.

최후의 순간이나마 가문의 영광에 욕되는 모습으로 나를 보이기는 싫었다. 억울한 죽음이지만, 근엄하고 경건하게 맞이하기로 했다.

'악법도 법이므로……'

안간힘을 쓰며 처절하게 반항하며 울부짖는 저 불쌍한 녀석이 끝나면, 내 차례가 오겠지.

이름도 알 수 없는 지독하게 고약한 저 주삿바늘이 나의 목 혈관에 꽂혀 들어올 때, 나는 형형히 빛나는 내 눈빛을 그들에게 꽂아주리라.

힘을 주어, 늘어져버린 나의 두 귀를 꼿꼿이 세워 전혀 겁먹지 않았다는 의연한 모습을 보이리라.

두 다리를 곧추세워, 숨이 끊어지기 전까지 결코 내가 먼저 드러눕지는 않으리라…….

진돗개.

최후의 순간이 다가오자 온갖 추억이 필름처럼 머리를 스쳐간다.

수연이와 젖을 나누어 먹던 시절… 엄마 품에 안겨 입을 맞추며 사랑을 핥던 추억… 잔디밭에 나와 수연이를 생각하며 밤을 지키던 순간들… 녀석들… 주제도 모르고 덤비다가 혼이 나고선 다시는 얼씬도 못하던, 생쥐, 고양이, 꿩, 눈이 찢어진 도둑놈들… 그리고 수연이에게서 났던 그 고약한 냄새…….

암덩어리를 물어뜯은 무모한 만행…….

불과 5년여에 불과했지만 후회 없는 삶이었고 행복한 삶이었다.

힘이 자꾸 빠진다. 눈이 자꾸 감기려 한다.

안 되지. 죽을 때까지 앞을 응시하지 않으면 안 돼…….

팔다리가 끊어져도 끝까지 숨통을 물고 놓아주지 않았던 혈통…….

나는 진돗개야.

문을 향해 시선을 직선으로 고정하고 정신을 집중하여 그녀가 나타
나기를 기다려봤다. 수연이…….

단 한 번, 단 한 번이라도 좋으니 그녀의 모습을 보고 싶었다.

그녀의 입술에 마지막 키스를 하고, 그녀의 손길을 부드럽게 느끼면
서 나의 생을 마감하고 싶었다.

환각이 보인다.

멀리서 아빠의 모습이 보인다.

엄마의 모습도 보인다.

고개를 가로저었다. 그럴 리가…….

"잠깐. 잠깐… 멈추어요!"

아빠의 목소리였다. 헐레벌떡 아빠가 달려오며 소리 지르고 있었다.

나의 눈과 귀를 의심했지만, 아빠였다. 아빠의 냄새였다.

아빠는 손을 내저으며 나에 대한 처형을 멈추라 했다.

그리고 달려와서는 나의 목을 껴안았다.

엄마도 이내 달려왔다.

"사랑아. 고맙다. 고마워……. 네가 우리 수연이 목숨을 구해주었구나……."

아빠가 나를 데리고 간 곳은 병원이었다.

수연이가 입원해 있는 곳이었지만, 수연이를 만나게 하는 것이 목적은 아니었다. 내가 지금부터 일해야 할 곳이었다.

수연이는 나에게 물리자마자 119 구급차에 실려 병원으로 옮겨졌다.

개에게 물린 상처를 치료하기 위해 여러 검사를 하였다.

파상풍 검사에서부터 광견병 검사, 바이러스 감염에 관한 검사를 하였다. 아빠는 그 과정에서 수연이의 위장에서 암세포를 발견하게 되었다. 바로 내가 물어뜯은 그 부위였다.

어린이에게 희귀한 소아암이었다. 암은 상당 부분 진전되어 있었다. 더 늦었더라면 수술을 해도 수연이의 체력이 감당하기 어려웠을지 모른다는 판단이었다.

아빠는 모든 상황을 이해하였다.

진돗개가 어린 생명을 구했다는 것은 대단히 큰 뉴스였다.

TV뿐만이 아니었다. 유튜브를 통해, SNS를 통해 전 세계로 나의 이야기는 퍼져 나갔다.

〈동물농장〉, 〈세상에 이럴 수가〉 등 수많은 프로그램이 만들어졌다.

일본에서도 〈깜짝 쇼〉에 출연해 달라는 요청이 왔다.

무엇보다도 개의 초능력에 과한 화제가 줄을 이었다.

특히 진돗개에 대한 클릭수가 수억 회를 기록했다.

무엇보다 기쁜 것은 가문의 명예에 일조를 하였다는 것이었다.

나는 아빠의 집중적인 훈련을 받기 시작했다.

적출된 각종 암덩어리의 냄새를 맡고 다시 이를 찾는 훈련이었다.

예컨대 폐암의 세포 냄새를 맡고서 여러 시험병에 들어 있는 암세포 샘플 중에서 폐암 세포를 찾아내는 훈련 같은 것이었다.

마약 수색견이 각종 마약의 냄새를 맡고 가방 속에서 이를 찾아내는 훈련과 동일한 것이었다.

식은 죽 먹기였다.

이번에는 환자를 직접 임상에 올렸다.

나는 환자의 냄새를 맡고 동일한 냄새가 나는 시험병을 눈으로 가리키며 짖었다. 백발백중이었다.

병원에서는 나의 1차 진료에 환자들이 환호를 하거나, 치료를 위한 수술을 서둘렀다. 수일간에 걸쳐 정밀 검사 결과를 기다리는 것은 그 다음 순서였다.

나는 즉석 자판기였다.

진도에서 수많은 진돗개가 불려와 테스트를 받았다. 예비 의사 시험을 보는 것이다.

인술을 행하는 견공들… 진돗개의 특출한 능력…….

진도는 세계적인 명소가 되었다.

우리 가문은 의술의 명가로 다시 태어났다.

나는 암 전문이었다.

곧 당뇨 전문, 혈압 전문, 난치병 전문의가 탄생할 것이었다.

우리 자손들은 많은 후진국에 진출할 것이다. 노벨의학상도 노려볼 만했다. 나는 행복했다.

수연이는 건강하고 예쁘게 자라났다. 저렇게 예쁘고 튼튼한 수연이가 발육이 늦었던 이유를 상기할 때마다, 엄마의 마음은 매운 고추같이 아프다고 했다. 나에게 감사하다고 했다.

그럴 때마다 나는 꽁치 통조림을 얻어먹었다.

이제, 내 나이 열다섯 살.

수명이 다했음을 누구보다 먼저 안다.

그런데도 매일매일 수연이가 그립다.

내 사랑…수연이…….

이제 오늘이다.

내 생명이 다하는 날.

숨이 점점 가빠진다.

심장의 고동이 점점 느려지고 약해지고 있다.

목이 마르다.

이제 곧 숨이 멎겠지.

나는 고개를 돌려 다시 문을 쳐다보았다.

문을 향해 시선을 직선으로 고정하고 정신을 집중하여 그녀가 나타나기를 기다렸다.

마지막으로 그녀의 모습을 보고 싶었다.

그럴 수만 있다면… 그럴 수만 있다면…….

지금의 이 고통쯤은 아무렇지 않게 잊을 수 있으련만…….

의식이 가물거려진다.

문득 그녀가 나타나 왜 올 때까지 기다리지 않았냐고 원망할까 봐 두렵다. 미안하기 그지없다. 미안…….

이내 숨이 멎어졌다.

나는 죽었다…….

그렇게 세상을 떠났다.

뒷발로 서서 앞발로 수연이 두 손을 잡고, 혀를 내밀어 수연이 입술을 핥는 사진이 새겨진 비석을 뒤로하고서…….

새들, 진실의 가지 위에서 말하다

'새벌' 왕국에 새들이 하나둘 모이기 시작했습니다. '새벌' 이란 '새가 날아다니는 벌판'이라는 뜻입니다. 새들이 왕국을 이루고 사는 곳이 '새벌'입니다.

바다 속에는 용왕의 '용궁'이 있고, 땅 위에는 크고 작은 나라들의 '왕궁'이 있듯이, 하늘에는 새들이 만든 나라인 '새벌 왕국'이 있었습니다.

오늘은 새벌 왕국에 큰 행사가 있는 날입니다.

새벌 왕국에서는, 새들이 억울한 일을 당하거나, 세상을 향해 외치고 싶은 말이 있으면, 왕을 비롯한 모든 새들이 모인 가운데 떳떳하게 자기 생각을 말할 수 있었습니다.

새벌 한복판에는 아름드리 굵기로 가지들이 위아래 사방으로 시원하게 쭉쭉 뻗은 키 큰 나무가 한 그루 서 있었습니다.

나뭇가지들이 곧고 반듯하게 자라 있고, 기둥과 가지의 색깔이 온통 밝은 노란 빛을 띠고 있는 신성한 나무였습니다.

새벌 왕국에서는 이 나무를 '진실의 나무'라 하였습니다.

말을 하고 싶은 새는 진실의 나뭇가지 위에 앉아 자기 생각을 말하였습니다. 새벌 왕국의 왕과 신하들도 가지 위 여기저기 앉아 그 이야기를 들었습니다.

새벌 왕국의 새들은 이렇게 말하는 것을, '진실의 가지 위에서 말하기'라고 하였습니다.

'진실의 가지' 위에서는 어떤 새든지 무슨 말을 해도 용인됩니다. 단, 거짓말을 하여서는 안 됩니다. 그래서 발언 내용을 검증하는 검증새와 발언하는 새를 옹호하는 옹호새가 있어 엄격하게 진실을 뒷받침하도록 하고 있습니다.

예정된 시간이 되자, 새벌 왕국의 새들이 '말하기'가 열리는 새벌에 모여들기 시작했습니다.

참새, 까마귀, 까치, 공작새, 올빼미, 부엉이, 기러기, 비둘기…….

"쨱쨱쨱쨱, 깍깍깍깍, 부엉부엉, 뻐꾹뻐꾹……."

새벌은 온갖 새들이 지저귀는 소리로 가득 찼습니다. 새들이 퍼덕이는 날갯짓 소리로 소란스러웠습니다. 하늘은 새들로 온통 새까맣게 뒤덮였습니다.

새들은 오래간만에 모여서인지, 서로서로 인사하고 안부를 묻느라 여기저기 날아다니며 부산하였습니다.

솔개는 높은 하늘에서 빙빙 돌며 바빴고, 땅바닥의 수풀에서는 까투리와 장끼가 만나 속삭이느라 분주했습니다.

짝을 이룬 원앙새는 사이좋게 연못에서 헤엄을 치며 즐거워합니다.

비둘기는 구구구구 부리를 땅에 쪼며, 고개는 까딱까딱, 눈은 요리조리, 두리번두리번거리며 가늘고 붉은 발목으로 열심히 돌아다닙니다.

참새는 여기저기 무리들이 떼 지어 날며 짹짹짹 반가워합니다.

'말하기' 사회를 맡은 새가 근엄하게 방망이를 '땅땅땅' 쳤습니다.

오늘 사회를 맡은 새는 화려한 깃털을 활짝 편 공작새였습니다.

"조용. 조용히 하시오."

여기저기에서 "쉿!" 하는 소리를 내며 눈을 부라리는 새가 있었습니다. 부리가 날카로운 독수리였습니다.

모두들 조용해졌습니다.

공작새는 진실의 나뭇가지에서 일어나, 더 높은 가지 위에 앉아 있는 새벌 왕국의 왕에게 공손하게 절을 하였습니다.

새벌 왕국의 왕은 털이 백옥같이 희고, 긴 다리에, 몸이 공기같이 가벼운 백학이었습니다.

공작새는 벌판에 모인 모든 새에게 말하였습니다.

"오늘 우리가 여기 모인 것은 우리 새들 중에, 세상 사람들 사이에 돌아다니는 이야기에 억울하다고 하는 새가 있어, 그 이야기를 듣고 무엇이 진실이고, 잘못된 것인지 가려내, 세상에서 억울하거나 부당한 일이 다시는 없도록 하는 것에 목적이 있습니다.

여기 모인 새들은 오늘 이야기가 참말인지 아닌지 정확하게 규명하여, 오해가 있으면 풀고, 진실이 있으면 세상에 알려 우리 새들이 세상 사람들과 함께 평화롭고 아름답게 살아갈 수 있도록 해야 할 것입니다.”

백학 왕이 그윽한 흰 날개를 펼치며 일어나 백성들에게 말했습니다.
“새벌 왕국은 신이 사는 세계와 인간이 사는 세상의 중간에서 신과 인간을 잇는 중요하고도 신성한 왕국이노라.

신은 우리에게 신묘한 날개를 주셨노라. 세상에서 우리보다 더 높은 곳을 가고, 우리보다 더 넓은 곳을 보며, 우리보다 더 빠르게 다닐 수 있는 것은 없느니라. 그리하여, 인간들이 하늘에 계시는 신에게 중요한 일을 고하고자 할 때 우리를 통하여 전달하고, 신이 인간에게 계시가 있으면 우리가 하늘과 땅을 날아다니며 그 뜻을 전하는, 참으로 거룩한 일을 하게 되었노라.

인간의 우두머리가 제사를 지낼 때에 반드시 우리의 깃털을 머리에 꽂는 것도 바로 이러한 것에서 비롯된 것이니라. 그러므로 우리 새들은 늘 경건하고 깨끗한 마음으로 인간 세상에서 일어나는 일을 신에게 전하고, 신의 뜻을 인간에게 알리며, 그 일이 잘 실행되고 있는지 우리의 밝은 눈으로 잘 살펴야 하느니라.

오로지 진실만을 말하고 진실만을 알려야 하느니라……”

새벌에 모인 새들은 모두 고개를 조아려 백학 왕에게 존경을 표했습니다.

'말하기'가 시작되었습니다.

오늘 '말하기'의 검증새는 까치가, 옹호새는 비둘기가 맡았습니다.

먼저 사회를 맡은 공작새가 외쳤습니다.

"오늘 첫 번째 말을 할 새는 올빼미입니다. 올빼미는 나와 말하시오."

올빼미 모자가 백학 왕 앞에 나왔습니다. 올빼미 모자는 나오자마자 흐느껴 울기 시작했습니다.

"왕이시여, 백학 왕이시여, 너무 억울합니다. 저희 올빼미는 사람들에게 너무도 부당한 모함을 받아왔습니다.

저희들은 낮에는 눈이 나빠 바위틈에서 잠자고, 밤이 되어야 활동하는데, 사람들은 밤에 돌아다닌다 하여 마치 저희들을 죽음의 사자라도 되는 양 기피하고 있으며, 저희들이 울면 죽음이 닥친다고 불길해하고 있습니다.

심지어는 자식이 어미를 잡아먹는 새라고 악의적으로 오해하여, 중국에서는 큰 죄를 범한 사람의 목을 베어서 장대에 매달아 군중 앞에 보이는 것을 효수梟首라 하였는데, 바로 이 효梟 자가 올빼미 효라 하옵니다. 이렇게 억울할 수가 있습니까?"

공작새가 까치에게 물었습니다.

"저 말이 사실이오?"

까치는 두툼한 자료를 살펴보면서,

"사람들이 올빼미나 부엉이를 보면 매우 불길해하는 것이 사실이옵니다. 예전에 궁궐에서 저들의 울음소리를 들으면 불길한 일이 생긴다 하여 왕이 궁을 옮겼다는 것이 그들의 역사책에 기록되어 있습니다."

올빼미가 계속 흐느꼈습니다.

"너무도 억울하고 원통하옵니다. 저희들 같은 미물이 사람들이 죽을 것을 어찌 알겠으며, 더욱이 우리가 울면 사람이 죽는다니, 저희들이 무슨 초능력을 가졌겠습니까?

사람들이 다 지어서 만든 이야기 때문에 저희 어린 자식들 얼굴을 쳐다볼 수가 없사옵나이다."

공작새는 어이가 없는 듯, 그러나 심각한 표정으로 올빼미 모자의 이야기를 듣고 있었습니다. 백학 왕도 마찬가지였습니다.

"저희들은 새끼가 죽으면 살아남은 다른 새끼들에게 먹이는 일이 종종 있었습니다. 자식 하나라도 살리려고 하는 고육지책이었습니다. 그런데 사람들이 이것을 잘못 보고 새끼가 어미를 잡아먹는 천하의 몹쓸 새로 만들어 저희를 죄인 다루듯 하며, 죄인의 목을 '올빼미 목'이라고 한다는 것은 죽어도 눈을 감지 못할 억울한 일입니다. 새끼를 정성껏 키우고자 하는 진심을 왜곡한 것입니다. 저희들은 한번 짝을 맺으면 한평생 변함없이 함께 살며, 새끼들의 양육에도 지극정성인, 지조 있고 진실한 새라는 사실을 알려주시옵소서."

모두들 숙연하게 듣고 있는 가운데, 까치가 검증 자료를 보며 말했습니다.

"구체적인 조사에 의하면, 조선의 태종이 올빼미가 울자, '옛 중국책 운회韻會에 올빼미가 울면 흉하다'라고 하였으니 나는 피해 있고자 한다고 신하들에게 말하면서 궁궐을 피한 적이 있습니다.

또 옛사람들은 올빼미는 어미를 잡아먹는 새로서, 불효를 상징한다고 해서, 올빼미를 잡으면 죽여서 나무에 매달아 사람들에게 경종을 울렸다 합니다.

사실 올빼미는 사람들에게 이로운 새입니다. 연구에 의하면, 올빼미는 하루에 쥐를 평균 1.5마리 잡아먹는다고 합니다. 어떤 사람이 창고를 헐었는데, 지붕에 올빼미 둥지가 있었고 그 둥지 옆에 동물의 뼈 무더기가 있는 것을 발견하였답니다. 뼈를 조사한 결과 놀랍게도 쥐 1,652마리분이었고, 뱀과 닭, 심지어 새끼 토끼의 뼈도 있었습니다. 농부는 3년 전 그 창고를 지었고 올빼미는 두 마리가 살았답니다. 올빼미는 사람에게 해로운 짐승을 없애주는 이로운 새라는 걸 알 수 있었습니다."

이 말을 듣자, 올빼미 모자는 용기를 얻은 듯 말을 이었습니다.

"맞습니다. 저희는 불길한 새가 아니고 곳간을 지켜주는 이로운 새입니다. '부엉이가 새끼 세 마리를 낳으면 대풍년이 든다'는 말은 바로 이런 뜻입니다. 그래서 부쩍부쩍 불어나는 살림을 '부엉이살림'이라고도 하고 있습니다. 사람들은 올빼미와 부엉이를 구분하지 않고 있습니다. 그리스신화에서는 전쟁과 지혜의 여신인 아테네(로마신화의 미네르바)가 항상 저희 올빼미나 부엉이를 데리고 다녀 지혜의 상징으로 여겼습니다. 저희들은 인간에게 이로운 새임에도 불구하고, 불길함과 죽음의 전조로 여겨지고 있으니, 이 억울함을 꼭 풀어주시옵소서."

공작새는 옹호새 비둘기를 바라보면서,

"저 말에 대해 더 할 말이 있습니까?"

하고 물었습니다. 옹호새 비둘기가 말했습니다.

"모습이 무섭고, 밤에 부엉부엉하며 우는 소리가 음산하다 하여 불길한 새라고 하는 것은 그들에게는 억울한 일이 틀림없는 것 같습니다."

그러면서 비둘기는 구구구 하면서 목소리를 가다듬고 덧붙였습니다.

"사실, 사람이 더 음산하고 불길한 존재입니다. 밤에 숲속에 사람 소리가 난다면 그것은 틀림없이 우리를 잡으러 오는 죽음의 소리입니다. 사람들이야말로 돈에 눈이 멀어 남편이 아내를 죽이고, 자식이 부모를 버릴 뿐만 아니라, 형제자매끼리 싸우고 속이는 일을 허다하게 저지르는 족속입니다. 걸핏하면 거짓말에, 도와준 사람을 배신하고, 은혜를 원수로 갚는 그런 족속입니다. 그러면서 올빼미를 비난하여 '효수'라 하는 것은 천부당만부당하옵니다. 사람만큼 이기적이고 잔인하고 사악한 족속이 어디 있겠습니까! 올빼미는 억울합니다."

공작새가 비둘기에게 날개를 저으며 말했습니다.

"옹호새는 말을 삼가시오. 만물의 영장 사람에 대해 너무 심한 말을 하는 것 같소이다."

비둘기는 구구구구 부리를 삐쭉대며 더 말하지 않았지만, 새벌에 모인 새들은 비둘기의 말에 모두 동조를 하였습니다.

"깍깍, 쩍쩍, 구구구구, 휘리릭 휘리릭, 소쩍소쩍……"

백학 왕은 이 말을 듣고 한참 생각하더니 다음과 같이 말했습니다.

"올빼미 모자는 듣거라. 너희들의 억울한 이야기는 접수하겠노라.

인간 사회에서는 단순히 겉모습이나, 자기들이 그린 이미지만을 가지고 상대방을 평가하는 어리석은 악습이 있는 것이 사실이노라. 신에게, 인간들이 부디 겉으로 속을 판단하지 않고, '겉과 속은 다르다'라는 진리를 잊지 말기를 고하겠노라.

아울러 '흰색은 천사요, 검은색은 악마'라는 우매한 생각을 버리고, '악마는 흰 날개 옷을 입고 찾아온다'라는 냉철한 판단을 하도록 노력할 것을 촉구하겠노라.

새벌 왕국의 새들도 누구라도 외양이나 겉모습에 현혹되지 말고, 진실한 마음을 읽어 어떤 새도 억울한 대우를 받지 않도록 함께 노력하기 바라노라. 오늘의 올빼미 이야기는 신에게 고하겠으니 안심하기 바라노라."

백학 왕의 말에 올빼미 모자는 날개를 힘껏 치며 날아올랐습니다. 부엉이도 함께 날았습니다. 백학 왕의 현명한 처사에 감사함을 잊지 않았습니다.

●

다음에는 뱁새가 등장하였습니다.

"백학 왕이시여. 저의 섭섭함을 들어주십시오. 저는 보잘것없는 뱁새입니다만, 누구를 속이지도, 빼앗지도 않고 성실하게 살아왔습니다.

그런데 어느 날, 알을 품고 있다가 먹이를 구하러 나간 사이에, 뻐꾸기 한 마리가 몰래 날아와 제 둥지 안에 제 뱁새 알을 깨먹고 뻐꾸기 알을 낳고 날아가 버렸습니다. 저는 그런 줄도 모르고 제 새끼 알과 뻐꾸기 알을 열심히 품어, 뻐꾸기 새끼가 먼저 부화하게 되었습니다. 그런데 이게 웬일입니까? 알에서 나온 뻐꾸기 새끼는 은혜도 모르고, 제가 없는 사이 제 새끼 뱁새 알을 모두 둥지 밖으로 떨어뜨리고는 먹이를 혼자 다 먹는 것이었습니다.

다 자란 뻐꾸기 새끼는 어느 날 고맙다는 인사 한마디 없이 훌쩍 둥지를 떠나고 말았습니다. 어미 뻐꾸기나 새끼 뻐꾸기나 이렇게 배은망덕한 일이 있습니까? 이 한을 풀어주십시오."

뱁새의 이야기에 공작새가 놀라,

"이 말이 사실이오?"

하고 까치에게 물었습니다.

"사실이옵니다. 뻐꾸기가 뱁새뿐만 아니라 붉은머리오목눈이, 딱새, 휘파람새 같은 새에게 저런 짓을 하고 있습니다."

이 말을 들은 공작새나 들에 나온 모든 새는 웅성거리며 뻐꾸기를 노려봤습니다.

까치가 말했습니다.

"그런데 이상한 것은, 뱁새는 왜 자기 새끼 알이 둥지에서 떨어지고, 뻐꾸기 새끼인 줄 알면서도, 먹이를 계속 물어다 주냐는 것입니다. 결국 뱁새가 묵인하니까 저런 짓이 계속되는 것 아닐까요? 뱁새에게도 잘못이 있습니다."

뱁새가 말했습니다.

"저는 잘 몰랐습니다. 부끄럽지만, 저는 제 새끼인지 뻐꾸기 새끼인지 잘 구분을 못 합니다. 이따금 뻐꾸기 새끼인 줄 알면 저도 그 알을 둥지에서 밀어내 버리지만, 뻐꾸기가 그럴 줄은 몰랐습니다. 정말 너무합니다."

공작새는 뻐꾸기를 불러 세웠습니다. 뻐꾸기가 발언대 가지 위에 서서 발언을 하였습니다. 뻔뻔스럽게도,

"뱁새가 억울하다고 하오나, 그것은 그의 무능 탓이지, 제 잘못은 아니옵니다. 세상은 다 능력껏 사는 것인데, 뱁새가 제 새끼와 남의 새끼를 잘 분간하였더라면 저도 뱁새 둥지에 알을 낳지 않았을 것입니다. 그것도 능력입니다. 다 못난 뱁새의 하소연이지, 저를 너무 나무라지 마십시오. 세상은 적자생존이라고, 살아남는 자가 강한 자요, 정의는 강한 자 편 아닙니까? 저보다 더 나쁜 새나 인간이 얼마든지 있지 않습니까?"

하였습니다.

이 말을 들은 공작새나 들판에 나온 모든 새들은 분노의 치를 떨었습니다.

옹호새 비둘기가 퍼덕퍼덕 날개를 치며 흥분하여 말했습니다.

"뻐꾹새야, 어쩌면 그렇게 뻔뻔스러울 수가 있느냐. 네가 아름다운 울음소리로 사람들에게 사랑을 받는다 하여, 그렇게 이기적으로 남을 이용해서야 옳겠느냐? 어찌하여 속인 것이 잘못이지, 속은 것이 잘못이란 말이냐? 무능한 것이 죄란 말이냐?"

라고 다그쳤습니다. 그러자 뻐꾸기는,

"사람들을 보시오. 저 출세하고 돈 벌자고, 자식들은 죄다 남의 손에 맡기고 있잖소? 자기는 잘 기르지도 못하면서, 어린이집이나 학교 선생님이 자식 야단치면 고마워하기는커녕 입에 거품을 품고 생매장시키고 있지 않소? 나와 뭐가 다르단 말이오? 가르치는 선생을 닦달하는

것이나, 힘 있는 사람이 제 자식만 잘되자고 부정으로 대학 입학시키고 취직시켜 남의 자식 떨어뜨리는 것이나, 뻐꾸기가 뱁새 알을 둥지에서 내버리는 것이나 뭐가 다르단 말입니까!"

하며 되레 소리를 쳤습니다.

새들은 웅성거리면서도 크게 말하는 새는 없었습니다. 그중 일부는 고개를 끄덕이기까지 했습니다. 그러나 비둘기는 지지 않고 뻐꾸기에게 쏘아붙였습니다.

"뻐꾸기야, 너는 참으로 사악하다. 세상을 살기 위해 어쩔 수 없이 그런 야비한 일을 한다고 하지만, 그것이야말로 더욱 비열한 말이다. 세상의 새들 중에는 참으로 의로운 새도 많은 법이다. 그들은 그게 쉬운 줄 몰라 그렇게 살겠느냐? 이 귀한 세상에 태어난 값을 다하기 위해 그러는 것이다. 그런 새를 본받지는 못하고 세상 탓만을 하며 어떻게 그렇게 이기적으로 산다는 말이냐? 부끄럽지도 않다는 말이냐?"

"어디 누가 그런 새가 있단 말이오?"

뻐꾸기가 물었습니다. 비둘기는 새들 중에 앉아 있던 기러기를 가리켰습니다.

"기러기를 보아라. 너와 같은 철새지만 너같이 그렇게 비천하게 살지는 않는다."

공작새가 기러기를 진실의 가지 위에 앉으라고 말하였습니다. 기러기는 가지 위에 날아와 다소곳이 앉았습니다. 비둘기가 말했습니다.

"기러기는 남을 이용하거나 배신하는 야비한 삶을 살지 않습니다. 기러기는 한번 짝을 맺으면 평생토록 다른 짝을 구하지 않습니다. 하늘을 나는 기러기떼 중 한 마리를 총으로 쏘아 잡았을 때, 다른 기러기들은 다 날아가도, 짝을 맺은 기러기는 날아가지 않고 짝을 지키며 함께 죽는 새가 기러기입니다. 사회생활도 마찬가지입니다. 한 마리의 보스가 무리를 지배하거나, 보스에게만 의존하지 않습니다. 철따라 먼 여행을 할 때도 리더를 중심으로 V자 대형을 그리지만, 리더가 지치면 그다음 기러기가 앞장서 리더가 됩니다.

리더는 무리에게 끊임없이 격려의 울음소리를 보내고, 뒤따르는 무리들은 이에 화답하는 울음을 울어, 대열을 이탈하지 않고 정연하게 상하의 질서를 지킵니다. 어느 기러기가 지쳐서 대열에서 이탈하면 동료 기러기 두 마리가 함께 남아, 원기를 회복하거나 죽을 때까지 떠나지 않습니다.

리더를 함부로 맹종하지도 배신하지도 않으면서, 한번 맺은 사랑과 의리를 끝까지 지키는 기러기의 모습은 우리 모두의 귀감이 되어야 할 것입니다.

뻐꾸기야, 기러기를 보아라. 어떻게 세상이 다 너 같은 줄 아느냐?

우리 새들은 모두 이러한 기러기를 본받아야 할 것입니다."

그러자 새벌에 모인 모든 새들이 일제히 환호와 함께 기러기에게 박수를 보냈습니다. 그리고 스스로를 반성하며 부끄럽게 여겼습니다.

기러기는 두 눈만 껌벅일 뿐, 더 이상 나서는 법이 없었습니다.

새벌 왕국의 왕 백학이 나왔습니다.

백학은 뻐꾸기에게 준엄하게 말했습니다.

"뻐꾸기에게 고하노라. 너는 참으로 몹쓸 새이다. 착한 뱁새의 희생에 미안하고 고마워하기는커녕, 이를 비웃다니……. 너는 필시 천벌을 받을 것이로다. 너의 천벌은 네 자식에게서 앙갚음을 받는 것이리라. 네 자식이 어미의 고마움을 어떻게 알겠느냐? 필히 너는 네 새끼가 너를 배신할 것이니라……

새벌 왕국의 새들에게 고하노라.

자기 욕심을 채우고자 남의 선한 성품을 이용하는 자, 남이 무능하다 하여 그를 속이거나 억눌러 이익을 취하는 자는 응당 신의 노여움을 타 천벌을 받으리라……

남의 눈에 눈물이 나게 하는 자는 내 눈에 피눈물이 나는 일이 반드시 생기리라. 이것은 하늘의 법이니라. 알겠느냐……"

새벌의 새들은 모두 고개를 조아렸습니다.

뻐꾸기는 왕의 말에도 불만이 있는 듯, 퍼드득퍼드득 날개를 크게 몇 번 치고는 들판의 하늘을 날아 멀리 떠났습니다.

"뻐꾹, 뻐꾹, 뻐뻐꾹, 뻐꾹……"

사람들은 뻐꾸기의 울음소리가 여전히 아름답다 하였습니다.

●

다음은 눈매가 날카롭고, 어깨와 발톱 뼈가 강건한 솔개가 나왔습니다.

"저는 양심껏, 저를 너무 미화하고 있는 세상 사람들의 말을 바로잡고자 여기에 나왔습니다."

"무엇을 미화했다는 말인고?"

"세상 사람들은 저희 솔개를 70세까지 살 수 있는 장수 새라 알고 있습니다. 그러면서 이렇게 장수하려면, 40세가 되었을 때 매우 고통스럽고 중대한 결단을 해야 한다고 말하고 있습니다."

"무슨 결단 말이오?"

"제가 40세가 되면 늙어 발톱이 노화되고, 부리도 길게 구부러져 가슴에 닿고, 날개가 무겁게 되어 하늘로 날아오르기 어려워지기 마련입니다. 때문에 그대로 죽을 날을 기다리든가, 아니면 매우 고통스러운 갱생 과정을 수행하는 것입니다."

"……."

"가장 먼저, 산 정상으로 날아올라 바위를 쪼아 부리를 깨버립니다. 시간이 지나면서 새로운 부리가 돋아나고, 그러면 새로 돋은 부리로 발톱을 하나하나 뽑아버립니다. 새로 발톱이 돋아나면 이번에는 날개의 깃털을 하나하나 뽑아내는 뼈를 깎는 고통을 감내합니다.

그러고 나서, 반년이 지나면 솔개는 완전히 새로운 모습으로 변신하게 되는 것입니다. 완전히 변신한 저는, 다시 힘차게 하늘로 날아올라 30년의 수명을 더 누려 70세까지 산다는 것입니다."

이 말을 들은 공작새는 경탄한 모습으로 화려한 꼬리 날개를 부챗살같이 활짝 펴면서 말했습니다.

"오, 목숨을 건 과감한 결단이군요. 대단하오. 누구든지 솔개의 이런 환골탈태의 정신을 본받아 생명을 배로 연장 할 수만 있다면 얼마나 좋겠소. 그런데 무엇이 잘못됐다는 것이오?"

솔개가 말했습니다.

"그런데 진실성에 문제가 있다는 것입니다. 공작새님."

"무엇이오?"

"얼토당토않은 이야기라는 것입니다."

"……?"

"저희 솔개는 평균 24년 이상 살지 못하옵니다.

저희들은 죽은 고기를 주로 먹기 때문에 발톱이나 부리를 그토록 날카롭게 할 필요도 없사옵니다. 그리고 한번 부리가 상하면 다시는 재생이 안 되어 저희들은 부리를 생명같이 귀하게 여기고 있습니다. 그런데 사람들은 저희 솔개가 부리와 발톱과 깃털을 새로 갈아 70년을 산다는 해괴한 이야기를 대단한 지식인 양 퍼트리고 있습니다.

뿐만 아니라, 저희들을 잡으면 저희의 부리를 뽑아, 40년을 사용하고, 다시 태어난 것이라며 기념품으로 만들기도 합니다.

참으로 황당하고 우스운 이야기입니다. 저희들과는 전혀 맞지 않는 이야기라서 바로잡지 않으면 안 되겠기에 오늘 이 자리에 온 것입니다."

이야기를 들은 공작새는 슬그머니 꼬리 날개를 접으며 까치를 바라다보았습니다.

까치가 나섰습니다.

"솔개의 말은, 사람들이 세상의 경쟁에서 살아남기 위해 과감한 조직이나 경영 혁신을 하자는 비유를 솔개의 예를 들어 강조하는 것인데, 그 이야기가 진실과 부합되지 않는다는 것이옵니다. 맞습니다. 솔개는 그런 갱생을 하지 않습니다."

"그러면 어찌하여 사람들 사이에 그런 말이 돌아다닌다는 것이오?"

"그것이 알 수 없는 일입니다. 그런데 이 솔개의 이야기가 마치 진실인 양, 대학 교수나 대기업의 대표들이 서슴지 않고 강연하며 방송에도 출연하여 이런 말을 한다는 것입니다. 확인되지 않는 황당 개그입니다."

새벌 왕국의 새들이 폭소를 터뜨렸습니다. 공작새는,

"그렇지만, 사람들은 무엇인가 절박한 변화를 하지 않으면 안 된다고 생각하여, 솔개 이야기를 만들어 실감나게 하는 것 아니겠소? 그걸 나쁘다고만 할 순 없지 않소?"

이번에는 옹호새 비둘기가 말했습니다.

"그렇습니다. 그걸 나쁘다고는 말할 수 없습니다. 문제는 이솝 우화 같은 이야기를 지식층이나 지도층이 진실인 것처럼 심각하게 말한다는 것입니다. 이것이 말도 안 되는 이야기라는 것이 나중에 알려진다면 말한 사람이나 내용이 얼마나 우스워지겠습니까? 한마디로 지나가는 소도 웃을 이야기를 진지하게 노트에 받아 적고 있는 사람들이 우스운 것입니다."

하였습니다.

키득키득 웃고 있는 까치새를 보면서 공작새도 웃음을 참았습니다.

"무슨 말인지 알겠소이다. 솔개가 그렇게 위대한 새인 줄 오늘에야 나도 알았소, 하핫……. 하지만 사람들이 혁신과 개혁을 위해 솔개같이 뼈를 깎는 노력을 해야 한다는 것을 우습게 알아서는 안 됩니다. 솔개에게도 나쁜 이야기는 아니나, 진실이 아닌 이야기는 설득력이 떨어진다는 교훈을 새벌 왕국의 새들은 얻기 바라오. 사람들이 진실과 교훈을 혼동하지 않도록 신에게 고하도록 하겠소."

솔개는 마음이 놓인다는 듯 부리와 발톱을 모아 인사를 하고는 멀리 날아갔습니다.

다음에는 까마귀와 닭이 우르르 몰려 나왔습니다. 까마귀와 닭은 줄 맞추어 가지 위에 앉아 다음과 같이 말하였습니다.

"저희들은 사람들이 저희가 마치 세상에서 가장 머리가 나쁜 짐승인 것처럼 말하는 것에 참을 수 없어 나왔습니다. 사람들은 걸핏하면 건망증이 심한 사람에게 '까마귀 고기를 먹었냐'는 둥 비아냥거리고, 머리가 둔한 사람들에게는 '닭대가리'라는 모욕적인 말을 하여 우리들을 비하하고 있습니다.

너무 억울하여, 우리 새들이 얼마나 영리하고 두뇌가 좋은지 말하기 위해 여기에 왔습니다."

공작새는 까치에게 검증 발언을 하라고 했습니다. 까치는, 까마귀와 닭을 예리하게 쳐다보고는,

"스스로 증명해보시오."

라고 말했습니다.

까마귀가 먼저 말했습니다.

"사람들은 새들의 지능이 낮은 줄 알고 있습니다. 저희 같은 까마귀도 예전에는 IQ가 40 정도로 알려졌습니다만 최근에는 IQ가 95 이상이라고 말하고 있습니다. 저희들의 지능은 6-7세 아이 정도로, 침팬지보다 좋으면 좋았지 나쁘지는 않습니다.

부피 개념을 이해하여, 병 속에 든 물을 마시기 위해 돌을 병 속에

넣는 것은 식은 죽 먹기요, 철사를 구부려 갈고리를 만들어 통 속에 들어 있는 먹이를 꺼내 먹을 수도 있습니다.

도구는 인간만의 특징이라고 하던 사람들의 자만심이 저희들로 인해 산산이 깨지고 말았습니다.

저희 친구들은 호두를 좋아하는데 호두 껍데기를 깨기 위해 신호등에 멈춰 있는 자동차 바퀴 앞에 호두를 갖다 놓고 자동차가 지나간 후에 알맹이를 먹습니다. 일반 도로에서는 위험하니까 횡단보도 위에 올려놓고 파란불이 들어오면 먹으러 갑니다."

"정말이요?"

공작새가 놀라 물었습니다.

"진실입니다."

"계속하시오."

백학 왕이 매우 흥미를 보이며 까마귀를 재촉하였습니다.

"저희의 지능을 이용하는 사람이 많습니다. 동전을 넣으면 먹이가 나오는 자판기를 설치해서 저희들이 돈을 주워오게 하는 것입니다. 저희는 먹이가 필요하지 돈은 필요 없으니 열심히 동전을 모아 자판기에 넣습니다. 사람들은 돈을 법니다. '꿩 먹고 알 먹고'지요. 사람들은 쓰레기를 주워 오면 그에 맞는 무게의 먹이를 제공하는 '까마귀 자판기 Vending Machine for Crows'까지 만들었습니다. 근처의 쓰레기가 깨끗이 청소되었습니다.

믿을 수 없겠지만, 저희들은 말을 가르쳐주면 앵무새같이 말도 할 수 있습니다. 0의 개념도 알고, 11개의 숫자도 셀 수 있습니다. 수만 개의 씨앗을 구별하고, 먹이를 숨긴 장소뿐 아니라 숨긴 시간과 먹이 종류까지 기억할 수 있습니다.

애벌레와 땅콩을 숨기게 한 뒤 짧은 시간이 지났을 때에 찾아 먹게 시키면 더 좋아하는 먹이인 애벌레를 찾아 먹지만, 숨긴 뒤 며칠 뒤에 찾아 먹게 시키면 이미 부패한 애벌레는 찾지도 않고 땅콩을 찾아 먹지요. 부패 시간과 시간의 흐름을 알고 있습니다."

새벌 왕국의 새들은 부리와 눈을 크게 벌리고 까마귀의 이야기에 놀랐습니다. 새들의 지능이 그렇게 높은 줄은 자신들도 몰랐던 일이었습니다.

이때 닭이 일어섰습니다.

"저희 닭도 할 말이 많습니다. 흔히들 닭대가리라고 저희들을 무시하고 있습니다만 기막힌 일입니다. 저희들에게 언어가 있어 울음소리 스물네 가지로 우리끼리 의사를 주고받는다는 것을 사람들은 최근에야 깨달았습니다. 새벽과 밤의 시간 차이를 분명히 알 뿐만 아니라, 엘리베이터를 타면 층수를 분별합니다. 방금 태어난 병아리가 몇 마리인지 구분하고, 병아리의 감정도 이해합니다. 병아리가 알에서 깨나올 때가 되면 병아리는 안에서, 어미 닭은 밖에서 알을 동시에 쪼아 병아리가 무사히 나오게 돕습니다. 이것을 사람들은 줄탁동시啐啄同時라 하옵니다. 옛날 중국에서는 저희 닭이 가진 '다섯 가지 덕'을 이렇게 말한 바도 있습니다.

'머리에 관을 쓴 것은 문文이요, 발에 갈퀴를 가진 것은 무武요, 적에 맞서서 감투하는 것은 용勇이요, 먹을 것을 보고 서로 부르는 것은 인仁

이요, 밤을 지켜 때를 잃지 않고 알림은 신信이다.'

이런 다섯 가지 덕과 7세 아이와 비슷한 수준의 사고력을 갖고 있는데 닭대가리라고 말하는 것은, 사람들이 오히려 멍청한 것 아니겠습니까?"

닭은 긴 목을 빼고 머리의 벼슬을 곧추세우며 주장하였습니다. 새들은 감탄해 마지않았습니다.

공작새가 물었습니다.

"여기에 대해 검증새 까치와 옹호새 비둘기는 할 말이 없습니까?"

비둘기가 발언을 하였습니다.

"맞습니다. 사람들은 새를 지능이 아주 낮은 동물로 취급하고 있습니다만, 새들은 사람들이 이해하지 못하는 능력을 가지고 있습니다. 사람들은 자기들이 하는 행동을 따라 하면 지능이 높다 하고, 자기들이 할 수 없는 행동을 하면 본능이라며, 능력으로 여겨주지도 않습니다. 저희들 비둘기가 집을 찾아올 때, 사람들이 만든 어떤 내비게이션보다 정확하다는 것을 인정하면서도, 지능은 낮다고만 하고 있습니다. 인간들의 내비게이션은 두뇌가 아니고, 본능으로 만든다는 것입니까? 저희들은 태양, 별, 풍향, 냄새, 지형, 그리고 자기장에 이르기까지 모든 조건을 고려하여 집을 찾습니다. 철새들은 지구를 반 바퀴 돌아도 방향을 잃어버리는 법이 없습니다. 여기 있는 까치는 거울을 보고 자기를 인지하는 능력이 있습니다. 개나 고양이도 이런 지능은 없습니다. 또한 거의 모든 새들이 몇 시간 전 사람들의 얼굴을 기억하는 기억력을 가지고 있다는 것을 사람들만 모르고 있습니다. 안 그렇습니까, 여러분!"

비둘기가 새벌에 모인 새들에게 외치자, 새들은 일제히
"쑥국쑥국, 깍깍, 짹짹, 부엉부엉, 꾀꼴꾀꼴……."
하면서 큰 호응을 하였습니다.

까마귀와 닭이 다시 입을 열었습니다.
"왕이시여, 사람들은 그간 스스로를 만물의 영장이라며, 세상의 모든 생명체보다 자신들이 우월한 동물이라고 자만하고 있습니다. 그러나, 그들의 능력이란 다른 생명체들의 뛰어난 능력을 유심히 관찰하여 배우고 모방한 것에 지나지 않는 것입니다. 그런 그들이 우리를 무시하고 세상을 온통 지배하려고 하는 것은 용납될 수 없는 것입니다.

왕이시여. 부디 신에게 고하시어, 사람들이 더 이상 새와 다른 짐승들을 무시하지 않고, 더 이상 다른 생명을 그들의 먹이나 돈벌이로 생각하지 않고, 겸허하게 더불어 살며 함께 번영할 수 있도록 만행을 멈추게 하여 주시옵소서."

그들은 다리와 부리를 굽혀 읍소하였습니다.

백학 왕은 이런 새들의 이야기를 경청하며 대견한 표정으로 바라보았습니다.

●

새들의 '말하기'가 끝났습니다.

마지막으로 백학 왕이 조용한 말로 모든 새들에게 교시하였습니다.

"오늘 우리는 여러 새들의 이야기를 통해 많은 교훈을 얻었도다.

비단 오늘 진실의 가지 위에서 말한 새들뿐이겠는가.

다른 새들에게도 사람들에게 하고 싶은 말이 얼마든지 있을 것으로 아노라. 일일이 말을 듣지 않아도, 꽃잎 하나로 세상의 봄을 알고, 낙엽 한 잎으로 세상의 가을을 알듯, 온 세상 새들의 소망을 알겠노라.

우리 새벌 왕국의 새들은, 스스로 확인도 하지 않고 남을 비판하고 험담을 공공연히 하는 것이, 얼마나 천벌받을 무섭고 비열한 일인가를 깨닫고 명심하기 바라노라.

내 가족, 내 족속을 책임질 자들이 책임은 남에게 미루고, 자기의 이득만 챙기는 것이 얼마나 신에게 저주받을 수치스러운 일인가를 명심하기 바라노라.

자기 재주만이 뛰어나고 자기 생각만 옳다고 고집하는 것이 얼마나 위험하고 경멸받을 어리석은 일인가를 명심하기 바라노라.

끝으로, 기러기와 같이 사랑과 의리를 끝까지 지켜, 스스로의 자존심과 종족의 명예를 드높임으로써, 하나밖에 없는 소중한 생명을 욕보이는 일이 없도록 하는 것이 얼마나 가치 있는 일인가를 알기 바라노라."

백학 왕이 교시를 마치자, 갑자기 하늘에서 번개와 천둥이 "번쩍, 쾅!" 하고 내리쳤습니다.

새벌 들에 왔던 새들은, 천둥과 번개 소릴 듣고, 백학 왕의 말씀이 바로 하늘에 계신 신의 뜻임을 깨달았습니다.

'새벌'은 '새들이 날아다니는 신성한 벌판'이라는 뜻입니다. 이 '새벌'의 발음이 변하여 오늘날 '서울'이라는 이름으로 불리고 있다는 것을 아는 새는 없었습니다.

아들 속의 아버지

미래자동차 서비스 대리점 앞에 검은색 에라스무스4000 승용차 한 대가 미끄러지듯 들어섰다.

창밖을 내다보던 서기영은 직원에게 눈짓을 했다. 고급 승용차가 들어오면 오너가 누군지 유심히 관찰한다. 직업의식이다.

육중하게 뒷자리 문이 닫히는 소리. 검은 양복의 신사 한 사람이 내렸다.

서기영은 조심스럽게 자리에서 일어났다. 다가오는 손님의 포스가 예사롭지 않았다. 평생 자동차 정비만 하며 기름밥을 먹던 서기영에게는 느낌이란 게 있다. 상대는 주눅을 들게 하는 풍채다.

"서기영 사장님이신가요?"

신사는 사무실에 들어오면서 먼저 말을 건넸다.

"그렇습니다만……."

"아, 반갑습니다. 미래자동차정비 국내총괄본부장 민교식입니다."

누구? 깜짝 놀랐다. 국내총괄본부장이라면 서비스 대리점 사장으로서는 직속라인에 있는 최고 사령관이다.

서기영은 얼른 옷매무새를 바로하고 고개를 깊숙이 숙여 인사했다.

"무슨 일로……?"

"전무님께서 찾아뵈라고 해서 왔습니다."

정중한 것은 서기영만이 아니었다. 본부장도 마찬가지였다. 그 역시 서기영에게 깍듯하게 답례를 하는 것이었다. 무슨 영문인지 알 길이 없었다. 차를 고치러 온 것도 아니고, 서사장을 만나러 일부러 서울에서 내려왔다는 것인데, 그것이 전무님의 지시라는 말이었다.

"……."

커피 한 잔을 하면서 얘기를 나누기 시작했다.

"전무님께서 서사장님을 설득해서 이번에 개설되는 미국 미래자동차 서비스 대리점의 지사장으로 모시고 오라고 말씀하셨습니다."

점입가경… 자다가 홍두깨 맞는 격이란 이런 경우를 말하는 것이었다.

"저를요? 미국 지사장? 저는 전무님이 누군지도 모르는데… 영어 한 줄 못하는 제가 미국이라뇨? 혹시, 사람을 잘못 보신 거 아닌가요?"

서사장은 정색을 하고 물었다.

"자세한 배경은 저도 모릅니다. 다만, 전무님께서 서사장님의 아버지 말씀을 하시면서……."

'우리 아버지?'

더욱 모를 일이었다. 아버지라니. 아버지는 돌아가신 지 5년이 넘었는데… 무슨 아버지 말씀이라니?

본부장은 의외로 진지하였다. 자못 조심스러운 자세로 서사장을 설득하지 못하면 매우 난처하겠다는 표정으로 서기영을 바라보고 있었다.

"아닌 것 같습니다. 뭔가 착오가 있는 것 같습니다. 저의 아버지는 이미 돌아가셨습니다. 뭔가……."

"서대선 씨 아니신가요? 아버님 존함이?"

"맞습니다만."

"혹 고향이 대전 아니신가요? 그리고 서대선 씨의 막내아드님 되시고요."

맞았다. 그런데? 아버지?

전혀 미래자동차 전무가 알 만한 분이 아니었다. 사업했던 분도 아니었고… 돈도 학벌도… 전무님의 레벨이 아닌 분이셨다.

더욱이 나를? 공고 출신 흙수저 출신인 내가 미국 지사장?

"맞군요. 전무님께서 꼭 모시고 오라고 하셨습니다……."

그러면서 본부장은 서사장에게 대략 배경을 설명하였다.

요컨대 미국에 미래자동차 서비스 신규 대리점을 낸다는 것. 갈수록 미국 시장에서 일본과 사활을 건 판매 경쟁을 하는데, 기술력으로는 손색없이 일본을 따라잡았지만, 서비스 측면에서는 한참 뒤져 있다는 것. 말하자면 고객 감동이 아직 멀었다는 것. 그래서 고객 감동을 줄 혁신적인 새 지사장을 찾고 있다는 것. 그리하여 전국의 서비스 대리점 사장을 대상으로 인사 기록 카드를 전부 조사하여 후보자를 물색했다는 것. 최종적으로 전무가 서사장을 찍었다는 것. 그러면서 서사장의 아버지 말씀을 했는데, 내용은 잘 모르겠다는 것……

이것이 전부였다. 여전히 오리무중이요, 수수께끼의 연속이었다.

조건은 나무랄 데 없이 좋았다. 영어? 신경 쓰지 말라 했다. 엔지니어로서 일하는 것이고, 현지 통역이 있으니 걱정 없다는 것이었고, 아이들 학비, 주거비 등도 다 보조해준다는 조건이었다.

그렇지만, 고객 감동?

귀신에 홀린 듯했다.

가족과 상의해보겠다는 서사장의 반승낙을 받고서야 본부장은 떠났다.

●

미국 지사장 직책 제안과 고객 감동 서비스…….

갑자기 들이닥친 이해할 수 없는 상황들이 서사장의 머리를 혼란스럽게 했다.

가장 납득이 되지 않는 것은 두말할 것도 없이 '아버지'였다.

아버지. 서대선 씨…….

엄격하고 무서운 분이었다.

아버지를 추억해보았다. 감동이란 것이 없었다. 과묵하여 자식들에게 말씀도 없으셨고, 늘 직장에서 늦으시거나 술을 드시다가 집에 안 들어오신 날이 많았던 기억이 나고… 자식들에게는 하느님 아니면 염

라대왕같이 무섭기만 한 분.

아버지가 퇴근하면 어머니와 희희낙락하던 자식들도 갑자기 서늘한 분위기가 되어 각자 자기 구석들을 찾아가기 일쑤였다.

자식들뿐만이 아니었다. 어머니는 아버지를 시아버지같이 어렵게 여기셨다. 부모님은 가부장적인 유교식 가장에, 현모양처 아내였다. 어머니에게 따뜻한 사랑의 표현 한마디, 농담 하나 건네는 것을 본 적 없는 것은 막내아들 기영만이 아니었다. 아들들이 장성하고 나서도 술 한잔 권하거나 농담 섞은 대화조차 던져보신 적이 없던 아버지셨다.

'엄부자친嚴父慈親'

올바른 가정교육이란 모름지기 아버지는 자식에게 엄해야 하고 어머니는 자상해야 한다는 고지식한 철학을 가진 어르신이었다. 가장은 이래야 한다는 옛날 어른들의 정형을 흔들림 없이 머릿속에 큰 짐으로 이고 계셨던 분이었다.

그런 아버지의 빈틈없는 모습에 자식들은 질식할 것만 같았다. 어머니는 자식들만 보면, '너는 장가가면 제발 아버지 같은 남편이 되지 마라'라고 입버릇처럼 말씀하셨다.

옛날 사람들이 그랬다던가. 세상에서 가장 무서운 것이 벼락, 불, 아버지라고……. 바로 그런 아버지였다. 나이 어린 막내 기영은 더욱이 아버지와 대화다운 대화를 별로 가져본 적이 없으니, 아버지가 인간적으로 어떤 분인지 알 수도 없거니와 관심도 없었다.

바위같이 무겁고, 태산같이 완벽한 분… 무엇이든 알아서 잘하시는 분이거니…….

경제적으로 풍족하지도 못했다. 아버지는 농민은행에 다니셨는데, 당시 농민은행은 선망의 직장이라고는 하지만, 월급이 많은 것은 아니었다.

어려운 농민 상대에 늘 살림이 어려웠다. 형들은 어쨌든 대학이라도 나왔지만, 아래로 갈수록 형편이 어려워져 막내인 기영은 공고를 지망하여 자동차 정비사가 되었다.

흙수저⋯ 지금 생각해보면 기영에게 딱 맞는 말이었다.

기영은 때때로 아버지가 원망스러웠다. 돈도 백도 없이, 오로지 나 홀로 일어서야 했던 고달픔. 하지만 배운 것이 없어도 열심히는 일했다. 미래자동차 정비서비스 직원으로 취직하여 대리점의 사장이 되었으니 나름 성공한 셈이다.

아버지께서 돌아가신 지 5년⋯ 아버지에 대한 추억이 별스러울 것도 없는데 별안간 아버지 말씀을 들으니 새삼 묘한 기분이 들었다. 여전히 영문을 알 수 없었지만, 마음은 정해졌다.

어쨌든 가자. 미국으로. 아이들에게 얼마나 좋은 기회랴. 모처럼 나도 아버지 노릇 한번 해보자.

●

기영은 오랜만에 이발소를 찾았다. 기분도 전환할 겸, 미국이라는 세련된 나라에 적응하기 위해 머리 정도는 깎아야 할 것 같았다. 이제부터는 향수라도 뿌리고 살아야 하나 하는 생각에 피식 웃음이 나왔다.

더부룩한 머리칼… 자동차 정비소 사장이 무슨 외모에 신경을 썼겠나. 기름밥에 기름복만 입었지, 양복도 없었고 입어도 어울리지도 않았다.

모처럼 거울 앞에서 보는 40대 후반의 자신이 부쩍 늙어 보였다.

희끗거리는 머리카락에, 벗어지는 이마, 늘어나는 주름살……

머리를 감고 면도를 하기 위해 거울 앞에 앉은 기영. 눈을 감았다가 무심코 거울을 보던 그는 소스라치게 놀랐다.

거울 속에… 거울 속에… 아버지가 앉아 계셨다.

어머니는 형제들 중에 막내가 아버지를 가장 닮았다고 말씀하셨는데, 기영은 그 말이 썩 좋지를 않았었다. 아버지는 닮고 싶지 않았다. 그런 무뚝뚝하고 사랑이 없는 아버지는……

그런데 바로 그 아버지가 거울 속에 앉아 계시는 것이었다.

아버지… 내 속에 살아 계신 아버지……

●

얼마 후 기영은 미국으로 떠났다.

샌디에이고. 멕시코 접경 지역에 있는 이곳, 미국에서의 생활도 1년이 지나니 제법 적응이 되기 시작했다.

샌디에이고는 외국인 관광객이 많았고 자동차 여행객도 많았다. 미국 캘리포니아 1번 하이웨이. 그 기막힌 절경을 자랑하는 태평양 해안 도로를 따라 종주하는 장거리 자동차 여행객들. 그만큼 차량 정비나 고장 수요가 많았다. 사업은 잘 돌아갔다.

미국이라는 신천지는 확실히 기회의 땅이었다. 교과서에서나 보았던 전 세계의 자동차들을 이곳에서는 늘상 볼 수 있었다. 나날이 진화하는 자동차 기술 경쟁에서 한국은 결코 약자가 아니었다. 그만큼 도전도 많았다. 서비스의 질과 내용이 인터넷과 SNS상으로 실시간으로 기록되는 경쟁은 피 흘리지 않는 혈투의 연속이었다. 착실히 정비에 임하는 그의 지사는 일한 만큼 실적을 거두어 성과도 수당도 타사에 뒤지지 않았다.

업무상 접하는 고객은 미국인뿐만이 아니었다. 거의 전 세계의 외국인들이 그에게 찾아왔다. 미래자동차가 그만큼 세계적이 되었다는 자부심이 들기도 했다. 동시에 그들 고객은 서기영에게 큰 호기심과 관심의 대상이기도 했다.

어느 날, 급작스럽게 1번 하이웨이에서 연락이 왔다. 미래자동차가 도로 위에 정차해 있다는 것이었다. 자동차 고장이라는 것은 늘 그렇게 예고 없이 벌어진다. 부랴부랴 레커차를 끌고 최단 시간 내에 현장에 도착했다. 자동차 상태를 보았다. 사고가 아닌 고장이었다.

렌터카였다. 운전자는 황갈색 머리에 푸른 눈을 가진 키 큰 백인. 독일인이라 했다. 한번 보면 잊히지 않을 뚜렷한 인상의 전형적인 게르만의 모습으로 망막에 새겨졌다.

온 정신을 몰입하여 자동차 수리에 열중하는 기영을 독일인은 인내심을 가지고 지켜보고 있었다.

기영은 고장 수리의 베테랑이다. 어려운 정비였지만, 최선을 다해 가장 빠른 시간 내에 끝냈다. 온몸이 땀으로 범벅이 되었다.

수리가 끝나자, 기영이 독일인을 향해 허리를 깊이 숙여 절을 하였다.

"죄송합니다. 미래자동차는 원래 고장이 없습니다만, 이렇게 불편을 드리게 되었네요. 정말 죄송합니다. 이제 완벽하게 고쳤으니, 걱정 마시고 여행을 즐기십시오."

그는 독일인 드라이버에게 두 번, 세 번 인사를 하고 현장을 떠났다.

수리비는 받지 않았다. 기록에 남기지도 않았다. 기영은 샌디에이고 사무실로 돌아왔다.

사흘 후였다. LA에 있는 본사로부터 급히 들어오라는 연락이 왔다. LA 본사는 바로 해외총괄본부장을 겸하고 있는 전무가 있는 곳이다. 고객 한 분이 기영을 보자고 한다는 것이었다.

서기영을 기다리고 있는 사람은 바로 사흘 전 1번 하이웨이에서 보았던 독일인 운전자였다.

가슴이 덜컥했다. 무슨 잘못된 일이라도? 기록을 남기지 않았던 것이 머리를 스쳤다.

혹시 클레임을 걸면 기록으로 대항하여야 할 텐데……

독일인이 서기영을 보면서 전무에게 말을 하였다.

"이 사람이 맞습니다. 바로 이 사람이 제 차를 고쳤지요."

그러면서 자기의 명함을 기영에게 내밀었다.

벤츠자동차 바이에른주 사업이사. 어마어마한 직함이었다. 어리둥절하면서도 불안감이 더욱 더했다.

독일인이 말했다.

"이 사람입니다, 본부장님. 저는 그렇게 성실히 자동차를 단시간 내에 능숙하게 수리하는 기술자를 본 적이 없습니다. 그렇게 고객을 존중하며 자사 자동차 고장에 대해 진지하고 예의 바르게 사과하는 직원을 처음 보았습니다. 마치 아들이 잘못한 것을 자신의 죄인 양 사죄하는 아버지의 모습이었습니다. 벤츠도 고장은 납니다. 그러나 고객의 감동은 그 고장을 얼마나 성실하게 치유해주느냐에 우러나오지요. 저는 감동했습니다. 그래서 본부장님께 이 사람을 칭찬해주고 아울러 우리 벤츠자동차의 고장도 상호 수리하는 협약을 제안하기 위해 온 것입니다."

전무의 안면에 함박웃음이 가득했다.

"오, 감사합니다. 샌디에이고 서기영 사장이지요. 미래자동차 임직원들은 모두 저렇게 성실합니다. 벤츠와 업무 협약을 맺는다면야 대단한 영광이지요. 감사합니다."

그러면서 서기영에게 부드러운 목소리로 물었다. 자부심과 애정이 넘치는 목소리였다.

"오, 수고했네요. 이렇게 벤츠의 이사님이 감동을 하셨다니… 감사합니다. 그런데 어디가 고장이 났었나요?"

서기영은 숙이고 있던 고개를 들었다. 한번 보면 잊히지 않을 그 독일인. 맞았다.

서기영이 입을 열어 말을 하였다.

"저는… 저는 지금 무슨 말씀을 하시는지 모르겠군요. 미래자동차가 고장이 났었다구요? 저는 모르겠습니다. 미래자동차는 사고가 아닌 이상 고장 나는 법이 없습니다. 벤츠자동차가 고장이 난다고 하시는데, 미래자동차는 그런 고장은 없습니다. 저는 이분 차를 수리해준 적이 없습니다. 무슨 착각이 계셨나 봅니다."

독일인이 크게 뜬 청잣빛 두 눈을 반짝였다. 뚫어지게 서기영을 쳐다보았다.

"제가 운전하던 미래자동차 렌터카 수리를 안 하셨다고요? 사흘 전 1번 하이웨이에서?"

"말씀드렸습니다. 미래자동차는 고장이 나지 않는다고. 무슨 착오가 계셨던 모양인데, 죄송합니다만, 다른 데 가서 혹 미래자동차가 고장이 나서 수리했다는 말씀은 삼가주셨으면 합니다. 미래자동차의 명예입니다. 저희 자동차는 고장 나지 않습니다."

"오, 이런이런… 이럴 수가……."

독일인은 경악한 표정으로 서기영과 전무를 번갈아 보았다. 전무가 서기영의 눈빛을 그윽이 쳐다보았다. 이윽고 말문을 열었다.

"오, 그렇군요. 고객께서 무슨 착각이 계셨나 봅니다. 서사장이 기억을 못하는군요. 고장 난 차는 혹 다른 회사 차가 아닐까요? 미래자동차가 고장 난 것은 아닌 것 같습니다."

전무 또한 얼굴에 확신 가득한 표정이 나타났다.

"손님, 죄송합니다. 잘못 보신 것 같습니다. 미래자동차는 고장 난 바가 없는 것 같습니다. 방문해주셔서 감사합니다."

독일인은 말을 잃었다. 한참 동안 두 사람을 쳐다보더니, 슬며시 사무실을 떠났다.

전무가 벌떡 일어나 서기영에게 다가오더니, 와락 껴안았다. 서기영은,

"죄송합니다. 회사에 누를 끼쳐서… 벤츠자동차 이사라고만 하지 않았어도… 제 자존심 때문에 그만……."

고개를 떨구며 말을 잇지 못하는 기영을 안고 있던 전무가 기영의 귓가에 작은 소리로 속삭였다.

"역시 그 아버지에 그 아들이야……."

"……."

●

전무는 차 한 잔을 하자면서 담담하게 이야기를 시작하였다.

"서대선 씨… 아버지 맞지요? 몇 년 전에 돌아가셨다고……. 사실은 나는 서기영 사장 아버지를 잘 압니다. 우리 아버지가 세상에서 제일 존경하는 분이셨지요. 우리 아버지는 농민은행에 다니셨었어요. 그때 서대선 선생은 아버지의 직속 상관이셨지요. 지금 우리 경우의 역순이라고나 할까……."

전무는 찻잔을 입에 대고 훅 마시고 말을 이었다.

"우리 아버지는 서대선 선생 밑에서 금전 출납 일을 배웠대요. 그런데 하루는 큰 실수를 하셨대요. 잘못 계산하여 고객에게 주어서는 안 될 돈을 지불한 것이었어요. 금융기관으로서 있어서는 안 될 큰 실수를 하였던 겁니다. 은행에 금전상의 손실을 끼치는 것뿐만이 아니었죠. 정확성과 신용은 금융기관의 생명이었을 테니까……. 아버지는 문책

과 함께 배상을 해야 했대요. 난감하였죠. 그런데 이튿날 그 고객이 농민은행을 찾아왔더래요. 돈이 잘못 왔다고 하면서 받은 돈을 반환하러 온 것이었어요. 아버지는 살았다 싶었대요. 그래서 돈을 다시 회수하려고 하는 순간, 서대선 선생이 나타나셨답니다. 감독자였으니까요.

그런데 서대선 선생이 하신 행동이 너무도 의외였답니다. '고객님, 지금 무어라고 하셨습니까? 우리 농민은행이 돈을 잘못 지불했기 때문에 반환하러 오셨다고요? 아닙니다, 고객님. 그럴 리가 없습니다. 농민은행이 계산을 잘못하다니요. 그런 일은 없습니다. 저희 농민은행은 정확합니다. 한 치도 틀림이 없어요. 손님이 받으신 돈은 정당하고 정확하게 받으실 돈을 받으신 겁니다. 절대로 농민은행이 실수했다는 말씀이나, 돈을 잘못 받아서 반환했다는 말씀은 하지 마십시오.' 하면서 돈을 돌려주며 고객을 되돌려 보냈다는 것이에요. 그리고 그 돈을 서대선 선생이 물어냈다는 거야. 감독자인 내가 잘못 가르쳤다고 하면서……

우리 아버지는 그때부터 서대선 선생이라면 직장의 상사로서가 아니라 전 인생에 걸쳐 최고로 존경하는 멘토로 여겼습니다. 그분 평생을 쫓아다녔어요. 몇 년 전 돌아가셨을 적에도 사흘 내내 상가에 계셨었죠. 모르시나 보네……"

기영은 쇠망치로 머리를 얻어맞은 것 같았다.

우리 아버지가… 우리 아버지가… 내가 까맣게 모르던 아버지 이야기를 여기서, 전무에게서 듣다니……

전무는 계속 말을 이었다.

"우리 아버지는 농민은행에서 크게 출세를 했어요. 최고 책임자가 되었지요. 덕분에 나도 이렇게 배웠고… 그것이 모두 서대선 선생 덕분이라는 것을 아버지는 잊은 적이 없어요. 늘 그렇게 말씀하시곤 했어요. 하지만 서대선 선생은 정작 생활이 어려웠지요. 어떻게 돈을 벌었겠어요, 그리 청렴하셨으니……. 아이들 가르친다고 밤마다 숙직을 도맡아 하셨다지만 그게 무슨 큰돈이 되었겠어요……."

지난번 미국 서비스 대리점 책임자를 인사 기록 카드에서 살필 때였다고 했다. 서기영의 아버지가 서대선 선생이라는 사실을 알았을 때, 전무는 무릎을 쳤다고 했다. 그리고 자기가 어떻게 서기영을 발탁하지 않을 수 있겠느냐고 하면서,

"그런데 오늘 나는 살아 돌아오신 서대선 선생을 본 것 같아요. 어쩌면 이럴 수가… 이게 우연일까요? 필연입니까? 저는 기적인 것만 같군요. 아마도 농민은행 고객에게 돈을 반환받으려 했을 때, 우리 아버지가 서대선 선생에게 받은 감동이 바로 오늘 같았을 것 같아요. 아들인 당신은 아버지를 그대로 닮았군요. 당신은 금수저를 물고 태어났소이다그려……."

서기영의 눈에 눈물이 고였다.

아버지… 아버지… 아, 아버지……. 우리 아버지가 그런 분이셨나?

가슴에 사무쳤다. 사랑이 없는 분인 줄만 알았고, 감동이 없는 분인 줄만 알았다. 가슴속에서 회한이 잔물결 일듯 일어났다.

아버지는 아들을 알아도 아들은 아버지를 이렇게도 모르는 법인가. 이 못난 아들…….

기영은 난생처음으로 아버지를 회고해보았다. 지나간 먼 회상의 편린들이 무수히 머리를 스치고 지나쳤다. 그제야 그것들이 아버지를 이

해할 수 있는 단서처럼 하나하나 의미를 담고 다가왔다.

그랬구나. 술 마시고 안 들어오신다고 생각했던 것이 숙직을 도맡아 하신 거였구나…….
자식들 대학까지 교육시키느라고 뼈가 휘는지도 모르게 고생하셨겠구나…….
아버지로서의 고통과 약한 모습을 보이지 않으려 그렇게 자식들에게 무뚝뚝하셨구나…….

오, 돈도 백도 없어 흙수저인 줄만 알았던 내가 금수저를 물고 태어났구나…….
아버지의 그런 책임감, 성실성, 감동이 있는 영감…….
그런 아버지의 성품을 물고 내가 태어났구나. 백만 불짜리 수저를…….

아이들이 생각났다.
우리 아이들은 나를 어떻게 보고 있을까? 자기 안경으로, 자기 각도로만 나를 보고 있을 뿐 아버지의 속모습을 볼 수 있기나 할까?
아버지는 아버지가 되어보아야 이해한다. 아버지를 이해할 만한 나이가 되면 아들은 이미 늙어 있다. 그리고 어느 날 문득 거울을 보고 놀란다…….
가슴이 시렸다. 눈시울이 뜨거워졌다.

서기영이 LA 본사로부터 샌디에이고로 돌아온 지 한 달 후, 전무와 서사장에게 독일의 메르세데스 벤츠자동차 회장 명의로 전문이 하나 도착했다. 자동차 상호 수리 업무 협약을 체결하자는 MOU(양해각서)였다. 어려운 조건은 아무것도 없었다.

서기영은 본사 전무에게 출장을 신청했다. 한국에서 해야 할 일을 더 이상 미룰 수가 없을 것 같았다. 허가를 받자 그는 아이들을 데리고 한국으로 출장을 떠났다.

불현듯 못 견디게 보고 싶은 분, 아버지 산소를 찾아가기 위해…….

눈먼마을의 아름다운 연인

"선생님, 4월 20일 장애인의 날에 강연을 해달라는 청탁이 왔습니다
만… 시각장애인협회라고 하는데요."

보좌관이 선생의 심기를 살피며 조심스럽게 말했다.

명강으로 유명한 전국적인 명사는 잠시 생각에 잠겼다.

특별한 강연…….

"파워포인트나 영상 자료는 준비 안 하셔도 된다고 하네요, 하하."

"허허, 그렇겠군."

4월 20일.

협회 강당은 '청중'으로 대만원이었다. 여기저기 수군거리는 소리가
손에 잡히듯 들린다.

신경 쓰지 않았다. 강연이 시작되었다.

"여러분에게 어떤 강연을 감히 해야 할지 고민이 많았습니다. 오래전 읽었던 책이 기억났습니다. 리더스 다이제스트였던 것 같아요. 40년이 넘었나요? 하지만 그 스토리는 제 동맥을 뛰게 하는 영원한 심장 같답니다. 그 이야기 들어보시겠습니까?"

"예!"

청중은 소리 높여 큰소리로 대답하였다.

●

남미 안데스산맥의 어느 깊숙한 오지.

청년은 산속을 헤매는 사냥꾼이었습니다.

어느 날 청년은 깊은 숲속에서 사냥감을 찾아 헤매다 그만 길을 잃고 말았습니다. 어딘지도 모르고 숲속을 헤매던 청년은 끝이 보이지 않는 벼랑에서 발을 헛디뎌 떨어지고 말았습니다.

천 길일까 만 길일까.

몇 길이 되는지도 모르는 낭떠러지에서 한참을 떨어졌습니다. 청년은 정신을 잃었습니다.

시간이 얼마나 흘렀는지 모릅니다. 정신을 차려 눈을 떴을 때 주변에는 많은 사람들이 모여 있었습니다. 청년이 정신을 차리자 그들은 환호를 지르며 기뻐하였습니다. 숲속에서 정신을 잃은 그를 발견하여 그동안 보살펴주던 사람들이었습니다.

그들을 천천히 살펴보던 청년은 소스라치게 놀랐습니다. 그들은 얼굴에 눈이 없는 사람들이었습니다. 청년은 앞을 보지 못하는 사람들이 모여 사는 마을에 들어온 것이었습니다.

청년의 얼굴을 손으로 더듬어보던 그들 또한 흠칫 놀라곤 했습니다. 자기들에게 없는 무엇이 청년에게 있는 것이었습니다.

그들은 청년의 눈을 벼랑에서 떨어지면서 생긴 상처라고 생각했습니다. 갈라진 그 상처에 가끔 물이 고이는 것을 만져보던 그들은 청년을 아주 딱하게 여겼습니다.

청년은 그들에게 불쌍한 장애인으로 취급당했습니다.

청년은 눈으로 본다는 것이 얼마나 기막힌 것인지 설명하고자 했지만 그것은 불가능했습니다.

그들은 볼 수 없었지만, 생활에는 아무 지장을 느끼지 않고 있었습니다. 손으로 더듬으며 무엇이든지 해내는 것이었습니다.

청년은 그들을 보면서 자기는 초능력자라 여겼습니다. 그들보다 몇 배 앞을 볼 수 있는 청년은 그 능력을 과시하곤 했습니다. 길을 걸을 때도 그는 거리낄 것 없이 달릴 수도 있었습니다.

날아가는 새도 돌로 잡았습니다. 그들에게는 불가능한 일이었습니다.

하지만 그의 이런 능력을 그들이 어떻게 이해할까요.

우월감에 빠진 청년은 어느 날 몰래 그들 뒤로 돌아가 뒤통수를 때려 놀래주고 싶었습니다. 그런데 손을 쳐든 그를 향해 고개를 돌리는 그들. 그들은 볼 수 없지만, 무엇인가를 느끼는 감각은 청년의 상상을 초월했습니다.

답답한 것은 청년이었습니다. 보는 것 이외에 그들을 능가할 수 있는 능력이란 아무것도 없었습니다. 더욱이 밤이 되면 청년은 그야말로 곤경에 빠졌습니다.

불빛이 없는 세상에서 청년이 할 수 있는 일이란 아무것도 없었습니다. 그들은 밤도 낮도 똑같이 자유롭게 다녔습니다.

밤만 되면 꼼짝 못하는 청년을 사람들은 늘 측은하게 여겼습니다. 그러고는 그 쓸데없이 양 이마 밑에 쩍 갈라져 축축하고 흉측한 상처를 어떻게 고칠 것인가를 상의하곤 했습니다. 수술로 봉합해야 한다는 것이었습니다.

청년은 기겁했습니다. 그런 말만 나오면 그는 도망갔습니다.

마을을 빠져나가 고향으로 돌아가려는 시도도 수없이 해보았지만, 실패만 거듭했습니다. 마을에는 나가는 길도 들어오는 길도 없었습니다.

세월이 갈수록 청년은 그들을 이해하기 시작했습니다.

그들은 욕심이 없었습니다. 보이지 않으니 탐하는 것도 없었습니다. 경쟁도 없었습니다. 누가 예쁘다든가 밉다든가 하는 개념도 없었습니다. 누구나가 동등했습니다. 물욕이 없으니 싸울 일도 없고, 경쟁이 없으니 걱정도 없었습니다. 서로 나누어 가지니 모자라는 것도 없었습니다. 모두가 서로를 사랑하고 진정으로 아끼고 있었습니다. 그들 생활에는 사랑과 평화가 항상 따뜻하게 깃들어 있었습니다.

유난히 청년에게 연민을 느끼고 따뜻하게 보살펴주는 처녀가 있었습니다. 그녀는 청년을 진심으로 가엽게 여기면서 늘 손을 잡아주었습니다. 밤이면 더욱 그랬습니다.

두 사람은 서로 사랑을 느끼게 되었습니다.

청년은 처녀를 보면서 이 마을에서 정착을 할 것인가도 생각하였지만, 그럴 수는 없었습니다. 언젠가는 고향으로 돌아가고 싶었습니다.

하지만 세월이 흘러도 고향으로 갈 희망은 없었습니다.

청년은 마음이 바뀌기 시작했습니다. 처녀와 결혼을 생각하게 되었습니다. 처녀의 부모도 청년과의 결혼을 승낙했습니다.

다만, 조건을 부여했습니다. 상처를 치료해야 한다는 것이었습니다. 눈을 꿰맨다는 것이었습니다.

청년은 이 조건만은 받아들일 수가 없었습니다.

사람들은 막무가내였습니다.

청년은 밤잠을 못자며 고민하였습니다.

마을 사람들 손에 끌려 수술을 하자는 전날 밤. 청년은 도저히 눈을 봉합할 수는 없어 마을을 도망쳐 나왔습니다. 정신없이 뛰었습니다. 그러다 갑자기 그는 천 길이나 되는 낭떠러지에서 떨어지고 말았습니다.

며칠이나 되었을까…….

다시 눈을 뜬 청년의 눈앞에 사람들이 어른거렸습니다.

꿈에 그리던 고향이었습니다. 잃었던 청년이 돌아오자 마을 사람들은 모두 흥분하며 즐거워하였습니다. 청년은 비로소 행복을 느꼈습니다.

그들은 모두 이마 밑에 두 개의 껌벅거리는 상처를 가지고 있었던 것이었습니다. 청년은 마을에 다시 적응하며 살기 시작했습니다.

청년은 자기 경험을 마을 사람들에게 들려주었지만 아무도 믿지 않았습니다. 바보 취급까지 당했습니다. 친했던 마을 사람들이 멀게 느껴졌습니다.

청년은 마을 사람들이 새삼 눈에 보이기 시작했습니다.

한시도 평화로울 때가 없었습니다. 사냥감을 놓고 서로 가지려고 싸웠습니다. 질투에 눈이 먼 여자들은 서로를 미워하고, 권력을 잡기 위해 남자들은 사람을 속이고 심지어 죽이는 일들이 다반사로 일어났습니다. 걱정과 미움이 없는 날이 없었습니다.

아무렇지도 않게 느껴졌던 이런 일들이, 눈이 없는 사람들의 순진 무구한 사랑의 삶과 비교되면서 청년은 마음의 병이 생기기 시작했습니다.

시름시름 앓기 시작했습니다. 그는 자신의 병에 대해 이유를 설명할 수 없었고, 설명하고 싶지도 않았습니다.

그의 병은 점점 깊어갔습니다. 살벌하고 무섭기만 한 이 세상에 실망한 청년은 차라리 죽기만을 기다렸습니다.

어느 날 청년은 몸을 일으켰습니다. 숲속을 향해 뛰어 나아갔습니다. 무조건 앞을 향해 뛰었습니다. 그리고 낭떠러지에 몸을 던졌습니다.

또 며칠이 지났을까요.

그가 다시 눈을 떴을 때, 청년에게 낯익은 사람들이 보였습니다.

눈먼 사람들이 걱정스럽게 그를 맞아주고 있었습니다. 다시 돌아온 청년을 마을 사람들은 진심으로 기뻐하며 환영해주었습니다.

사랑하는 처녀도 곁에 있었습니다.

청년의 눈에서 눈물이 흘러 나왔습니다. 사람들은 그의 상처에서 나오는 눈물을 안쓰럽게 생각하며 정성껏 닦아주었습니다.

얼마 후 청년이 그들에게 조용히 말했습니다.

"제 상처를 치료해주세요.

저는 그동안 제가 장애인인 줄을 몰랐습니다. 이제 알았어요.

누가 장애인이고, 무엇이 장애인가를 알았어요. 제 상처를 치료해주세요. 제 눈을 꿰매주세요. 이제 저도 장애 없이 평범하고 행복하게 살고 싶습니다."

처녀와 온 마을 사람들은 내 일같이 기뻐하며 청년을 사랑스럽게 맞아주었습니다.

●

청중은 내내 기침 소리 하나 없이 조용히 경청하였다.

느껴졌다. 그들의 감동이……

이야기는 책에서 읽었지만 후반부의 이야기는 사실 선생이 만든 것이었다. 잡지에서는 눈 없는 마을에서 탈출하는 것으로 끝났었다.

허나 선생은 다시 눈 없는 마을로 돌아와 행복하게 사는 것으로 이야기를 각색하였다. 그래야 할 특별한 이유가 있었다.

선생에게는 확신이 있었다.

그렇다.

사실이지 않은가? 누가 더 장애인인가?

"감사합니다. 감사합니다."

우레같이 터져 나오는 기립 박수를 받으며 선생은 고개 숙여 인사를 하려다 그만두었다.

그들에게는 의미가 없었기 때문이었다.

선생은 강단에서 내려오기 위해 손짓을 하였다.

얼른 보좌관이 흰 지팡이를 선생의 손에 쥐어주었다.

선생은 흰 지팡이를 능숙하게 더듬으며 강단을 내려왔다.

그렇잖은가? 누가 더 장애인인가?

운명과 숙명

예약을 했음에도 대기실에서 족히 한 시간은 기다려야 했다.

미모는 양미간에서 출발한다. 시원하고 맑은 눈, 짙으면서 분명한 두 눈썹. 조각 같은 콧날에 흰 이마. 준수하게 생긴 젊은이가 말없이 대기 실에서 기다리고 있었다. 주름이 단정하게 흐르는 고급 양복과 허리 벨트는 이 신사가 돈도 꽤 있고 매우 교양 있는 풍모의 소유자임을 한 눈에 느끼게 해준다.

이곳은 예약 없이는 만나볼 수도 없는 최고수의 추명학 명인이 있는 '관운정'. 이른바 백발백중 적중하는 도사의 집이다. 은밀하고 중요한 비밀이 오가는 곳인 만큼 대기실은 격자형으로 설계되어 손님의 신원을 노출시키지 않는다.

따끈한 중국차를 마시면서 젊은이는 거의 미동도 하지 않고 순서를 기다렸다. 이윽고 안에서 들어오라는 시그널이 왔다. 세 사람 이상이 들어서 앉기에는 좁아 보였다. 차탁을 가운데 놓고, 장식도 인테리어도 별로 신경 쓰지 않은 듯했다. 그러나 정갈했다. 아는 사람이 보면 잘 계획된, 조명과 인도산 향의 신비감과 신뢰감이 동시에 우러나도록 구성된 방이었다.

도사는 방석 위에 앉아 들어오는 젊은이를 유심히 살폈다.
'차디찬 외모, 절제된 발걸음, 여유 있는 표정, 외로움, 고뇌……'
범상치 않은 상이다. 거부의 아들… 그런 관상이다.
긴장이 되는 듯 도사의 얼굴 근육이 살짝 움직였다.
젊은이는 무릎을 꿇고 앉았다. 고개를 숙여 목례를 했다. 그는 양복 안주머니에 손을 넣어 두툼한 흰 봉투를 꺼냈다.
"3백만 원입니다. 죄송하지만 대기실에서 기다리는 분, 모두 취소시키고 오늘 저에게만 집중해주실 수 없겠습니까? 부탁합니다."
예의 바르게 청하는 자세에서 거만한 기운은 보이지 않았다.

목소리. 맑고 청아한 소리. 수성水聲이다. 물이 흐르는 소리이다. 쇳소리金聲를 기대했는데 아니었다. 깊은 음성이었다.
생각보다 침착한 사람이다. 어딘지 거부하기가 어려운 카리스마도 엿보인다.

도사는 웃지 않았다. 그것이 내공이기 때문이다.

소리 없이 시중인을 불러 손님들 예약을 취소하라는 지시를 했다.

"감사합니다."

고개를 숙이며 예의 바르게 다시 인사하는 젊은이를 도사는 실눈을 뜨고 바라보았다. 아니 뜯어보았다.

'일본인 피가 흐르나?'

사무라이 냄새도 난다.

그다음부터는 일상적인 과정이다.

생년월일과 주소, 그리고 알고 싶은 것이 있으면 핵심을 말해달라는 주문이다.

도사는 붓과 먹으로 사주를 풀어가면서 관상을 살폈다. 사실 사주보다는 관상이 손님의 궁금증을 해소하기에는 적절할 때가 많다. 관상은 최근의 운세 반응이 여실히 나오는 창이기 때문이다.

말하자면 사주가 닫힌 큰 창고라면, 관상은 열린 사랑방이다.

천을귀인天乙貴人. 아주 좋은 운이다. 한데 살殺이 있다. 도화살, 역마살, 역살이 보인다.

해석하기 어려운 사주였다.

도화살, 역마살은 옛날에는 좋게 보지 않았던 살이었다. 특히 여성에게 보이면 망조라 했다. 지금은 다르다. 도화살, 역마살 없이 인기 직업이나 비즈니스는 성공하기 어렵다. 이자는 사람들에게 둘러싸여 있다. 특히 여성들에게 인기도 많고, 해외 출장도 많이 다니는 재벌의 자제라고 볼 만한 사주였다.

그런데 백호대살白虎大殺도 엿보인다. 무엇인가? 배신과 잔인성이 있는 성품이다. 잘되면 재벌그룹의 회장이나 큰 정치인에게 보이는 살이다. 안 풀리면 조직폭력배 대장쯤 되는 놈이다.

다시 살폈다.

한데, 부모를 잘 만났다.

좋은 사주다!

"무슨 고민이라도 있습니까? 궁금하신 거라도……?"

도사가 묻자 젊은이는 조용히 입을 뗐다.

"이 나라의 운명이 어떻습니까?"

"……?"

"이 나라, 국운이 어떻습니까? 도사님은 개인이 아니라 한 나라의 운도 점치는 분이라고 들었습니다. 백성들에게 이토록 중요한 운은 없지요. 그래서 찾아왔습니다. 말씀해주십시오."

도사는 이 젊은이가 3백만 원을 내놓은 이유를 알 것 같았다.

대통령 선거를 앞두고, 천기를 누설해 달라는 것이렷!

"스케일이 작으시군요. 그 정도라면 3천만 원은 내놓으시든가……"

농담으로 말했지만 젊은이는 웃지 않았다.

"들어보고 드릴 만하면 드려야죠."

구체적으로 이야기를 나눌 준비가 되었다.

"무엇이 궁금하시오? 전쟁? 대통령? 경제?"

"대통령입니다. 누가 되겠습니까?"

도사가 가만히 젊은이를 바라보았다.

"대통령이 되고 안 되고는 그 개인의 팔자겠지만, 누가 대통령이 될 것인가는 국가의 운이오. 한 나라의 국운이란 말이오. 그러니 그걸 안다는 것은 매우 어려운 일입니다. 우리 같은 점쟁이도 함부로 말하지 않습니다."

"개인 운으로는요? 후보자 한 사람, 한 사람 짚어볼 수 있지 않습니까?"

"사장님, 아니 회장님… 곧 되실지도 모르니까……. 운이 좋아야 대통령이 된다고 생각하십니까? 그럴 수도 있지요. 반대일 경우도 많습니다. 악운이라는 거지요. 평온한 삶을 살 사람이 왕이 되어 역사의 역적이 되거나 경우에 따라서는 단두대에서 목숨을 잃지 않소? 그게 좋은 운이겠소?"

"……."

"대원군은 아버지 묘소를 천하 명당이라고 알고 썼소이다. 왕터로 보았소. 맞았소이다. 자신도 왕이나 진배없었고, 아들도 왕이 되었으니… 고종 말이오. 하지만……."

도사는 벨을 눌러 시중인을 불렀다. 중국차를 한 잔 더 마시자는 것이었다.

"고종은 평화롭게 살 팔자가 왕이 되고부터는 참담하기 이를 데 없이 되었지요. 부인 명성황후? 국모라 했지만, 왜놈 깡패에게 살해당하고 나라는 패망하고 신하들은 배신하고 백성은 종이 되고, 자기는 죽도록 고생하다 독살당하지 않았소? 운이 좋아 왕이 된 것이 아니고 운이 나빠 왕이 된 것이오."

준수하게 생긴 젊은 회장은 단정했고 단호했다. 다시 조용한 목소리로 물었다.

"아무튼 누군가 대통령이 되긴 될 것 아닙니까? 누군지… 말씀해주십시오."

도사는 젊은이를 응시하였다. 모른다 하면 박차고 나갈 것 같고, 말해주자니 그럴 일은 아니었다.

"회장님이 왜 이 문제를 묻는 건지 말해주시오. 그럼 회장님 사주와 연관하여 풀어보겠소. 돈으로 말할 수 있는 게 아니오. 그리고 나는 대통령 후보자들 생년월일도 몰라요."

도사가 결연하게 말했다. 그러자 젊은이가 품속에서 쪽지 한 장을 천천히 꺼냈다.

"여기 있습니다."

젊은이가 보여주는 쪽지에는 대통령 후보자들 생년월일이 또박또박 음력으로 적혀 있었다. 역시 작심하고 온 젊은이였다.

도사는,

"그런데 왜 알고 싶으신 거요? 최근 부도난 계열 회사와 무슨 관계라도 있습니까?"

젊은 회장이 움찔했다.

"그런 것도 사주에 나옵니까? 음… 좋습니다. 사실은 이렇습니다."

하면서 천천히 말을 시작했다.

"누가 대통령이 되는가에 따라 우리 그룹의 사활이 걸려 있습니다. 한국에서 작은 사업으로 장사하던 할아버지가 미국으로 떠나 무역업을 일으켜 이제는 전 세계 누구라도 알 만한 그룹이 된 것은 그분의 사주팔자였겠지만, 당시의 대통령이 뒷받침을 해주지 않았으면 불가능한 일이었지요. 우리는 그걸 너무도 잘 압니다. 어떤 이념과 정책을 가진 대통령이 되느냐는 향후 우리 그룹에 지대한 영향을 미치기 때문에 그룹 경영의 방향을 거기에 맞추지 않을 수가 없습니다. 더구나 새로운 사업 아이템은 세계 시장 판도상 곧 론칭을 해야 하는데 1년 후까지 기다릴 수가 없습니다. 결단을 내려야만 합니다. 이해하시리라 믿습니다."

도사는 눈을 지그시 감았다.

'그렇군. 이 녀석의 고뇌란 것이… 회장 자리 승계야. 자기 아이템이 사느냐 죽느냐에 따라 후계자가 결정도 되겠지……'

도사의 숙고는 길었다.

대통령 후보자들의 사주를 이미 머릿속에 다 그려 놓았다.

누군지는 나왔다. 그런데 이 녀석과의 관계는?

서로 합合인가? 충衝인가?

차 한 잔을 더 마셨다.

충이다. 상극이었다.

그러나 어떻게 말할 것인가.

당신은 회장이 되지 않는다고 할 것인가?

차 한 잔 더…….

이윽고 도사가 말문을 열었다.

"당신과는 맞지 않을 분이 될 수도 있겠소."

순간 젊은이의 양미간이 처연한 골을 이루었다.

"누굽니까? 이중에서?"

"그걸 말할 수는 없소. 우리에게도 천기는 천기니까… 천벌이 있소이다."

이번에는 젊은이가 입을 굳게 다물고 눈을 지그시 감았다.

"말해주시오, 누군지. 3천만 원입니다. 부탁합니다."

"……."

도사는 고개를 저었다. 거부의 표현이었다.

젊은이가 다시 말했다.

"한마디만… 이 사람입니까?"

젊은이가 도사의 눈을 뚫어지게 쳐다보았다.

도사는 아무 말도 하지 않았다.

"이 사람입니까?"

쪽지에 쓰여 있는 후보자를 하나하나 가리키며 깜박이지도 않고 도사의 눈을 응시하였다. 도사 역시 아무 말도 하지 않았다.

그다음 순서의 후보자를 손가락으로 가리켰다. 젊은이의 눈동자는 필사적이었다. 답을 하지 않는 도사를 날카롭게 직시하다가 젊은이가 눈을 내리감았다.

달관한 스님처럼 조용히 말했다.

"좋습니다. 알겠군요. 도사님의 눈빛에서 알게 되었습니다. 그분이군요."

그러고는 눈을 번쩍 떴다. 도사는 흠칫했다. 살기……! 젊은이의 눈에 살기가 벼락같이 스쳐갔다. 틀림없었다. 몸이 떨리기 시작했다.

'아니, 이자가… 이자가…….'

젊은이의 사주를 다시 한번 머릿속에서 되새겼다.

아, 그것이었다. 그 알 수 없는 살기…….

살인자의 사주였다. 한 사람을 죽이는 사주였다. 그는 대통령 후보에 대해 살의를 품고 있는 것이었다. 그 재벌 그룹의 힘이라면 얼마든지 가능한 일이다. 제3국의 청부 살인자는 얼마든지 구할 수 있다. 대선 후보자들은 경호에 취약하다.

손끝이 떨리기 시작했지만 애써 자제하였다.

내공의 힘이 필요했다. 젊은이는 도사를 무심히 바라보았다.

다시 차 한 잔. 따라주는 차를 한 잔 마시고 나서 젊은이는 이렇게 물었다.

"도사님, 사주라는 것이 얼마나 맞습니까? 도사님은 100퍼센트 맞힙니까?"

도사는 목을 가다듬으며 말했다. 목소리가 가늘게 떨리는 것 같았다.

"아니, 솔직히… 100퍼센트란 없지요. 인간이 신이 아닌 이상……."

"도사님 본인 사주는 어떠신가요? 평생을 사주 보며 지내오시면서 자기 것이 정말 맞으시던가요? 이제까지?"

이자는 나를 시험하고 있다.

두뇌 회전이 필요했다.

그는 내 눈을 보고 누가 대통령이 될지 눈치챘다. 사주가 맞는다는 확신을 그에게 주어서는 안 된다. 무서운 일을 저지를 것이다, 반드시…….

도사가 말했다.

"제 것이야 거의 맞았지요. 밤낮 연구하고 보니까. 사주도 해석이 각양각색이니까요. 하지만 남의 사주는 안 맞는 경우도 종종 있어요. 어쩔 수 없지요."

도사는 자리를 정리하고자 했다. 이 대화는 곧 끝내야 한다.

젊은이는 점잖게, 그러나 거역할 수 없는 말투로 말했다.

"도사님, 저는 도사님 점괘가 제발 맞기를 기원합니다. 미래를 알 수 없는 이 답답하고 우매한 중생을 생각하면 도사님은 하늘이 내신 분이라고 생각합니다. 조금이라도 미래를 알 수 있다면 백성들이 그렇게 어리석은 짓은 하지 않을 것 아닙니까? 부디 진실을 말해주십시오. 도사님, 직업은 천직입니까? 하늘이 정하는 것이니 직업도 자기 뜻대로 선택하지 못합니까? 운명은 도저히 바꿀 수 없습니까?"

도사에게 평생 쏟아져 왔던 질문이었다. 답은 쉬웠다.

조심스러운 기회였다.

"분수를 알아야지요. 하늘은 사람에게 분수를 주었지요. 분수란 그릇을 말합니다. 분수를 넘으면 천벌이 내립니다. 도가 지나치게 욕심을 부리면 죽습니다. 사주란 분수를 보는 겁니다. 그게 운명이지요. 저는 사주 보는 팔자예요. 제 팔자는 사주를 볼 때 편안하게 명대로 삽니다. 그래서 다른 일을 넘보는 일은 절대 안 해요. 절대 안 합니다. 절대로……"

도사는 이 말이 젊은이에게 강력한 메시지가 되기를 간절히 바랐다.

어쨌든 이 손님은 이제 보내야 한다. 아니면 자꾸 빨려 들어간다……

"감사합니다."

젊은이는 처음 올 때와 마찬가지로 정중하게 인사했다. 그러고는 오른쪽 주머니에서 수표책을 꺼냈다.

"3천만 원입니다."

수표에 능숙하게 사인을 했다.

"아닙니다, 아니에요. 그저 농담을……"

젊은이는 더 이상 말을 듣지 않고 방을 나가버렸다.

젊은 손님이 가고 나서 도사는 직원들을 불러 오늘 더 이상 손님을 받지 말라고 단단히 말했다. 쉬고 싶었다. 몸이 아파왔다. 오한이 있는 듯 오싹 추우며 떨렸다.

직원들이 문단속을 하고 모두 인사를 하고는 퇴근하였다.

조금 안정이 되는 듯했다. 다시 차 한 잔을 마셨다. 차탁 뒤에 있는 방석에 몸을 뉘었다. 눈을 감았다.

시간이 흘렀다. 어스름 해가 넘어갔다.

그때였다. 방문이 조용히 열렸다. 젊은이였다. 소스라치게 놀라 일어나는 도사를 젊은이는 재빨리 단단한 양 무릎으로 제압했다. 그는 도사에게 이렇게 말했다.

　"도사님, 운명은 어찌할 수 없나 봅니다. 당신은 내가 대선 후보자를 암살하리라는 것을 알았습니다. 비밀을 안 유일한 사람. 당신을 살려둘 수가 없습니다. 살인자… 그것은 내 운명이겠지요. 그런데 당신 본인 사주를 보면 명대로 편히 죽는다고 했습니다. 그건 틀리는군요. 그렇게 틀리는 사주로 그간 얼마나 많은 사람들을 현혹하는 업보를 저질렀소. 오늘 죽어주시오. 당신이 오늘 내 손에 죽는 것은 그러한 업보에 대한 당신의 숙명이라고 생각하시오. 내 운명을 바꾸기 위해서라도… 죽어주셔야 되겠소. 국운도 국민이 바꿀 수 있어야지요……"

　양 무릎과 두 팔로 목을 조여오는 젊은이의 힘에 저항할 수는 없었다. 숨이 막히면서도 도사의 머릿속에 한 가지 생각이 스쳐 지나갔다.
　'아뿔싸. 네놈이, 네놈이… 내가 네놈을 알았는데, 정작 나를 몰랐다니……. 내 운명이 이건 아닌데, 아닌데… 네 사주는 한 사람밖에는 못 죽인다. 그런데, 그렇다면… 그것도?'
　깊은 회의와 좌절감이 더욱 목을 조여왔다.

　고개를 툭 떨구며 도사는 숨을 거두었다.
　젊은이는 수표책을 다시 주머니에 챙겨 넣고 방을 나갔다.

악인의 우상

    30여 년을 한 교단에서 작은 교실을 지키고 있으면서, 나는 '역사는 반복된다'라는 말을 증명할 수 있을 것만 같다.

    작은 중학교의 교사. 해마다 입학 시즌이 되면 들어오는 신입생들.

    그들이 새롭게 채운 첫 교실에 들어가 보면, 분명히 졸업하고 떠났을 그들 선배들의 얼굴이 다시 신입생으로 돌아와 앉아 있곤 한다.

    동그란 얼굴에 선하고 착실함이 두 눈에 쓰여 있는 저 아이는 바로 엊그제 졸업한 은영이고, 중간에 앉아 연신 지껄이는 저 녀석은 분명히 떠버리 광석이고, 말없이 옹골차게 다리를 꼬고 선생님을 외면하는 저놈은 말썽꾸러기 그놈과 똑같다.

    학교가 그러하다면, 사회도 그러하리라.

사회가 그러하다면, 역사 또한 그러하리라.

그러나 어느 때는 새로운 교실에 이제까지 없었던 새로운 학생이 앉아 있는 경우가 있다.

특별한 아이다.

때로는 두뇌가 기막힌 학생, 예능에 특출한 학생이 있는가 하면, 학교를 뒤집어 놓는 골치 아픈 괴물도 있다……

반복에도 예외가 없을 수는 없다.

역사의 반복과 예외. 그것이 어디서, 왜 이루어지는 것인가? 그것을 모르는 사람이 있어서는 안 된다.

교실. 교실을 보면 학생이 보이고 학생을 보면 미래가 보인다.

10년, 20년 후 우리 사회가 어떤 사회가 되어 있을지 궁금한가? 그럼 교실에 가보라.

초등학교, 중학교, 고등학교 교실에 우리 사회의 미래가 거울처럼 기다리고 있다.

국가의 미래, 그 운명을 알고 싶은가? 그럼 교사들을 보라.

그들이 그들 운명의 거울들을 어떻게 닦고 있는지를 보라.

깨끗하게 닦는 거울에 깨끗한 미래가 있고, 더럽게 닦고 있는 거울에 더러운 미래가 있다.

교실과 교사에 미래가 있다. 역사가 있다.

이상국. 체육 교사. 그는 체육대학에서 검도劍道를 했다.

검도가 체육인가? 몸의 민첩성과 팔목과 허벅지의 근육, 눈초리와 반사 신경이 필수적이지만 가장 중요한 것은 정신이다. 산란되지 않고 집중할 수 있는 정신력 없이 달인이 될 수는 없다. 그래서 도道를 닦는다고 했다.

검도 5단. 고수 검객의 눈을 속이기는 어려운 일이다. 상대방 몸의 움직임을 알기 위해서는 눈의 움직임, 곧 마음의 움직임을 읽어야 하기 때문이다.

그에게 해마다 들어오는 신입생을 관찰하는 것은 직업으로서가 아니라 인간으로서가 먼저였다. 저 학생이 나라의 미래를 좌우할 수 있다는 견실한 마음으로 신입생들을 살피곤 했다.

신학기가 되었다. 이상국에게 학부모 한 분으로부터 뵙자는 연락이 왔다. 아담한 한정식 집에 그를 초대한 사람은, 공들여 화장하였지만, 굵은 손마디에 허름한 모습을 감출 수 없는 40대 어머니였다.

"저… 윤혁수 어미 되는 사람입니다."

윤혁수. 기억난다. 교실 맨 뒷자리에 의젓하게 앉아 있는 녀석. 새로 전학 왔다고 했다.

중학교 3학년이지만 어쩐지 어른스러워 한눈에 들어오는 학생. 눈에 거슬리진 않았다. 과묵한 성격에 성적은……?

"예, 혁수 어머니시군요."

'훌륭한 아들을 두셨습니다'라는 말을 인사 삼아 하고 싶었으나, 어머니의 눈빛에서 얼른 그 말이 나오지 않았다.

정갈한 식사가 나오자, 어머니는 선생님에게 두 손으로 술 한 잔을 따르고 나서 고개를 숙이고 입을 열었다.

"선생님, 제 아들, 사람 좀 만들어주십시오."

"…윤혁수? 의젓하고 듬직한 아들 아닙니까?"

어머니는 손수건을 꺼내 눈가의 눈물을 지그시 눌러가며 말을 하였다.

"아닙니다. 혁수는 그런 아이가 아니에요. 아무도 모릅니다. 낮과 밤이 다른 아이입니다. 학교에서 가정에서 사회에서 전혀 다른 아이예요."

"무슨 말씀이신지요?"

어머니는 자초지종을 이야기하기 시작했다.

◦

윤혁수. 중학교 3학년이라 하지만, 그의 신체적 성숙은 이미 성인의 그것이었다. 그의 지적 능력이야 물론 중학 수준이지만 감성적 사고력은 그 나이에 보일 수 없는 조숙성을 보이고 있었다. 말하자면 특별한 학생이었다.

큰 키에 단단한 어깨와 주먹, 두뇌 회전, 주체할 수 없는 에너지, 겁 없는 '깡다구', 그리고 핸섬한 얼굴……

그는 악인이 갖추어야 할 조건을 고루 갖추고 있었다. 거기에 금상첨화는 가난과 홀어머니 밑에서 무서운 것이 없다는 것.

그의 눈으로 볼 때, 악인은 세 부류였다.

첫째 부류는, 악인으로 태어나는 악인이다. 악인으로서 소명이 있는 양 만들어져 내려온 악인이다. 그들은 동정심이나 타인에 대한 이해심이 없다. 자신의 목적 그것만이 전부인 악인이다.

위험한 사람이다.

둘째 부류는, 세상이 만들어낸 악인이다. 악인으로 살지 않으면 안 될 조건에 둘러싸여, 살아남기 위해서 악인이 된 사람이다.

불행한 사람이다.

셋째 부류는, 스스로 되지 않아도 될 악인이 된 악인이다. 생각 없이 우쭐거리는 겉멋으로, 어떠한 열등감에서 또는 부족함이 없는 것에 지겨워서, 친구와의 불운한 사귐으로 악인으로 빠져버린 사람이다.

못난 사람이다.

그렇지만 세 부류의 악인들 모두에게 조금씩 다 섞여 있기는 하다.

악의 피가…….

스스로는 어느 부류인가?

'첫째 부류' 악인의 특징인 욕망이 생기면, 타인의 고통 따위 감정이입이 전혀 되지 않는 기질. 그는 그런 학생이었다.

원래부터 그러했던 것은 아니었다. 초등학교 때 윤혁수는 모범생 정도가 아니었다. 걸출한 어린 재목이었다. 잘 키우면 크게 될 놈이라며, 담임선생님들은 어머니에게 칭찬과 기대를 아끼지 않았다.

공부면 공부, 운동이면 운동, 주먹이면 주먹…….

윤혁수는 늘 대장이고 반장이었다. 아마도 중학교를 시험으로 입학했다면 그는 당연히 일류 중학에 입학하여 인생이 180도 달라졌을 것이다.

시원찮은 학군의 중학교에 입학하면서, 빈곤과 불우함에 그의 눈이 밝아졌다. 세상은 미운 놈투성이였다. 집에 돈 좀 있다고 껍적대는 놈, 무슨 백인지 선생님들에게까지 으스대는 놈, 공부 좀 하면 밴댕이 속으로 좁아터진 놈, 특히 거슬리는 놈은 학교에서 주먹 '짱'이라며 꺼떡거리는 녀석들이었다.

어느 날 그런 '짱'들 세 놈이 혁수를 보자 했다. 인근 초등학교 화장실 뒤, 으슥한 곳에서 보자는 것이었다.
푸웃…….
싸움에 있어 세 놈은 혁수의 적수가 아니었다.
며칠 후, 다섯 놈이 혁수를 불러냈다. 기다리고 있던 바였다.
혁수는 책가방을 열었다. 자전거 체인과 손도끼를 꺼냈다. 체인으로 한 녀석의 머리를 후려쳐 눕히고, 담장을 타고 날아올라 두 번째 녀석의 머리를 오른발로 날렸다. 세 번째 녀석의 팔을 관절기로 제압하여 비틀어버리고 새끼손가락을 손도끼로 내리치려 하자 비명을 지르며 녀석은 죽을 듯 하얗게 질렸다. 나머지는 그대로 도망쳤다.

혁수는 가슴에 늘 나이프를 품고 다녔다.
윤혁수는 상식적인 중학교 3학년 학생이 아니었다. 가볍게 학교라는 소왕국의 정복자가 되어 있었다.

키 175센티미터. 교복은 늘 깨끗이 다려 입었고 단정하게 차려입었다. 같은 반 학생들과 말을 섞는 법이 별로 없었다.

윤혁수에 관한 전설이 퍼지기 시작했다. 더 이상 그에게 까불거나 건방떠는 놈은 없었다.

'까부는 놈'과 '건방진 놈'.

까부는 놈이란 객관적 관점이고, 건방진 놈이란 주관적 관점이다. 더 쉽게 풀이하면, '나에게 까부는 놈은 건방진 놈이고, 남에게 건방진 놈은 까부는 놈이다'.

악인의 세계에서는 모든 죄가 다 용서되었다. 폭행, 사기, 성폭력… 용서뿐만 아니라 칭송까지 받을 수 있다. 그러나 '까부는 놈'과 '건방진 놈'은 절대로 용서될 수 없었다. 그들 세계의 존엄한 철칙이었다.

시간이 흐르면서 윤혁수에게 '조아리는 놈'과 '아부하는 놈'이 생기기 시작했다. '셋째 부류'의 악인들이 탄생하기 시작한 것이다. 그는 악인들의 우상이 되어 갔다. 선생님도 굳이 그를 건드리려 하지 않았다. 겉멋이나 부리고 골이 빈 '셋째 부류'의 여학생들은 핸섬한 혁수에게 홀딱 반해버렸다. 줄을 섰다. 그는 여학생들의 황태자였다.

얕보지 마라. 크로마뇽인 이래로 인간은 자기보다 나이 어린 사람을 과소평가하는 습관을 버리지 못하고 있다.

그들도 알 것은 다 알고 있었고, 어른들 머리 꼭대기에 서 있었다.

　　　　　　　　　　　●

　사고는 터지기 마련이었다. 역시 여자 문제로부터 시작되었다.
　가출하여 윤혁수와 불장난하던 여학생이 유력 인사의 딸이었다.

　윤혁수가 저녁에 집에 들어가니 매일 늦으시는 어머니가 그날따라
일찍 들어와 계셨다.
　식당의 주방에서 일하는 아줌마. 어머니.
　어머니는 손에 회초리를 들고 있었다. 그러나 정작 그를 보자 회초리
보다 양 주먹으로 혁수의 가슴을 치며,
　"이놈아, 이놈아. 이 나쁜 놈아. 내가 너를 어떻게 키우는데……."
　하면서 울었다.
　가출한 여학생의 부모가 식당의 어머니를 찾아왔던 것이다.
　여학생 부모가 학교로 가지 않은 것은, 학교 간에 알려지면 자기 딸
도 좋을 것이 없을 것이기 때문이리라.

　당장 성폭행으로 잡아넣겠다는 으름장, 자식 교육 똑바로 시키라는
호통, 애비 없는 후레자식이라는 모욕에 어머니는 몸 둘 바를 몰라 하
며 행주물이 흐르던 손에 불이 나도록 빌었다. 여학생 부모의 시퍼런
서슬에 무릎을 꿇고 빌었다.

　"이 자식아. 네가 후레자식이라고 이러는 거냐. 아버지가 없다고 본

데가 없어서 이러는 거냐? 무서운 것이 없어서 이러는 거냐? 네 아버지가 아시면… 아이고, 이 자식아……."

어머니는 혁수의 가슴과 자신의 가슴을 치며 북받치는 설움에 흐느끼셨다.

아버지.

군에서 복무하다가 사고로 전사하셨다는 말을 들었지만, 혁수는 아버지를 모른다. 어머니도 아버지 이야기를 자세히 해주신 적이 없었다. 유복자였다는 말만 들었을 뿐이었다.

어머니는 그쪽 부모와 어쩔 수 없는 타협을 보았다. 이쪽이 약자였다. 어머니는 혁수를 붙잡고 또 울었다.

"혁수야, 나 좀 살려다오. 다시는 아이들 때리고, 돈 뺏고, 학교 빠지지 않고 공부 열심히 해라. 다시는 절대로… 꼭……."

결국 이렇게 윤혁수는 이상국 선생이 있는 지금의 학교로 전학을 온 것이었다.

어머니는 이상국 선생에게 아들의 이야기를 숨김없이 털어놓았다.

"선생님, 제 아들, 사람 좀 만들어주세요. 제 자식이지만 저는 감당을 못합니다. 선생님이 아버지라 생각하시고 사람 좀 만들어주세요. 죄송합니다. 못난 어미가 이렇게……."

어머니는 이상국 선생에게 고개를 숙이며 몇 번이고 절을 하였다.

넉넉지 못한 살림에 돈에 쪼들리며, 식당에서 밤늦도록 젖은 행주처럼 일하면서, 감당치 못할 억센 아들을 둔 홀어머니의 심정이 어떨까.

이상국은 마음이 아팠다.

저런 자식을 어찌할 수 있을까…….

"알겠습니다. 제가 어떻게 해야 할지 고민해보겠습니다."

이상국은 어머니를 일단 안심시켰다. 그러나 막막한 것은 마찬가지였다. 이상국은 내심 궁금하던 질문을 하였다.

"그런데 왜 저에게 이런 말씀을? 담임선생님도 계신데……."

어머니가 머뭇거리며 말하였다.

"혹, 윤달중 씨라고 아세요?"

"윤달중 씨라고요? 무사인선배? 체육대학?"

어머니는 고개를 끄덕끄덕했다.

"그분이 혁수 아버지입니다."

이상국은 깜짝 놀랐다. 얼른 자세를 고쳐 잡고,

"아이고, 형수님. 몰라뵀습니다. 윤달중 선배시라고요. 진즉에 말씀하시지… 혁수가 무사인선배 아들입니까?"

이번에는 선생님이 어머니에게 공손히 절을 하였다.

윤달중. 그는 이상국의 대학 선배였다. 같은 검도를 전공한 하늘같이 무서운 직속 선배였다.

사나이 중의 사나이 윤달중. 그는 별명이 무사인이었다.

사인검四寅劍. 호랑이 해, 호랑이 달, 호랑이 날, 호랑이 시에 벼려서 만든 검. 호랑이 인寅 자가 네 개라서 사인검이라 했다.

12년에 단 두 시간. 그래서 사인검은 명장이 일생 동안 한 자루를 만들기가 어려웠다. 호랑이의 기백과 혼이 든 명검이라 했다.

그의 별명은 그가 호랑이띠인 것도 있었지만, 네 마리 호랑이의 기상을 가진 검객이라 하여 무사인武四寅이라 붙여졌다.

과연 윤달중의 검술은 군계일학의 특출한 실력이었다. 그러나 후배들에게 그는 검술보다 영웅적인 카리스마로 깊이 각인되고 있었다.

"사내자식들이 사내답게 안 살려면 고마 죽어라."

그의 피는 전쟁터의 무사같이 끓는 것 같았다. 불의나 경우에 어긋나는 것을 그냥 넘기는 법이 없었다. 체육관에서 목검으로 그가 훈도하는 매는 매운 것으로 유명했다. 하지만 사리가 분명했다. 의리를 생명같이 알아야 한다고 했고, 개인보다 사회, 사회보다 국가가 더 중요하다는 국가 철학가였다.

"우리나라가 일본에게 망한 것은 무사들을 업신여기고 무시했기 때문이다. 최후에 국가를 지키는 것은 늘 군인이요 무인이고 무력이다. 이순신 장군을 보라. 그분이 아니었으면 지금 우리가 존재하기나 했겠나. 허나 조선은 무인들을 무시하고 이념 싸움에 골몰했던 썩은 문인들로 인해 결국 패망하고 말았다. 외적을 물리치고, 약자를 보호하며, 의리를 숭상하는 건전한 상무 정신 없이 어떻게 건강한 국민정신이 싹트겠는가. 올곧은 무인정신을 가르치지 않으면 비뚤어진 폭력이 나라를 좀먹는다."

후배들은 호랑이 무사인을 가장 무서워하면서도 가장 존경하였다.

그는 졸업하면 체육 교사가 되겠다고 했다.

"요즘 젊은 놈들, 나약해서 쓰겠나! 사내 녀석들이 빗이나 갖고 다니면서 모양이나 내고, 어려운 일 있으면 징징거리며 불평이나 하지, 거기에 뛰어드는 사내다운 기백이 없어……."

그의 미래관은 분명했다.

가장 머리 좋은 녀석들이 그저 공무원이나 돼서 편히 월급이나 받고 살고자 하는 나라에 미래는 없다!

학생들에게 절제와 인내심을 길러주지 않는 교육에 미래는 없다!

오로지 저밖에 모르는 이기적인 사고방식을 부채질하는 학부모들이 학교를 좌지우지하는 나라에 미래는 없다!

그리고, 교사가 교장과 학부모 눈치나 보고, 학생들 비위나 맞추게 하는 사회에 미래는 없다!

이것이었다.

그는 체육 선생이 되어 아이들에게 '혼'을 넣어주겠다고 했다.

이상국은 잠시 윤달중의 회상에 빠졌다.

그 아들이 윤혁수라……. 아마도 아버지가 살아 있었으면 그런 아들은 있을 수 없는 일이었다.

'후레자식…….'

혁수 어머니가 이상국에게 아버지 노릇을 해달라는 부탁이 온몸에 감전이라도 된 듯 쩌르르 느껴졌다. 피가 솟구치는 듯했다.

"자식 이길 수 있는 부모가 세상에 어디 있나! 그래서 선생님이 높으신 거야. 가정교육으로 제 자식 사람 만들 수 있으면 학교 선생이 왜 필요해? 그러니까 군사부일체다. 선생님은 임금님과 아버지와 동격이라고 하는 것 아닌가. 내 자식 사람 만들어주는 사람이니까……!"

이렇게 윤달중이 선생이 되려는 이유를 외치던 것이 귀에 쟁쟁하게 들리는 것 같았다.

"어머니, 아니 형수님. 걱정 마십시오. 무사인선배님을 생각해서라도, 제가 무사인이 되겠습니다. 제가 혁수 아버지 노릇하겠습니다."

●

'윤혁수!'

아침에 등교하자마자 윤혁수는 이상국 선생에게 체육관으로 불려갔다.

꼿꼿한 허리에 단단한 어깨. 학생들이 가장 무서워하는 선생님이었다. 그러나 연약하거나 따돌림 받는 학생에게는 가장 포근하고 든든한 선생님이었다. 학생에게 문제가 생기면 이상국 선생님은 늘 학생 편이라는 말을 들었었다.

윤혁수는 언젠가는 한 번은 부딪치겠다는 예감이 들던 선생이었다.

이상국 선생의 다부진 몸을 보면서, '계급장 떼고 사내답게 일대일로 맞장 한번 뜬다면?' 하는 발칙한 상상도 해보았다.

싸움과 경기는 다르다. 싸움은 기술이 아니고 재능이었다. 타고나는 것이다. 태권도 유도가 몇 단이라도 싸움에서 이긴다는 보장이 없다.

검도 5단……

체육관에 들어가자 선생님은 혁수를 정면으로 바라보았다. 그리고 위아래로 주욱 훑어보았다.

'있다!'

과연, 무사인선배의 눈매가 거기에 있었다.

골격은 갖추었지만, 아직 여물지 않은 체격이라 연하게 보일망정, 앞으로 키가 더 자라고 몸이 단단해지면 무사인선배의 모습이 재현되는 것은 시간문제일 것 같았다.

"옷 벗어!"

이상국이 혁수에게 단호한 어조로 말했다. 혁수는 웃옷을 벗었다. 선생은 등이며 배며 팔을 자세히 살폈다. 깨끗했다. 등과 어깨, 팔에 어떠한 문신도 없었다.

'아직 물들지는 않았다.'

그러나 오른쪽 팔뚝에 상처가 하나 있었다. 가까이 들여다보았다. 담뱃불로 지진 동그란 자국이었다. 아직도 상처가 아물지 않아 그 부위가 벌겋게 짓물러 있었다.

징표였다.

"네가 한 거냐?"

"아닙니다. 형들이……."

형들이 '끼'가 있는지 보겠다며, 팔을 강제로 붙잡고 담뱃불로 지진 것이었다. 살이 타들어가는 고통에 이마에 땀이 비 오듯 흘렀지만, 담뱃불이 비벼 꺼질 때까지 윤혁수는 미동도 하지 않았었다.

그 상처였다.

이상국 선생은 혁수를 탁자에 앉게 했다. 준비된 음료와 다과를 내놓으며 이야기를 시작했다. 아버지같이 부드러운 어조였다.

"혁수, 너 손 좀 펴보아라."

혁수는 손바닥을 펴 보였다.

이상국 선생은 쌀 한 줌을 내보이며 말했다.

"이 쌀을 쥐어보아라."

혁수가 한 움큼 쌀을 쥐었다.

"이제 주먹을 쥐어봐라."

주먹을 쥐었다.

"쌀을 움켜쥐어 보아라."

주먹을 쥐고 쌀을 움켜쥘 수는 없었다.

이상국 선생은 그런 혁수를 바라보며 어린아이를 보듯 빙그레 웃으며 말했다.

"혁수, 그렇다. 주먹으로는 쌀 한 톨도 쥘 수 없다. 주먹은 지키라고 있는 것이다. 혁수, 왜 학교에서 공부를 해야 하는지 스스로 생각해본 적 있나?"

"……."

"좋은 대학 가서 좋은 직장 취직하고 돈 많이 벌어서 잘 먹고 잘 살려고? 출세하고 권력 잡자고? 그래서 공부한다고 생각하나?"

"……."

"아마 세상 사람들은 그렇게 말하겠지. 그러나 좋은 대학 가는 사람은 극소수다. 나머지는? 좋은 대학, 좋은 회사 취직할 수도 없을 바에야 무엇하러 공부하나? 쓸데없는 공부지, 안 그런가?"

"……."

"틀렸다. 공부는 출세하고 돈 벌려고 하는 게 아니다. 혁수, 공부는 왜 할까?"

"……."

"모든 생명이 한결같이 추구하는 목표가 있다.

'자유'다.

내 생명의 존엄을 누구에게 방해받지 않는 것을 '외부로부터의 자유'라고 하자. 사람뿐이 아니라 의식주, 자연, 나아가 시간으로부터의 자유. 이런 자유를 얻기 위해 공부를 한다. 생명보다 더 소중한 게 자유라고 생각하는 사람도 많다. 그래서 목숨을 건 공부를 한다. 권력과 돈과 지위를 갖고 싶어 하는 것은 이런 것들을 더 많이 가지면 더 자유로워진다고 생각하기 때문이다.

혁수, 그런데 인간이 해야 할 공부에는 또 하나가 있다. '자기로부터의 자유'이다. 바로 '욕망'과 '죄의식'으로부터의 자유이다. '외부'로부터 자유로워도 '자기'로부터 자유롭지 못하면 그 사람은 '자유로운 삶'을 산다고 말할 수 없을 것이다. 행복한 삶을 산다고 말할 수 없을 것이다. 혁수, '자유'와 '행복'은 같은 단어라는 것을 아나?"

"……."

"그래서 공부를 한다. 주먹으로 자유를 얻을 수는 없다. 쌀 한 톨도 쥘 수 없지 않더냐. 주먹으로는, 얻은 자유를 지켜야 하는 것이다."

혁수는 묵묵히 듣고 있었다.

"혁수, 우리는 단 한 번 인간으로 태어났다. 단 한 번. '인간으로서 자유로운 삶'을 살다 죽고 싶지 않나?"

이상국 선생은 '자유로운 삶'이 무엇인지는 사람마다 다르겠지만 분명한 것은 '나의 자유'를 얻기 위해 '남의 자유'를 빼앗는 것은 '자유'가 아니라 했다. 그런 사람을 '악인'이라고 한다 했다.

이상국은 폭력이 얼마나 나쁘고 비인간적인 것인가를 혁수의 마음을 어루만지며 아들을 타이르듯 긴 설교를 했다. 어머니를 만난 이야기도 했다. 선생님은 혁수의 아버지가 되어 혁수를 보살피겠노라고 했다. 몇 가지 약속을 하자고 했다. 결석하지 말고, 나쁜 친구 만나지 말고, 폭력 쓰지 말고, 어머니에게 효도할 것을 약속하자고 했다.

윤혁수는 침묵했다. 선생님은 '사내답게' 약속을 하자고 했다. 혁수는 짧게 대답했다.

"알겠습니다."

●

'인간으로서 자유로운 삶'. 선생님의 말은 이제까지 어른들이 말하는 것과는 다른 묘한 감동을 주었다. 마음이 약간 흔들렸다.

좋은 말이다. 그러나 결국 공부하라는 말 아닌가.

몰라서 안 하는 것이 아니다. 싫어서 안 하는 것이다.

어떻게 생각하면 내 나름대로 '자유'를 얻기 위해 이러는 것이다. 지금 이 순간의 자유들. 얼마나 자유로운가… 행복한가…….

마약처럼 뗄 수 없는 것이 있었다.

나를 하늘같이 떠받들고 따르는 졸개들… 그 여자애들…….

그들과의 끊을 수 없는 의리… 끈끈한 관계…….

스릴 넘치고, 영화 주인공처럼 멋있고, 스타같이 폼 나는 세계…….

선생님도 어머니도 나를 모른다.

"내가 지금부터 너를 유심히 관찰할 것이다. 약속을 어기지 마라. 사내답게 지켜라……."

이상국 선생이 헤어지면서 남긴 이 말. 그러나 정작 약속을 지키지 않는 것은 어른들이라 생각했다.

●

'피는 못 속인다. 무사인선배와 어쩌면 저렇게 판박이인가. 그 체격에 그 성격. 그런데 어떻게 저렇게 상반될 수 있을까? 녀석은 악인이다… 타고난 놈이다… 말로 될 놈이 아니다……'

혁수를 만나고 나서 이상국은 마음이 무거웠다.

'체자레 롬브로조.'

공부는 별로였지만, 도서관에서 읽었던 이 이름만은 기억에서 지워지지 않는다. 그는 범죄 심리학자이자 의사로, 한때 형법계의 찰스 다윈이었다.

그의 유명한 이론, '생래적 범죄인'과 '범죄징표설'.

롬브로조는 범죄인 중에는 생래적으로 타고난 범죄인이 있다고 했다. 운명적으로 범죄를 저지르는 사람이 따로 있다. 그런 범죄인은 표시가 있다. 그는 생래적 범죄인의 골상과 신체 특징을 과학적, 실증적으로 분류해 발표하였다.

롬브로조는 '문명이 결코 범죄를 없앨 수 없다'며 생래적 범죄인이 저지르는 범죄는 아무리 작은 것이라도 범죄의 징표로 보아, 사회로부터 격리시켜야 한다고 했다. 감옥이었다.

'징표'. 혁수는 그 징표를 벌써 팔뚝에 나타내고 있었다. 악인의 징표……

체자레 롬브로조의 학설은 현대에 와서는 완전히 부인되었다. 그런 생래적 범죄인이나 징표라는 것은 없다는 것이다. 하지만 이상국의 뇌리 속에서는 잊히지 않는다.

범죄인의 징표 윤혁수와 의인의 표상이었던 무사인선배……

무엇인가. 가슴이 답답해진다.

무사인선배가 계셨더라면 아들 혁수를 어떻게 하셨을까?

●

학교에서 혁수는 크게 눈에 띄지 않았다. 여전히 말없는 우상으로, 겉에서 보이는 변화라는 것은 없었다.

그러나 혁수는 점점 더 흑표범같이 밤의 거물로 커나가고 있었다.

빙산의 일각이었지만, 결국 사고가 터지고 말았다. 이번에는 폭행이었다. 경찰서에서 이상국 선생에게 연락이 왔다. 혁수는 다른 폭력배 두 놈을 잔인하게 짓이겨 놓고 유치장에 앉아 있었다.

이상국은 조용히 대학 후배들을 불렀다. 그들은 일사분란하고 기민하게 혁수의 일을 해결했다. 이상국이 소리 없이 합의금을 지불하고 신원을 보증했다. 윤혁수는 아무 일 없이 풀려나왔다.

며칠 후 이상국이 혁수를 체육관으로 불렀다. 긴 말을 하지는 않았다.

"혁수, 우리 약속했다. 내가 아버지같이 너를 보호하기로. 나는 너를 지켜준다. 그런데 너는 약속을 지키지 않는구나. 좋다. 용서하마. 다시는 그러지 마라. 다시 약속하자. 나는 너의 아버지. 너는 세 가지 약속. 꼭 무사히 학교를 졸업하기로……."

이상국은 부드러움을 잃지 않았다. 이번에는 혁수도 진지하게 말했다.

"예, 알겠습니다. 약속 지키겠습니다."

적어도 유치장에서 구해준 의리는 지켜야 한다. 윤혁수는 선생님과의 약속을 '지켜주기로' 마음먹었다. 졸업도 하고 볼 일이었다. 그 후로 그는 결석하지 않았다. 웬만한 일은 혁수를 따라다니는 '셋째 부류'들에게 시켰다. 조신하게 몸조심을 했다. 그럴수록 혁수는 더 구름 같은 신화요, 전설 같은 우상으로 몸이 무거워졌다. 선생님들은 혁수가 조용히 있어주는 것에 고마워했다. 그는 '사내답게' 어머니와 선생님과의 약속을 이행해 나가고 있었다.

그날, 윤혁수는 학교를 나오면서 이상한 기분이 들었다. 교문 밖을 나오는데, 몇 녀석이 기웃거리며 몸을 숨기곤 하였다. 악인들에게는 특유의 후각이 있다. 몇 놈을 부를까 하다 일이 커지면 곤란하다 싶어 묵묵히 길을 걸어갔다. 날은 어두웠고, 골목길에 접어들어 품속의 나이프를 꺼내들 찰나, 혁수는 기절하고 말았다. 후두부의 일격이었다. 몽둥이와 흉기로 짓밟히며 정신을 잃어갈 때 그는 그중의 한 명에 기억을 집중했다.

누군가의 신고로 응급실로 실려 갔지만, 그는 주소와 이름을 말하지 않았다. 뒤처리는 백 좋은 '셋째 부류'들이 해결했다.

한동안 몸을 추슬렀다. 혁수는 기억에 남았던 녀석을 기어이 찾아냈다. 녀석의 허리를 꺾고 담뱃불로 팔을 지질 때마다 녀석은 비명을 지르며 동료들 이름을 댔다. 혁수는 그 동료를 하나하나 찾아냈다.

혁수가 다시 학교에 나갔을 때는 상당한 기간이 지난 후였다. 학교 분위기가 완전히 바뀌어 있었다.

'셋째 부류'들의 입소문으로 인해 윤혁수의 영웅담은 몇 배로 부풀려 하늘을 찌르고 있었다. 퇴학이 기정사실화되어 있었다. 이상국 선생만이 직을 걸고 책임질 테니, 퇴학만은 면하게 해달라고 교장 선생님에게 읍소하고 있다는 이야기가 들렸다.

●

등교하자마자 윤혁수는 이상국 선생에게 불려갔다. 체육관이었다. 이상국 선생은 서서 그를 기다리고 있었다. 선생의 손에 목검이 들려 있었다. 고개를 숙이고 있는 혁수에게 선생님이 무겁게 입을 열었다.

"윤혁수, 너를 믿었다. 남들이 애비 없이 자란 놈이라 해도 너를 '사내'라고 믿었다. 그런데, 너는 아니었다. 어머니와 약속했고, 선생님하고도 약속해 놓고 약속을 깼다. 너는 비겁한 놈이다. 어머니가 불쌍하지도 않나? 아버지에게 부끄럽지도 않나? 이 불효막심한 놈. 네 인생이 그렇게 비참해져도 좋단 말이냐? 이 못난 놈!

너는 무서운 사람이 없어서 그런 것 같다. 오늘 무서운 것을 깨달아야 하겠다. 선생님으로서 나는 너를 때릴 수 없다. 이 매는 아버지에게 맞는 매다. 이놈, 오늘 내가 네 아버지로 훈도하겠다. 아버지라고 생각해라. 엎드려뻗쳐!"

혁수는 말하고 싶었다.

'아닙니다. 사내답게 약속을 지키려 했습니다. 진정입니다. 그런데 녀석들이 못 지키게 했습니다. 정말입니다.'

그러나 그건 변명에 불과했다. 징징거리는 계집애 같은 말이었다.

"엎드려뻗쳐!"

그는 엎드렸다. 선생님의 목검이 엉덩이를 내리쳤다.

"우악!"

혁수의 입에서 비명이 절로 나왔다. 여느 몽둥이와는 달랐다. 목검이 그렇게 아플 줄 몰랐다. 검도 5단… 그러나 엉덩이가 아픈 것보다 '사내답지' 못한 비겁한 놈이 되어 매를 맞는 것이 더 아팠다.

"선생님, 약속 지키려 했습니다. 저 지키려 했어요!"

그가 맞으면서 외쳤지만, 선생님은 약속을 지키지 않은 사람을 믿어 주지 않았다.

"거짓말… 비겁한 놈……."

사정없이 매가 꽂혔다. 온몸이 우리우리 떨리며 아팠다.

"아닙니다. 아니에요."

선생님은 매를 멈추지 않았다. 화가 치밀기 시작했다. 악인의 피가 서서히 끓어오르기 시작했다.

선생님이 미웠다. 이를 부드득 갈았다. 혁수가 엎드렸던 몸을 일으켜 세웠다.

"엎드려뻗쳐! 이놈!"

혁수는 아랑곳하지 않았다. 선생님이 흠칫했다. 혁수가 바지 주머니에서 나이프를 꺼내 들었다.

"아니, 이 녀석이……!"

선생님이 놀란 눈으로 한 걸음 주춤 물러섰다. 그때였다. 윤혁수는 꺼내든 나이프로 전광석화같이 자신의 팔등을 그어버렸다. 팔뚝의 살이 날카롭게 베이며 속살이 허옇게 드러났다. 그는 이상국 선생의 눈을 똑바로 쳐다보며 외쳤다.

"저 '사내답게' 약속 지키려 했습니다. 이래도 못 믿으시겠습니까!"

팔에서 붉은 선혈이 흐르기 시작했다. 팔꿈치에서 팔목까지 예리하게 베인 틈에서 피가 뚝뚝 떨어졌다. 팔뚝을 들어 보이며 혁수가 선생님을 노려봤다.

"저, 약속 지켰습니다."

이상국의 얼굴이 하얗게 변했다. 이상국은,

"이런 불효막심한 놈. 불효막심한 놈……."

하며 허둥지둥 혁수를 들쳐 업고 입구 쪽으로 뛰기 시작했다.

체육관 문밖에 있던 학생들이 놀라 모두 길을 비켜섰다. 윤혁수는 선생에게 업힌 채 그들에게 손을 들어 여유 있게 흔들었다.

'나의 전설은 이 학교가 있는 한 영원히 살아 있으리라. 사내답게 산 영웅으로… 아우들아, 보라. 내가 곧 부활할 테니…….'

●

윤혁수는 즉시 퇴학당하였다. 이상국 선생은 해임되었다.

학교 담장을 벗어나는 것은, 거추장스러운 규율과 억압에서 벗어나

자유롭게 해방된 자연인이 되는 것이라고 생각했었다. 그러나 학교라는 것이 그렇게 큰 성城이고, 선생님이 그렇게 거대한 보안관인 줄 예전에 미처 몰랐었다.

사회는 얼음같이 냉혹했고 사막같이 삭막했다. 한 주먹거리도 안 되는 파출소 순경이 손가락 하나로 수갑을 채우는가 하면, 그들의 펜 놀림 하나로 하루하루가 결정되었다.

학교에 다닐 때는 그저 선생님에게 반성문이나 쓰면 되었던 일, 누구보다도 자랑스럽고 영웅적으로 해냈던 일들이 사회에 나오니 하나씩 들춰내져, 어마어마한 범죄로 둔갑하였다.

폭행, 상해, 강도, 성폭행…….

선생님을 통하지 않고는 감히 학교에 들어올 수조차 없었던 형사들이 낮이나 밤이나 혁수의 어머니가 일하는 식당과 집을 제집 안방 드나들 듯했다.

어머니는 손발이 다 오그라졌다. 경찰서다, 변호사다, 검찰이다, 법원이다, 구치소다 하면서 식당 일을 그만두고 다리가 부서져라 돌아다녔다. 가장 큰 문제는 돈이었다. 감당할 수 없는 돈이 들었다.

변호사비야, 합의금이야, 인지대야, 뭐야, 뭐야… 전세도 내놓고, 예금도 다 털었다.

은행 대출은 말할 것도 없고, 빚도 얻어야 했다. 집안이 거덜 났다.

어머니는 소년교도소만은 피해야 한다며 동분서주 뛰어다녔다.

황태자였던 그, 전설의 영웅, 아이들의 우상이었던 윤혁수…….

그러나 그가 할 수 있는 일은 아무것도 없었다.

이리저리 불려 다니며, 한없이 망가지고, 몰골은 초라하기 이를 데 없었다. 눈매와 주먹에 힘이 다 빠졌다. 하루아침에 천지가 이렇게 개벽될 줄은 꿈에도 몰랐다. 수갑 찬 손으로, 책상 넘어 안경 끼고 펜을 놀리고 있는 저 범생이, 찌질이 같은 녀석들에게 한없이 굽실거려야 했다. 비참했다. 무력했다.

●

없는 돈과 어머니의 뼛골 빠지는 노력 덕분에 윤혁수는 소년원에 보호처분되었다. 그곳은 교도소가 아니라 19세 미만의 비행 소년들을 위한 학교였다. 근무하는 사람들은 교사 자격증이 있는 선생님들이었고, 과목별로 수업이 있었으며, 검정고시 준비반이 있었다.

소년원에서의 생활. 윤혁수가 인생에서 다시는 회상하고 싶지 않은 시간, 바로 이때였다. 길게 언급하고 싶지도 않다. 불이 켜진 채로 잠들어야 하고, 화장실까지 24시간 CCTV로 감시당하며, 운동과 수면 시간 외에는 드러눕지도 못했다. 초등학교 5학년짜리와 열아홉 살 고등학생이 같은 수업을 들어야 하는 등 신체적 구속만의 문제가 아니었다.

혁수는 이상국 선생님의 말이 주마등같이 떠올랐다.

'자유'와 '행복'은 같은 단어라는 것을 아나?

'자유'.

나이도 인격도 무시되고 오로지 범죄의 질과 양에 의해 인간의 서열이 매겨지고, 악독하고 변태적인 사람들의 일원이 되어 스스로를 끼워 맞추어야 하는 인격 말살의 처참함에 '자유'는 호사스러운 단어였다.

'자유'.

사무치게 그리웠다. 그러나 그 '자유'는 없어졌다. '행복'도 사라졌다.

무서운 것은, 소년원을 나가도 보이지 않게 옭아매는 그 무엇이 있어 이 '자유'가 인생이 끝날 때까지 없을지 모른다는 생각이 들 때였다.

가슴속에 찬 서리가 내리는 듯 온몸에서 소름이 돋았다.

소년원이 그럴진대, 어머니가 왜 소년교도소는 절대 안 된다며 몸부림쳤는지 이해가 갔다.

그곳은 의리 있는 자들이 모여 있는 곳도 아니요, 악인들이 한 번쯤 거쳐야 하는 골든벨 무대도 아니었다. 윤혁수의 눈에는 그저 이 사회의 더러운 쓰레기 하치장이었고, '자유'의 단두대였다.

소년원 생활을 하면서 윤혁수에게 악인을 보는 눈이 생겼다.

'첫째 부류'의 악인, '둘째 부류'의 악인, '셋째 부류'의 악인…….

그의 눈으로 볼 때, 원생들의 대부분은 '셋째 부류'에도 속하지 못하는 이들이 많았다. 학교 다니다 들어온 폭력배 중에는 자신보다 약하고 소외된 학생들을 골라 폭행한, 비겁하고 야비한, 철없는 녀석들이 많았다. 악인 흉내 내다 걸려 들어온 것이었다. 세상 무서운 줄 모르고 까불고 건방피우다 온 어리석고 못난 녀석들이었다.

그러나 그 대가는 너무나 컸다.

혁수의 '첫째 부류'로서의 악인의 속성은 소년원에서도 유감없이 발휘되었다. 할리우드 액션도 필요 없었다. 그의 화려한 '무용담'과 '사내다운' 기질 앞에서 점차 '까부는 놈'과 '건방진 놈'이 사라져 갔다. 선생님들이 원생들을 통제할 때, 혁수를 찾는 일이 점점 많아졌다.

그곳에서 '짱'이 되어가고 있었다.

◉

소년원 직원 중에 혁수를 눈여겨보며 알 수 없는 신뢰감을 보여주는 선생이 한 사람 있었다.

김영옥 선생. 운동으로 다져진 몸에 훤칠한 키의 그는 윤혁수를 가슴에 부착한 번호가 아닌 이름으로 불러주었다.

"윤혁수! 사무실로……"

사무실 테이블 위에 사탕과 과자가 놓여 있었다.

김영옥이 윤혁수에게 호의를 가지고 있는 것은 간단하고도 명백한 이유가 있었다. 그는 혁수의 중학교 선배였다.

영옥은 혁수를 애정 어린 눈빛으로 바라보며 따뜻하게 배려해주었다. 덕분에 혁수의 소년원 생활은 지내기가 한결 수월하였다. 고마운 일이었다.

하루는 김영옥이 은근히 혁수를 불러 간식을 주며 물었다.

"그때 같으면… 이상국 선생이라고 알겠네……. 지금도 거기 계신가?"

혁수는 가슴이 뜨끔하였다. 머뭇거리다가 대답했다.

"그만두셨습니다."

"왜?"

"폭력 교사라서요."

"폭력 교사? 왜? 그럴 분이 아닌데……."

혁수가 영옥을 바라보며 직선으로 말했다.

"제가 잘랐습니다. 학생을 사랑으로 계도하는 것이 아니고, 개 패듯 패고, 학생의 말을 못 믿고 자기가 무슨 학부모라도 된 듯 아버지라며 폭력을 휘두르다가 잘렸습니다."

김영옥의 두 눈에 비상등이 켜진 듯했다.

"자세히 말해봐. 어떻게 했다고?"

윤혁수는 자신의 이야기를 토해놓았다. 그리고 왼팔을 보여주었다. 팔꿈치부터 팔목까지 길고 깊게 베인 상처가 흉측하게 남아 있었다.

혁수의 뱃속에서 당시의 영웅심이 다시 꿈틀거리는 것 같았다.

김영옥은 윤혁수의 말을 눈도 깜박이지 않고 듣고 난 후,

"그게 사실이란 말이지. 이상국 선생이 그만두신 게 너 때문이라는 말이지……."

하더니, 갑자기 벽력같이 혁수를 향해 소리쳤다.

"이런 나쁜 자식! 이런 자식을 후배라고……."

뺨을 부들부들 떨며 김영옥은 흥분하여 말을 잇지 못하였다.

갑자기 돌변한 김영옥의 태도에 혁수 또한 말을 잃고 있자, 김영옥이 윤혁수에게 칼로 베듯 소리쳤다.

"너 따라와!"

혁수는 영문도 모른 채 납작 엎드린 자세로 김영옥을 따라갔다.

김영옥이 혁수를 데리고 간 곳은 체육관이었다.

"엎드려뻗쳐!"

영옥이 명령했다. 즉각 엎드렸다.

김영옥은 캐비닛에서 목검을 꺼내왔다.

'목검!'

이상국 선생의 목검이 떠올랐다. 악몽 같은 트라우마였다.

마음의 각오를 했다. 그러나 이유를 알 수 없었다. 김영옥은 사정없이 목검을 내리쳤다.

이상국 선생의 매는 매도 아니었다. 거기에는 사랑이 있었다. 그러나 김영옥 선생의 매에는 증오가 있었다. 엉덩이 살이 찢어지고 터져 피가 튄 뒤에야 김영옥은 매를 멈추었다. 윤혁수는 의무실에 입원하였다. 소년원에서 있을 수 없는 일이었다. 그러나 이를 아는 사람도 아무도 없는 듯했다.

혁수가 누워 있는 의무실에 김영옥이 찾아왔다. 그는 차디찬 어조로,

"118번 윤혁수. 어서 나아라. 나아야 또 맞지. 너는 죽을 때까지 맞아야 해. 너는 맞아 죽어야 해. 알았어!"

이렇게 말하고는 의무실 문을 꽝 닫고 나가버렸다. 윤혁수는 난생처음으로 두려움을 느꼈다. 김영옥의 말과 눈이 두려웠다. 이유가 무엇인지, 그 알 수 없는 적개심이 더욱 두려웠다.

윤혁수가 의무실에서 퇴실하자, 김영옥이 여지없이 혁수를 불렀다. 체육관이었다. 김영옥은 이번에는 검도복으로 갈아입고 목검을 허리에 차고 장승같이 서서 혁수를 기다리고 있었다. 두려움이 무서움으로 현실화되었다. 이렇게 무서워본 적은 없었다.

"엎드려뻗쳐!"

저승사자처럼 서 있던 김영옥이 차디차게 내뱉었다. 윤혁수는 그 앞에 털썩 무릎을 꿇었다.

"맞겠습니다. 죽을 때까지 맞겠습니다. 하지만 이유를 말해주십시오."

"이유? 그래, 좋다. 이유는 알고 죽어야지."

김영옥은 무릎 꿇고 있는 혁수의 머리 위에 목검을 거누며,

"네가 죽어야 할 이유를 말해주마."

하면서 다음과 같이 말하기 시작했다.

"내가 체육대학 다닐 때, 진심으로 존경하는 선배님이 계셨다. 별칭이 '무사인선배'였다. 너같이 기생충, 버러지 같은 놈은 쳐다도 볼 수 없는 사나이 중의 사나이였다. 그분은 늘 후배들에게 말했다. '사내답게 살지 않으려면 죽어버려라'고……. 그분은 사내답게 산다는 것을 이렇게 말했다.

첫째, 나보다 동포를 먼저 생각하라. 제 가족을 생각하는 것은 여자가 할 일이고, 더 큰 가족, 동포를 생각하는 것은 사내가 할 일이다.

둘째, 의가 아니면 쳐다보지 마라. 제 목숨 아깝지 않고, 돈 싫고, 명예가 싫은 사람이 어디 있나. 그러나 사내라면 의를 위해 죽고 살아야 한다. 안중근, 윤봉길, 이봉창 선생 같은 사내가 진짜 사내다.

셋째, 포용하라. 사나이의 그릇이란 포용력의 크기이다. 과거의 감정에 사로잡혀 미래를 비좁게 살아서는 안 된다. 용서하고 포용하여 힘을 합쳐 미래의 바다를 개척하는 것이 사내의 길이다.

그리고 그분은 그렇게 사셨다. 우리 검도부는 그분을 진정으로 존경

했다. 우리의 사표로 모셨다. 그런데 일찍 돌아가시고 말았다. 우리는 그분 장례식장에서 맹서했다. 사내답게 살자고……. 우리는 무사인 후계자를 만들었다. 그분이 초대 무사인. 그리고 4대가 이상국 선생님. 내가 10대 무사인이다.

그중 몇 분은 무사인선배님의 유지를 받들어 국가와 미래를 생각하며, 검도로 몸과 마음을 수양하고, 다음 세대를 올바로 가르치는 교사가 되었다.

4대 무사인. 이상국 선생님. 너를 아버지처럼 훈도하신 이상국 선생님을 폭력 교사? 네가 잘라? 너는 네 후배들의 올바른 삶을 가르치려는 교육의 뿌리를 잘랐다. 너 같은 쓰레기는 없어져도 좋아. 그런데 네 후배들의 새싹까지 잘라? 도저히 용서할 수 없다. 무사인의 이름으로……. 엎드려뻗쳐!"

윤혁수는 고개를 들어 김영옥을 바라보았다. 눈에 눈물이 가득 고여 있었다.

"잘못했습니다. 그런지도 모르고… 그 매로 저를 죽여주십시오."

윤혁수는 조용히 엎드렸다. 매를 기다렸다. 매는 내리쳐지지 않았다. 김영옥은 목검을 거두었다. 그리고 체육관을 나갔다. 윤혁수는 체육관 바닥에 무릎을 꿇고 고개를 숙였다. 떨어지는 눈물이 시냇물같이 흉터가 있는 팔등을 타고 흘렀다.

●

검도 사범으로 후진을 가르치며 소일하고 있던 이상국에게 오래간만에 전화가 왔다. 친동생보다 더 아끼고 사랑하는 후배 김영옥이었다. 안부 차 전화라 하면서도, 선배가 어떻게 지내는가를 묻는 말이 지나가는 인사가 아니었다.

"오, 오래간만이네. 요즘 학교 명퇴하고 잘 지내고 있어."

"명퇴요? 왜 명퇴를 하셨지요?"

"그만할 때도 됐잖아……."

막무가내로 식사하자는 김영옥의 말에 둘은 저녁을 함께하게 되었다.

화제에 자연히 윤혁수가 떠올랐다. 이상국이 깜짝 놀라 물었다.

"윤혁수가 자네 소년원에 수감되어 있다고?"

"그렇습니다. 그 녀석이 선배님을 잘랐다고 망발을 하길래, 제가 훈도 좀 했습니다."

이상국이 김영옥을 바라보았다. 엄숙하도록 진지했다.

"윤혁수가 무사인선배 아들이라는 거 아나?"

김영옥은 눈이 뒤집히듯 놀랐다.

"예에?"

"혁수 본인도 모르고 있다. 나도 형수님 만나 뵙고 알았다."

"아니 어떻게?"

"형수님도 아들에게 말을 안 했대……. 약간의 미스터리가 있는데, 무사인선배님이 교통사고로 돌아가신 것이 아니라는구먼……."

"……."

"형수님 말씀이, 해병대 수색장교로 입대했던 선배님이 휴가 나왔다가 폭력배들하고 붙었다는구먼…….

자네도 선배님 성격 알잖아. 약혼한 형수님하고 술집에서 데이트하

고 있었는데 폭력배들이 술집 아가씨들을 희롱했다는구먼. 선배님이
그러지 말라고 충고하니까, 녀석들이 형수님까지 희롱했다지. 참고 있
을 분이 아니지……. 술집이 뒤집어지고 녀석들 크게 당했는데, 선배님
도 넘어지면서 뇌진탕으로 그리됐다는 거야……. 군 장교로서 좋은 일
도 아니고 해서 서로 교통사고로 합의했다는구먼. 그러니 대놓고 말을
못하지. 전사라고만 하고……."

"그게 그렇게… 그런데 아들은 학교 폭력배란 말입니까?"

"그래서 내가 사람 좀 만들려고 했지. 무사인선배님 생각해서……."

"어떻게 무사인선배님 같은 분에게서 저런 아들이 나올 수가 있습니
까?"

"그러니까 교육이야. 교육… 무사인선배님이 그랬잖아. 자식 교육 마
음대로 할 수 있는 부모 있느냐고. 그래서 선생님이 존경받아야 한다
고. 사도가 떨어진 교육 풍토에 일갈하면서 말이지. 그 말에 감동받아
나도 선생이 됐었지. 혁수한테는 정말 아버지 노릇 좀 해보려고 했는
데… 그리 됐네."

그러면서,

"혁수 만기가 얼마나 남았지?"

"1년입니다."

이상국이 정색을 했다. 그리고 간곡하게 말했다.

"자네가 사람 좀 만들게……. 녀석 저렇게 망가지면 우리가 어떻게
무사인선배 얼굴을 보겠나?"

김영옥이 윤혁수를 다시 불렀다. 역시 체육관이었다. 목검을 들고 있는 그를 본 윤혁수의 몸이 부들부들 떨려왔다. 김영옥은 근엄하고 단호한 목소리로 말했다.

"118번, 윤혁수. 너 지난번에 죽여달라고 했지. 좋아. 오늘 죽여준다. 깨끗하게 죽을 수 있나? 사내답게! 너는 오늘 죽을 거다. 쓰레기 윤혁수는 죽는다. 어머니에게 불효하고, 아버지 같은 선생님 망가뜨리고, 주먹이나 쓰는 학교 폭력배, 사회의 암덩어리 너 윤혁수는 죽는다. 깨끗이 죽는다. 알겠나! 엎드려뻗쳐!"

윤혁수는 엎드려뻗쳤다. 이제 모진 매가 내리쳐질 것이다.

김영옥은 목검을 사정없이 윤혁수의 엉덩이에 내리쳤다.

"으윽……."

"이것이 선배가 너를 죽이는 첫 번째 매다. 너는 오늘 나의 매에 죽어나갈 것이다. 그리고 새로운 윤혁수로 태어난다. 그게 너를 죽여주는 조건이다. 새로운 윤혁수……, 약속할 수 있나?"

"새로운 윤혁수란…… 어떤?"

김영옥이 말했다.

"선생님이 돼라. 너 선생님이 돼서, 이상국 선생님 같은 훌륭한 분의 뜻을 이어라. 그분에게 속죄하는 것이다. 지금부터 열심히 공부하여 선생님이 되는 거다. 네 아버지의 꿈을 네가 이루어내는 것이다. 알겠나?"

'아버지의 꿈?'

윤혁수가 의아하게 생각하는 사이 두 번째 매가 내리쳐졌다.

"이것은 이상국 선생님이 너에게 내리는 사랑의 매다. 죽어라, 윤혁수!"

그리고 세 번째 매를 내리치면서,

"이것은 네 아버지 무사인선배님의 매다. 네 아버지가 하늘에서 아들에게 내리는 사랑의 매다. 죽어라, 윤혁수!"

그다음은,

"이것은 불쌍한 네 어머니가 울면서 너에게 내리는 사랑의 매다. 죽어라. 윤혁수!"

마지막 매가 가장 아팠다.

무사인선배가 바로 네 아버지였다!

김영옥은 혁수에게 모든 이야기를 해주었다. 윤혁수는 엎드려서 일어날 줄을 몰랐다. 그의 두 눈에서 떨어지는 눈물이 체육관 매트를 흥건히 적셨다. 윤혁수가 흐느끼며 말했다. 피 끓는 참회의 절규였다.

"선배님, 윤혁수를 죽여주십시오. 정말 잘못했습니다. 이상국 선생님, 아버지, 어머니! 전 정말 죽일 놈입니다. 절 죽여주십시오. 윤혁수를 죽여주십시오!"

●

윤혁수는 죽었다. 40여 년 전이었다.

윤혁수는 새로운 사람이 되었다. 그는 명실 공히 무사인 2세가 되었다. 그는 선생님이 되었다. 아버지가 되고 싶어 하셨던, 그리고 이상국 선생이 끝내 마치지 못하셨던, 체육 교사가 되었다.

30여 년간 작은 교실의 교단에 서서 봉직하면서, 그는 수많은 첫째,

둘째, 셋째 부류의 악인들을 보았다. 그들은 반복하여 교실 안의 그 자리를 비우면 채우고, 채우면 비웠다.

역사는 반복되는 것이었다. 그렇지만 윤혁수는 알고 있다. 역사의 무엇이 변함없이 반복되어야 하고 무엇이 예외이어야 하는지를.
'인간으로서 자유로운 삶'.
이상국 선생이 말한 '자유로운 삶'은 변함없이 추구하는 삶이었다. 그러나 '자유'가 무엇인지는 사람에 따라 다른 것만이 아니었다. 시대에 따라서도 달라졌다. 무사인 아버지의 교육관도, 사랑의 매도, 사내의 길도 역사의 흐름을 타고 달라지는 것이었다. 그것이 옳게 달라지는 것인지, 옳지 않게 달라지고 있는지, 윤혁수는 쉽게 말하지는 못한다.
그러나 확신하고 있다. 그의 학생 시절의 경험으로 미루어… 아무리 세월이 흘렀다 하여도… '악인은 없다'라는 것을……. 얼마 전 돌아가신 이상국 선생님의 말씀을 늘 가슴에 새기면서…….

"나는 체자레 롬브로조가 왜 틀렸는지 이제야 깨달았네. 정말 유전적으로 생래적 범죄인이 있는지는 모르겠네. 헌데, 그는 법과 교도소만 아는 학자였어. 법과 교도소로 볼 때 그의 이론은 맞았네. 하지만 선생님을 몰랐어. 그의 오류는 학교를 모르고 선생님을 몰랐다는 것이었네. 선생님 때문에 롬브로조는 틀렸네. 생래적 범죄인, 그런 것은 없다네. 훌륭한 선생님 앞에서……."

저녁이 아름다운 마을

  손에는 작은 가죽 케이스를 들고 낡은 구두, 멜빵바지를 입고 모자를 쓴 나그네가 마을 어귀에 도착하였습니다. 해가 뉘엿뉘엿 넘어가, 마을엔 점차 어둠이 깃들기 시작하고 있었습니다.

  나그네는 낯선 마을이라 선뜻 들어가지 못하고 느티나무 정자 주위에서 머뭇거리며 마을 안으로 길게 늘어서 있는 가로수를 바라보았습니다. 그러다 그곳에 서 있는 표지석을 보았습니다. 표지석에는 이렇게 쓰여 있었습니다.

  저녁이 아름다운 마을, 사람은 저녁이 아름다워야 한다.

나그네는 표지석 옆 의자에 걸터앉아 망연히 마을 쪽을 바라보았습니다.

이때 저쪽, 어스름하여 잘 보이지 않는 가로수 아래에서 선율 고운 바이올린 소리가 들려왔습니다.

듣는 이 아무도 없는 이 어스름 저녁에 나무 밑에서 홀로 바이올린을 연주하고 있는 사람은 누구일까요. 아주아주 훌륭한 연주였습니다.

가냘팠지만 바이올린 소리는 멀리 퍼져 나갔습니다.

나그네는 바이올린 연주하는 사람에게 다가갔습니다.

연주에 열중하던 남자는 나그네가 다가오자 부드러운 미소를 지었습니다.

나그네가 물었습니다.

"이렇게 아름다운 연주를 들어본 적이 없군요. 외로운 산비둘기같이 아무도 듣는 이 없는 이 아름다운 연주는 누구를 위해 하시는 건가요?"

바이올린을 연주하던 남자는 나그네를 찬찬히 바라보았습니다.

포근한 눈빛이었습니다.

"아무도 듣는 이가 없다니요. 저기 서 있는 느티나무가 듣고 있고, 하루 종일 서 있던 가로수들이 듣고 있지요. 옆에서 자라고 있는 벼이삭들도 제 연주에 행복한 단잠을 잘 것이고요. 우유를 짜는 젖소와 송아지도 바이올린 소리에 살이 오르고 더욱 영양도 많아지겠지요. 저기 피어 있는 달맞이꽃은 더욱 아름답고 달콤한 향기를 피우지요. 저녁이면 제 음악을 듣는 이 많은 이들을 위해 저는 매일 바이올린을 연주합니다."

나그네는 어머니 품속에서 잠이 든 아기같이 편안함을 느꼈습니다.

바이올린 연주자가 물었습니다.

"이 마을은 처음이시군요. 어서 오세요. 환영합니다."

"이 마을은 무슨 마을인가요?"

궁금한 것을 나그네는 물었습니다.

"저녁이 아름다운 마을입니다. 저녁이 아름다운 사람들이 모여 살지요."

어둠이 점점 깊어지고 있었습니다. 가로등에 하나둘 불빛이 켜지기 시작했습니다.

가로등 불빛은 은은했지만, 등마다 색깔이 달랐습니다. 연한 붉은 등이 있는가 하면, 황금빛 등이 있고 푸른 등과 남색 빛이 나는 등도 있었습니다.

서서히 켜지는 가로등 불빛이 너무도 환상적이어서 나그네는 불빛에 넋을 잃었습니다.

바이올린 남자가 친절하게 설명해주었습니다.

"저녁이 아름다운 마을의 가로등은 낮의 햇빛을 간직하고 있다가 밤에 빛을 냅니다. 그래서 무지개 색깔로 빛나지요. 저 불빛은 태양빛을 머금어서 꺼지지도 눈부시지도 뜨겁지도 않은 자연이 선사하는 불빛입니다. 마치 반딧불같이요……."

빛깔은 태양이 선사하는 것이지만, 밝기는 보름달이 어루만지는 선물이지요. 저녁이 아름다운 마을의 가로등은 환하게 비추는 보름달과 총총히 반짝이는 별빛보다 더 밝게 켜지거나 어두운 법이 없습니다. 우리는 늘 보름달과 총총한 별빛만큼만 빛나는 저녁을 맞이하지요. 손을 잡고 걷는 사랑하는 연인의 양 볼과 반짝이는 눈빛과 잡고 있는 하얀 손이 보일 정도만큼만요. 비가 오나 구름이 끼나 한결같이요……."

나그네는 어둠이 짙어지자 더욱 부드럽고 은은하게 밝아지는 가로등 불빛을 보았습니다.

바이올린 켜는 남자가 나그네에게 물었습니다.

"식사는 하셨는지요?"

"저녁 요기는 했지만, 먼 길을 걸어와서 목이 마르군요."

연주자는,

"오, 그러시군요. 저런……."

하면서 옆에 서 있는 가로수에 다가갔습니다.

가로수의 가지 하나에서 나뭇잎을 땄습니다. 그러고는 나뭇잎이 떨어진 가지에 컵을 갖다 대는 것이었습니다.

"오, 이 나무는 사과나무군요. 나뭇잎에서 사과주스가 나오네요. 옆의 나무는 자두군요. 그 옆은 오렌지이고요. 오늘은 모두들 더 달콤할 거예요. 달콤한 곡을 연주했거든요. 한번 맛보세요."

하면서 주스를 나그네에게 건넸습니다.

이제까지 맛보지 못한 신선하고도 달콤한 사과주스였습니다.

"내일 저녁에는 좀 새콤한 연주를 할까 해요. 어떻겠어요? 새콤한 사과주스도 좋지 않겠어요? 매일 저녁 맛이 다르게요."

나그네는 말을 잃었습니다.

"어떻게 이런 일이 가능할까요? 믿어지지 않는군요."

바이올린 남자는 아무렇지도 않다는 듯 말했습니다.

"여기는 저녁이 아름다운 마을이니까요. 그런데 그 손에 든 가죽케이스는 무엇이죠? 궁금하군요."

"아, 이것은 플루트입니다. 제 소개를 안 드렸군요. 저는 플루트 연주를 하는 사람입니다. 오늘 제가 연주하던 악단과 계약 기간이 끝났죠. 그래서 다른 연주할 곳을 찾아다니고 있는 중이었습니다."

"오, 그래요? 반갑군요. 어쩐지 음악가처럼 보였습니다. 저녁이 아름다운 마을에 잘 오셨습니다. 우리 함께 저 가로수와 송아지와 청보리와 피어나는 꽃들에게 연주 한 곡 선사할까요? 혹시 '이렇게 아름다운 저녁에 그대와'라는 곡을 아시는지요."

플루트 나그네가 가죽 케이스에서 악기를 꺼냈습니다.

플루트는 은빛으로 빛났습니다.

바이올린과 플루트의 연주가 시작되었습니다. 화음이 잘 어우러진 두 사람의 연주가 점점 무르익어갔습니다. 어둠은 더욱 깊어갔고, 가로등 불빛은 점점 밝아졌습니다. 두 사람의 연주 소리는 더욱 멀리 퍼져갔습니다.

저녁이 아름다운 마을의 거리 이곳저곳에 불이 들어오기 시작했습니다.

카페에 불이 들어오자, 레스토랑에 불이 들어왔습니다.

과일가게의 문이 열리자 옷가게의 창문이 열렸습니다.

책가게, 빵가게의 진열장이 환히 밝혀졌습니다.

거리는 색색의 등불과 사람들의 웃음소리로 가득 차기 시작했습니다.

친해진 두 거리의 악사는 저녁이 아름다운 마을 안으로 걸어 들어갔습니다.

광주리마다 가득 담긴 바게트 빵과 여러 종류의 수도 없이 많은 빵이 제과점 진열장에 보이는가 하면, 이국적인 향기가 감미롭기만 커피가 악사들을 유혹하고 있었습니다.

바이올린 연주자가 말했습니다.

"시장하시면 식사라도 같이 하실까요?"

플루트 나그네는 망설이다 말했습니다.

"감사합니다. 사과주스 한 잔으로 충분합니다. 사실… 저는 돈이 없습니다."

바이올린의 남자는 플루트의 남자에게 미소를 지으며 말했습니다.

"저녁이 아름다운 마을에 처음이시니까요. 여기는 돈이 필요 없습니다. 드시고 싶거나 가지고 싶으시면 가게에 가서 가져가면 됩니다."

"아니, 어떻게? 그러면 지불은 무엇으로?"

"여기는 돈이 없습니다. 돈은 각자의 재능이지요. 플루트를 잘 불어 지불하면 그것이 돈입니다."

"어떻게 그럴 수가? 그럼 물건 파는 사람은 어떻게 살지요?"

"사고파는 게 없으니까요. 음식을 만드는 사람은 음식을 만들어 가게에 진열하고, 옷 만드는 사람은 옷을 만들어 가게에 내놓지요. 그리고 각자가 필요할 때 가져가면 되는 거지요. 옷가게 주인이 배고프면 식당에 가고, 식당 주인이 추워지면 옷가게 가서 옷을 가져가서 입지요."

"믿을 수가 없습니다. 그런 일이 어떻게 가능한 건가요?"

남자는 담담히 말했다.

"여기는 저녁이 아름다운 마을이니까요. 저녁이 아름다운 마을에는 세상에 차고 넘치는 세 가지가 없답니다. 돈과 욕심과 경쟁이지요. 그러니 가능하지요."

"오, 정말… 그런데도 열심히 일을 할까요?"

"오, 정말… 가련하게도… 이해가 가지 않으시겠지요. 그 대신 저녁이 아름다운 마을에는 세상에는 드문 세 가지가 넘친답니다. 순수와 품격과 배려지요.

우리는 누구든 하늘이 준 재능이 있습니다. 그 재능은 사실 자신을 위해 있는 것이 아니라, 모든 사람들을 위해 마련된 것이지요. 각자가 가진 재능으로 최선을 다해 일하고 나눈다면 세상 사람 어느 누구도 가난하거나 억울한 사람이 없이 살 수 있어요. 세상은 원래 그렇게 풍요로운 곳이랍니다. 공평하게요…….

순수하게 자기 재능에 최선을 다하고, 품격 있게 스스로를 지키며, 남을 먼저 생각하는 배려심만 있다면 다 가능한 일이지요. 저녁이 아름다운 마을에는 이 세 가지가 차고 넘친답니다."

나그네는 말을 잇지 못했습니다.

나그네는 살찐 듯 두둑한 머핀 빵에 뜨거운 커피가 그리웠습니다.

바이올린 남자는 주저하는 플루트 나그네의 소매를 끌고 매혹적인 향기가 코를 간질이는 카페에 들어갔습니다.

카페 주인이 두 사람을 보더니 반색을 하였습니다.

"가로수 그늘에서 연주를 하던 두 분이군요. 오, 정말 훌륭한 연주였습니다. 그 연주에 어떻게 보답해야 할지 모르겠군요. 정말 너무도 아름다운 연주였습니다. 맛있게 무엇이든 드십시오. 그런 연주에 아까울 것이 없습니다."

나그네는 놀라울 따름이었습니다. 그보다 더 맛있는 머핀 빵과 커피를 마셔본 기억이 없었습니다.

주인의 말에 용기를 얻어 그는 몇 번씩이나 머핀 빵과 커피를 가져와 그동안의 허기를 만족시켰습니다. 놀랍게도 주인은 나그네가 많이 먹을수록 더욱더 감사하고 기뻐하였습니다.

"이렇게 저의 솜씨를 인정해주시는 배려를 해주시다니 무어라 감사해야 할는지 모르겠습니다. 많이 드십시오. 내일은 더 맛있는 빵을 준비하겠습니다."

그는 진심으로 자기의 재능을 알아주고 평가해주는 두 악사에게 감사해하고 있었습니다.

두 사람의 음악가는 식사를 마치자 말했습니다.

"이 과분한 대접에 어떻게 보답해야 할지요. 제가 할 수 있는 최선을 다해 몇 곡 연주해드리겠습니다."

이제까지 나그네는 이렇게 최선을 다해 플루트를 연주해본 적이 없었습니다. 이렇게 오직 남을 기쁘게 하기 위해 순수한 연주를 해본 적이 없었습니다. 나그네는 진실로 마음이 기뻤고 행복했습니다.

그리고 연주가 끝나고 눈을 들었을 때 그는 또 놀라고 말았습니다.

어디서 왔는지 카페 문 밖 가득히 마을 사람들이 자신의 연주를 경청하고 있는 것이었습니다.

그 품격 있는 모습들⋯⋯.

그날 나그네는 가지고 있는 모든 재능을 다해 마을 사람들을 기쁘게 하는 연주에 밤이 다 가도록 최선을 다했습니다.

연주가 끝날 때마다 열화 같은 박수로 호응하는 저녁이 아름다운 마을 사람들⋯ 이보다 더한 만족감은 없었습니다.

그들은 모두 자신의 재능들을 접시에 담아 왔습니다.

목장 주인은 우유를, 포도 농장 주인은 와인을, 과자가게 주인은 과자를⋯ 손에 손에 들고 왔습니다.

파티가 열렸습니다.

바람은 선선하였고, 달빛은 은은하였습니다.

마을 사람들의 눈빛은 평화로웠고, 그 미소는 온화하였습니다.

오늘 저녁 그들은 플루트를 연주하는 나그네 덕분에 행복이 가득하였습니다. 사랑이 넘쳤습니다.

나그네는 억만금보다 더 많은 개런티를 받은 것 같았습니다.

돈이 필요하지 않다⋯⋯.

그 말이 이해가 되는 것 같았습니다.

저녁이 아름다운 마을에서는 무슨 나무든 열매를 맺으면 그것이 누구나 먹을 수 있는 과일이 되었습니다. 나뭇잎에서는 얼마든지 주스가 흐르고, 농장에 있는 채소나 곡식이나, 목장의 우유든, 계란이든 누구나 가질 수 있었습니다.

그들은 각자의 재능을 존중하였습니다.

목장 주인만큼 신선하고 맛있는 우유를 만들 수는 없었고, 농장 주인보다 더 풍성하게 곡식을 지을 수는 없었습니다. 그들은 남의 재능을 넘보지 않고, 서로의 재능을 존중하고, 서로가 서로에게 의지하며 살고 있었습니다.

나그네가 카페 주인에게 넌지시 물었습니다.

"저녁이 아름다운 마을은 언제부터 생겼나요?"

카페 주인이나 마을 사람들은 빙글빙글 웃을 뿐이었습니다.

그들은 다만 이렇게 말해주었을 따름이었습니다.

"저녁이 아름다운 마을이기 때문입니다. 사람은 저녁이 아름다워야 하지요. 맑은 낮의 태양이 노을을 아름답게 만들듯이, 저녁이 아름다운 사람이 되려면 젊은 나날이 맑아야 합니다. 여기는 세상에 있는 것이 없고, 없는 것이 많은 곳입니다. 여기는 세상에서 가장 행복하고 아름다운 곳입니다.

아마 신기한 것을 많이 보게 될 거예요. 상상도 하지 못했던… 그러나 원래 그러해야 했던 것들을요……"

나그네는 그들에게 다시 물었습니다.

"저녁이 아름다운 마을에 아침이 오면 어떻게 되나요? 저녁이 아름다운 마을에는 누가 주인인가요?"

나그네는 궁금한 것이 너무 많았습니다. 그러나 아무도 대답해주지 않았습니다.

왜? 여기는 저녁이 아름다운 마을이니까…….

마지막으로 나그네는 그들에게 간청했습니다.

"제가 여기에 살아도 될까요? 저도?"

그들은 입을 모아 말했습니다.

"물론입니다. 살든, 머물든, 지나가든, 여기서는 누구든 마음대로입니다. 세 가지만 버리신다면… 돈, 욕심, 경쟁……."

나그네는 저녁이 아름다운 마을에 머물기로 하였습니다.

나그네는 또다시 올 내일 저녁이 기다려졌습니다.

어떤 사람, 어떤 일, 어떤 저녁을 만나게 될까…….

마음이 설레었습니다.

여기는 저녁이 아름다운 마을이니까…….

꿈꾸는 꽃밭

미노스의 가족동화

봄이 왔어요.

할아버지 꽃밭에 꽃이 가득 피었어요.
분홍 꽃, 노란 꽃, 주황 꽃…
꽃밭에는 없는 색깔이 없어요.
할아버지 꽃밭에는 없는 꽃이 없답니다.

봄볕이 화사한 어느 날.

눈부신 햇볕으로 얼굴 단장을 곱게 하고 환한 미소를 짓는
꽃들은 한껏 마음이 부풀어 올랐습니다.
"나보다 예쁜 꽃이 또 있을까?"
하는 양 아름다운 모습을 뽐내고 있었어요.
"이런 날은 나비 손님이라도 찾아오면 좋으련만……"
꽃들은 화창한 봄날의 햇볕에 온몸이 녹는 듯, 꿈꾸는 표정
으로 서로를 어루만지듯 마주 보고 있었습니다.

넝쿨 줄기를 감아 올라가는 파란 나팔꽃에게 어린 꽃이 물
었어요.
"나팔꽃 언니, 나팔꽃 언니, 언니는 꿈이 뭐야? 언니는 무슨

꿈을 꾸면서 꽃을 피워?"

"응? 내 꿈?"
나팔꽃은 한참을 생각했어요. 그리고 말했습니다.
"응, 내 꿈은 온 세상에 나팔꽃을 가득 피워서, 이 세상이 즐거운 나팔 소리로 가득 차게 하는 거야.
힘차고 멋진 나팔 소리와 함께 아름다운 음악 소리로 가득한 세상은 얼마나 유쾌할까?
음악을 들으면서 사람들은 마음이 편안해지고, 힘찬 나팔 소리를 들으면서 세상 사람은 늘 새 힘이 날 거야."

나팔꽃이 꿈 이야기를 하자, 여기저기 피어 있던 꽃들이 말했어요.

"어머, 나팔꽃 언니는 참 좋은 꿈을 가졌네.
맞아 맞아. 우리 모두는 다 꿈들을 가지고 있어.
꿈 없는 꽃은 없을 거야. 꽃에게 꿈이 없다는 것은 꽃에 향기가 없다는 거잖아?
그래, 오늘 모두 어떤 꿈을 꾸며 꽃을 피우는지 들어보자. 야호!"

"그래, 그래, 우리 모두 꽃 속에 숨겨둔 꿈을 이야기해보자.
애, 하얀 아카시아꽃 친구야, 너는 무슨 꿈을 꾸니?"
한 친구가 송이송이 하얀 팝콘이 열린 듯 풍성한 아카시아
꽃에게 물었어요.

아카시아꽃이 말했어요.
"내 꿈은 내 꽃에서 나오는 꿀을 세상 사람 모두에게 맛보
게 하는 거야.
나한테서 만들어진 꿀은 달고 맛도 좋고 영양가도 많아. 할
머니도 할아버지도 엄마도 아빠도 우리 어린이들도 모두 먹어
서 건강하게 살았으면 좋겠어.
달콤한 아카시아 꿀을 먹고, 모두모두 건강하다면 이 세상
은 얼마나 행복할까?
나는 내 꽃을 많이많이 피우고 싶어. 그게 내 꿈이야"

이번에는 늘 고귀한 자태로 고고하게 피어 있는 백합꽃이
자기 꿈을 말했습니다.
"나는 나는, 내 꽃에서 나는 향기가 멀리 멀리 퍼져서 백합
꽃 향기로 가득 찬 향기로운 세상을 만드는 것이 내 꿈이야.
아름다운 향기로 세상이 가득하다면 얼마나 우아할까?

모든 사람이 마치 궁궐에서 사는 기분일 거야."

다음은 붉은 꽃잎으로 화려하게 단장한 장미꽃 순서가 되었어요.

장미꽃은 이렇게 꿈을 말하였어요.

"내 꿈은 나같이 아름다운 장미꽃이 온 세상을 구석구석 장식해서 세상 사람들이 모두 아름다운 모습으로 즐겁게 사는 거야.

못생긴 사람도 없고, 더러운 곳도 없이 장미꽃같이 예쁜 사람이 가득한 세상은 마치 낙원 같지 않을까?

나는 이 세상을 낙원으로 만들고 싶어."

이번엔 장미꽃을 바라보고 있던, 마르고 키가 훤칠한 갈대꽃 순서가 되었어요.

갈대꽃은 연갈색 꽃을 파란 하늘에 하늘하늘 날리면서 말했습니다.

"나는 키가 쑥쑥 자라서 저 멀리 있는 세상에서 일어나는 일들을 다 보고 싶어.

이 세상 여기저기, 멀리까지 보면서 일어나고 있는 모든 일을 사람들에게 이야기해준다면 사람들은 정말 신이 날 거야.

세상에는 얼마나 궁금한 일이 많니? 우리가 모르는 일이 얼마나 많은지!

알 길이 없었던 사람들이 나 덕분에 좋은 정보를 얻어서 편리한 세상을 만들 수 있을 거야. 그러면 나는 정말 기쁠 것 같아.

세상에 아는 것만큼 큰 힘은 없으니까⋯⋯."

그렇구나. 참 좋은 꿈이구나.

모두들 갈대꽃 오빠에게 작은 박수를 쳤어요.

다음은 귀엽고 앙증스러운 분홍빛 금낭화 순서가 되었어요.

금낭화는, 꽃이 황금가루를 담고 있는 복주머니 같다고 해서 붙여진 이름이래요.

"나의 꿈은 내 주머니 꽃을 많이많이 만들어서 금가루를 가득가득 넣어두었다가, 가난하고 어려운 사람에게 듬뿍듬뿍 나누어주는 거야. 그러면 돈이 없어서 밥도 못 먹고 학교도 못 가는 불쌍한 어린이는 아무도 없겠지.

돈 걱정이 없어야 자기가 하고 싶은 일을 마음껏 할 수 있잖아?

나는 모든 사람들이 꿈꾸는 꿈을 이루도록 뒷받침해주고 싶어.

모두가 부자가 되어 넉넉하게 서로 베푸는 그런 세상이 되도록 금낭화를 많이많이 피울 거야.

착한 부자들이 많이 사는 그런 세상을 만들고 싶어."

꽃들은 서로서로 꿈 이야기에 시간 가는 줄을 몰랐어요.

다음 순서는 누구일까요?

어디선가 낮고 점잖은 조용한 목소리로 말하는 꽃이 있었어요.

"내 꿈은 나같이 사색을 많이 한 꽃이 세상 사람을 많이 가르쳐주고 깨닫게 해줘서 이 세상을 지혜롭게 만드는 거야.

지혜가 많은 사람으로 세상이 가득하면 얼마나 좋을까?

서로 다투는 일도 없어지고, 서로가 이해하며, 사이좋게 지내는 현명한 세상이 될 거야."

"당신은 무슨 꽃이세요?"

누가 물었어요.

"나는 보리수나무 꽃이란다.

세상을 가르치는 훌륭한 스승들이 내 그늘에서 깨달음을

얻어 후손들에게 지혜를 가르쳤지."

모두들 고개를 숙이고 보리수나무 꽃을 우러러봤습니다.

이번 차례에는 누가 꿈을 말할까요?
모두들 궁금하여 두리번거리는데, 한 꽃이 말했어요.

"나는 이 세상을 사랑으로 가득 차게 하고 싶어.
엄마가 없는 어린이에게는 어머니의 사랑을 주고, 병 걸린
어린이에게는 나이팅게일의 사랑을 주고, 외로운 어린이에게는
할머니의 따스한 사랑을 주어서, 모든 어린이들이 아낌없이 사
랑받게 해주고 싶어. 그런 어린이들이 자라서 또 아낌없이 사
랑을 나누어주는 그런 세상을 만들고 싶어.
외로운 어린이들일수록 더 가까이 가서 그들의 가슴에 한
송이 아름다운 꽃을 선사해주고 싶단다."

꽃들이 모두 고개를 빼고 그 꽃을 바라보았어요.
그 꽃이 대답했습니다.

"내 이름은 카네이션이야. 어머니날에 모든 엄마들이 가슴

에 다는 카네이션이야.

엄마가 있으면 빨간 카네이션을 가슴에 달아주고, 엄마가 없으면 하얀 카네이션을 가슴에 달지.

나는 모든 사람들이 어머니 같은 사랑으로 서로를 아끼는 그런 세상을 만들고 싶어.

그러면 얼마나 이 세상이 포근하고 따뜻할까?"

꽃들의 가슴이 모두 따뜻해지는 것 같았어요.

모두 어머니가 생각났어요.

엄마… 우리 엄마……

엄마 없는 꽃은 아무도 없었어요.

꽃밭 맨 구석에 있는 꽃 차례가 되었어요.

모두들 그 꽃을 바라보았어요.

"꿈이 무언지 말해주세요."

그 꽃은 좀처럼 말없이 한참을 망설이다가 작은 목소리로 말했어요.

"나는 꿈이 없어."

"꿈이 없다니요?"

"응, 나는 내 꿈이 없어.
그저 여기 있는 모든 꽃들이 행복하게 살기를 바라는 것뿐
이야.
나는 너희들이 힘든 일 있으면 거들어주면서 사는 것이 전
부야.
나는 오직 너희들이 행복하기만을 바랄 뿐, 내 꿈은 없어."

"그게 무슨 말이에요?"
꽃들은 눈이 휘둥그레져서 물었어요.

"응, 나는 내 주위에 있는 사람들이 행복하게만 살면 더 바
랄 게 없다는 뜻이야."

모두 그 꽃을 바라보았어요.
그 꽃은 허리도 구부려지고, 키도 작고, 꽃송이도 볼품없는
작은 꽃이었어요.

"당신의 이름은 무엇이죠?"
꽃들이 물었어요.

"내 이름은 나도 몰라. 사람들은 그냥 '할미꽃'이라고 불러."

모두 할미꽃을 보았습니다.
할미꽃은 고개를 숙이고 가만히 앉아 있기만 했습니다.

그때였어요.

꽃밭에 할아버지가 나타나셨어요.
모두들 꽃단장을 하고 할아버지에게
"나 좀 보세요!"
했습니다.
할아버지는 고개를 들고 서 있는 예쁜 꽃들을 둘러보시더
니 얼굴에 행복한 미소를 지으셨습니다.

할아버지는 할미꽃에게 다가갔어요.
그러고는 할미꽃에게 입을 맞추시는 것이었어요.
"이 세상에서 제일 아름다운 꽃, 희생과 봉사의 꽃. 할미꽃

에게 정말 감사해요. 고맙습니다."

꽃들도 모두 할미꽃에게 고개를 숙이고 감사의 인사를 했습니다. 참으로 화창하고 아름다운 봄날이었어요.

배추벌레,
미안해요

미노스의 가족동화

"어머, 어머, 어서 오세요. 환영합니다."

배추밭에서 환호성이 터져 나왔어요.

나비들이 배추꽃인 장다리꽃을 찾아온 것이었어요.

하늘하늘 하늘을 나는 아름다운 흰 나비가 장다리꽃 위에 사뿐히 앉았어요.

한 마리, 두 마리, 세 마리……

장다리꽃은 너무너무 기뻤어요.

이렇게 아름다운 나비들이 우리 집에 찾아오다니…

귀한 손님이 오셨으니 맛있는 꿀을 드려야지!

장다리꽃은 나비에게 달고 맛있는 꿀을 대접하기 바빠졌어요.

이렇게 아름답고 귀한 나비들이 매일 찾아만 온다면 얼마나 좋을까?

매일같이 꿀을 대접하고 싶었어요.

그렇지만 나비들은 그렇게 자주 장다리꽃을 찾아주지 않는답니다.

여기저기 다른 꽃들이 나비들을 서로서로 손짓해서 부르기 때문이죠.

오늘은 모처럼 나비들이 찾아주어서 너무 기쁘고 고마운 마음이었어요.

나비들이 꽃에서 꿀을 먹고 떠나려 하자 장다리꽃은,

"다음에도 꼭 오세요. 꼭요."

하고 나비들에게 손 인사를 하며 또 나비들이 언제 찾아오나 손꼽아 기다렸어요.

그때 누군가 발목을 똑똑 두드렸어요.

장다리꽃은 얼른 발아래를 보았어요.

징그러운 배추벌레가 엉금엉금 기어서 발목을 간지럽히고 있었어요.

"배추벌레구나. 왜 그래, 귀찮게. 저리 가!"

장다리꽃은 징그러운 배추벌레를 쫓아내려 했어요.

"배고파 죽겠어요. 한 번만 먹이를 주세요."

징그러운 배추벌레는 몸을 비틀며 사정을 했어요.

장다리꽃은 배추벌레를 더럽다는 듯이 바라보다 하는 수 없

이,

"여기 있다. 이걸 먹고 다시는 오지 마!"

하고 배춧잎 한 잎을 던져주었어요.

배추벌레는 맛있게 쩝쩝거리며 먹었어요.

장다리꽃은 나비가 찾아오길 바라고 있는데, 나비는 안 오고 늘 징그럽고 더러운 배추벌레가 와서 먹을 것을 달라고 떼를 써요.

장다리꽃은 그런 배추벌레가 싫었어요.

오늘도 아름다운 흰나비가 찾아오려나 하고 기다렸지만, 또 나비는 찾아오지 않았어요.

그런데 똑똑 하며 장다리꽃 발목을 두드리는 벌레가 있었어요.

또 배추벌레였어요.

장다리꽃은 정말 화가 났어요.

"다시는 오지 말라니까!"

큰소리로 야단치며 배춧잎 한 장을 던져주고 문을 꽝 닫았어요. 배추벌레는 문밖에서 또 배춧잎을 쩝쩝쩝 맛있게 먹었어요.

장다리꽃이 싫어하는 배추벌레는 이렇게 매일 와서 장다리꽃을 귀찮게 했어요. 그러면 장다리꽃은 배춧잎 한 장을 던져 주며 배추벌레를 혼내고 구박했어요.

그러면서 나비가 찾아오면 드리기 위해 꿀을 정성껏 고이고 이 간직했어요.

그렇지만 흰나비는 좀처럼 찾아오지 않았어요.

하루는 장다리꽃 문밖에 더럽게 생긴 주머니 같은 이상한 것이 놓여 있는 것을 발견했어요.

장다리꽃은,

'이, 이게 뭐야?'

하고 안을 들여다보다 깜짝 놀랐어요. 그 주머니 속에 매일 찾아오던 배추벌레가 죽은 듯이 누워 있는 것 아니겠어요?

"에그머니나!"

장다리꽃은 기겁을 하고 얼른 집으로 들어갔어요.

정말 징그러운 주머니였어요.

그 주머니는 며칠이나 장다리꽃 문 앞에 놓여 있었어요.

장다리꽃은 아름답고 예쁜 나비만을 기다렸어요.

오늘은 나비가 한 마리 날아왔어요.

장다리꽃은 얼른 맛있는 꿀을 대접했어요. 나비는 꿀을 맛있게 먹고는 사뿐히 날아 하늘로 날아올랐어요.

날아오르는 나비가 너무 예뻐서 장다리꽃은 고개를 빼고 날아가는 나비를 한없이 바라보며 꽃잎을 살랑살랑 흔들었어요.

그러다가 문 앞에 놓여 있는 배추벌레 주머니가 생각났어요.

장다리꽃은 그 주머니를 주워 쓰레기통에 버려야겠다고 생각했어요. 그래서 주머니에 가까이 갔어요.

그런데 그때 주머니가 꿈틀꿈틀 움직이는 것이었어요.

'어머나, 징그러워라.'

더럽기도 하고 무섭기도 해서 장다리꽃은 얼른 뒤로 물러났어요.

그랬더니 주머니가 천천히 벌어지기 시작했어요.

그리고 그 안에서 작고 예쁜 흰나비 한 마리가 고개를 쏙 내미는 것 아니겠어요?

시간이 흐르면서 나비는 주머니에서 하늘하늘 날아오르기

시작했어요.

장다리꽃이 그토록 보고 싶어 하며 기다리던 흰나비였어요.

'어? 이상하다. 그럼 배추벌레가 흰나비가 되었단 말이야?'
장다리꽃은 믿어지지 않았어요.

그렇지만 바로 그런 것이었어요.
징그러운 배추벌레는 바로 흰나비가 되는 것이었답니다.

아, 저렇게 아름다운 흰나비가 예전에는 징그러운 배추벌레
였다니······.

장다리꽃은 한편 놀라며, 한편 배추벌레에게 정말 미안했어
요.

그저 못생기고 징그럽고 더럽다고, 혼내고 화를 내고 구박
했던 일이 정말 미안했어요.

장다리꽃은 깊이 반성하였어요.

힘들고 배고플 때 도와주지 못한 것이 정말 미안했어요.

장다리꽃은 그다음부터는 찾아오는 배추벌레에게 맛있는
배춧잎을 많이많이 나누어주었어요.

장다리꽃 주변에 배추벌레가 많아졌어요.

그렇지만 장다리꽃은 아낌없이 배춧잎을 배추벌레들에게 나누어주었어요.

그러던 어느 날,

장다리꽃은 아침에 일어나 환호성을 질렀어요.

"야호, 신난다!"

살랑살랑 아름다운 나비들이 수도 없이 장다리꽃에게 날아서 놀러 오는 것이었어요. 장다리꽃 위에 수많은 나비들이 하얗게 날아와 너울너울 춤추었어요.

장다리꽃이 나누어준 배춧잎을 먹고 자란 배추벌레들이었어요.

장다리꽃은 정말 행복했어요.

배추벌레들 정말 고마워요. 나비들도 고마워요.

그리고 미안했어요……

아기 요정과
마녀 엄마

호호호호…….

　사람들은 볶지 않은 땅콩 맛과 박쥐의 날갯죽지 살코기 맛
이 똑같다는 걸 모르지…….
　볶지 않은 땅콩의 비릿하고 미끌미끌한 혀끝의 촉감, 그러나
씹을수록 생기는 고소함을 잊지 못하면 새끼 박쥐의 겨드랑
이 살맛을 좀 보아.
　똑같잖아?

　볶지 않은 땅콩은 착하고 예쁜 요정이 먹고, 새끼 박쥐는 마
녀 할미가 잡아먹는 것이지만 말이야…….

　그런데 이렇게 똑같은 맛은 또 있어.

　흰노랑지렁이 맛과 어린 박달나무 새싹의 새콤하며 쌉쌀한
맛이지.
　박달나무 새싹은 아기 요정이 제일 좋아하는 간식이지.
　흰노랑지렁이는 마녀 할머니의 구운 간식이고…….
　같은 맛이야.

또 있어. 이상하게 같은 것이, 사람들이 모르는······.

마녀 할머니가 날아갈 때 타는 빗자루와 요정이 날아갈 때 귀엽게 팔딱거리는 두 날개에서 나는 냄새 말이지.
같은 것이야.

꼬마 요정은 날갯짓을 하며 나를 때 나는 냄새가 너무 좋아 여기저기 나뭇가지에 냄새를 많이 풍기고 다니지.
마녀도 마찬가지야.
빗자루를 타고 씽씽 나를 때 나는 냄새가 좋아서 빗자루를 탈 때는 꼭 코를 처박고 타지.

왜 그럴까?
왜 요정과 마녀가 똑같은 것이 있을까?
이상하네··· 이상해······.

그건 왜 그러냐 하면 말이지······.
사실은···
마녀는 말이지. 쉿······.
이건 아무도 모르는 비밀인데 말이야···

아이, 말해도 될까?

한번 주위 좀 돌아보고, 아무도 없지?

그래, 아무도 없네……

사실은 말이야…….

마녀는 아기 때 요정이었기 때문이야.

뭐라고?

마녀가 어릴 때는 요정이었다고?

그게 무슨 말이야…….

어떻게 착한 요정이 저 무서운 마녀가 된다는 거야?

말도 안 되지…….

그래, 아무도 안 믿지…….

안 믿고말고…….

믿고 싶지 않을 거야…….

그런데 그게 사실이야.

지금부터 그 이야기를 해줄게. 들어봐.

잘 기억해봐.

아기 마녀 본 적 있어?

소년 마녀, 소녀 마녀를 본 적이 있냐고?

그런 마녀는 없어. 마녀는 모두 어른이야.

늙은 마녀는 많잖아?

마녀 할미 말이야…….

요정 중에도 늙은 요정이 있을까?

키위새 날개같이 크고 넓은 날개를 겨드랑이에 달고 날아다
니는 커다랗고 늙어빠진 요정 보았냐고?

못 보았지?

그럼, 못 보았지…….

요정은 원래 작아서 자라도 키가 작다고?

그럼 늙어서 힘없는 조그만 할머니 요정은 봤어?

그런 요정도 못 보았잖아…….

그렇지…….

왜냐하면, 그런 요정은 없기 때문이야.

그게 바로 요정이 나이 들어 늙으면 마녀가 되기 때문인 거

야.

쉿…….

에이, 어떻게 그렇게 예쁜 요정이 마녀가 될 수가 있냐고?

어떻게 그럴 수가 있냐고?

거짓말이라고?

그러니까… 하는 말이야.

볶지 않은 땅콩 맛과 박쥐의 날갯죽지 살코기 맛이 똑같다는 것도 몰랐잖아?

흰노랑지렁이 맛과 어린 박달나무 새싹의 간식 맛이 똑같다는 것도 모르잖아?

그래.

요정이 크면 마녀가 되는 거야.

그런데 모든 요정이 다 마녀가 되는 것은 아니야.

마녀가 되는 요정이 따로 있지…….

마녀가 되는 요정이 어떤 요정이냐고?

애초에 하느님은 예쁜 요정만 만들어 세상에 보냈어.

마녀는 만들지도 않았어.

요정은 천사에게서 태어나는 거야…….
요정은 천사 엄마의 귀여운 아기들인 거지.
천사 엄마는 아기 요정을 숨결로 훅 불어서 태어나게 해.
한 천사에 딱 한 아기 요정만…….
아기 요정은 천사의 입으로 태어나는 거야.
엄마 천사의 향기를 머금고…….

그런데 어느 날 한 엄마 천사가 하느님에게 부탁했어.
아기 요정이 너무도 예쁘니 하나만 더 낳게 해달라고…….

하느님은 안 된다고 했어.
그러면 모든 엄마 천사가 자기도 아기 요정을 하나만 더 낳
게 해달라고 애원할 거 아니겠어?
그러니까 하느님은 안 된다고 하신 거야.

그러나 엄마 천사는 자기만 아기 요정을 하나 더 낳게 해달
라고 욕심을 부리며 하느님께 계속 졸랐어.
하느님은 안 된다고 했어.

엄마 천사는 하느님의 말을 안 들었어.

엄마 천사는 하느님이 미워지기 시작했어.
어떻게 하든지 아기 요정을 하나 더 낳고 싶었어.
그래서 엄마 천사는 숲속에 사는 마귀를 찾아갔어.
천사들은 누구도 마귀에게 찾아가지 않아.
왜냐하면 마귀는 나쁜 마술사니까…….

엄마 천사의 말을 들은 마귀는 마술을 부려 아기 요정을 하
나 더 낳게 해주겠다고 약속했어.
대신 마귀는 만일 아기 요정을 더 낳으면, 엄마 천사는 마귀
의 아내가 되어달라고 했어.

엄마 천사는 아기 요정이 너무 갖고 싶어서 그렇게 하겠다
고 약속을 해버리고 말았어.
마귀는 너무너무 좋았단다.
어여쁜 천사를 아내로 얻을 수 있었으니까.

마귀는 엄마 천사가 아기 요정을 하나 더 낳게 해주었어.
마술을 부려 엄마 천사가 입으로 후우 불자 아기 요정이 하

나 더 태어났지.

아기 요정은 너무나 예뻤어.

엄마 천사는 너무나 행복했단다.

그런데······.

아기 요정을 하나 더 낳으면서 엄마 천사 얼굴이 변하기 시작했어.

코는 독수리 부리같이 구부러지고, 눈은 매 눈같이 날카롭고 양옆으로 가늘어지기 시작했어.

옆 겨드랑이의 두 날개도 없어지기 시작했어.

코에서 나던 향긋한 향기도 나쁜 냄새로 변하기 시작했고.

음식도 박쥐나 벌레 같은 것이 맛있어지기 시작했어.

그리고 자꾸만 사람들이 미워지기 시작했어.

아기 요정보다 예쁜 요정을 보면 질투하기 시작했어.

엄마 천사는 마귀의 아내가 되어 마녀가 되기 시작한 거야.

마귀는 마녀가 된 엄마 천사에게 날개 대신 날아다니는 빗자루를 주었어. 그리고 밤에 돌아다니기 좋게 검은 망토와 마녀 모자도 맞추어 주었어.

마녀는 밤마다 빗자루를 타고 하늘을 날아다니며, 예쁜 아기가 있는 집을 찾고 다녀.

울거나 엄마 말을 안 듣고 떼를 쓰는 아기를 보면 데리고 가고 싶어 하는 거야.

마녀는 아기 요정을 너무도 귀여워하니까.

마녀는 두 번째 아기 요정을 유리 보물같이 소중하게 여기며 정성껏 키웠어.

아기 요정만은 착하고 예쁘게 자라게 하고 싶었지.

하지만 그것도 마음대로 되지는 않았어.

하느님의 말을 안 듣고 마귀의 마술로 태어난 요정은 어른이 되어가면서 점점 모습이 변하기 시작했어.

마녀가 되기 시작하는 거야.

요정이 커가면서 모습이 미운 마녀가 되어가는 것을 본 마녀는 마음이 몹시 아팠어.

아무리 자기가 마녀라 해도 아기 요정만은 마녀가 되지 않기를 기도했어.

아기 요정이 마녀로 변해가는 모습이 너무 슬퍼 마녀는 하느님을 찾아갔어.

자신의 잘못을 빌었어.

욕심부리고 하느님의 말씀을 듣지 않고 마귀의 아내가 된 자기를 용서해달라고 빌었어.

하지만 소용이 없었어.

이미 마녀가 되었으니 천사로 되돌아올 수는 없었던 거야.

그러나 마녀는 하느님께 또 빌었어.

아기 요정만이라도 마녀가 되지 않고 자라서 천사가 될 수 있도록 해달라고 말이야.

하지만 마귀의 마술로 태어난 요정이 자라서 천사가 되기란 어려운 것이지. 마녀의 아기는 점점 커지면서 욕심이 가득해지고 나쁜 마음이 자리 잡기 때문이었어.

마음 넓으신 하느님은 마귀의 마술로 태어난 요정이라도 착한 마음과 예쁜 마음을 가지고 있으면 천사가 될 수 있도록 해주셨어.

마녀는 이번에는 마귀에게 부탁했어.

태어나는 요정이 착한 마음과 예쁜 마음을 갖도록 마술을 부려달라고 애원했어.

마귀는 마녀의 소원을 들어주기로 했어.

마귀는 태어나는 요정의 마음속에 착한 마음을 넣어주었어.

그래서 마녀에게서 태어나는 요정은 착한 마음과 나쁜 마음 두 가지를 다 넣고 다니게 되었던 거야.

그러면 어떻게 될까?

마녀는 아기 요정이 태어나면 착한 마음과 예쁜 마음을 꼭 가지라고 신신당부했어.

엄마 말을 잘 들은 아기 요정은 착하게 되어서 예쁘고 아름다운 요정으로 자라서 천사가 되었어.

그렇지만, 나쁘고 미운 마음을 가지는 요정은 결국 마녀가 되고 마는 것이었어.

결국 아기 요정이 착한 마음을 먹느냐, 나쁜 마음을 먹느냐에 따라 천사가 되거나 마녀가 되거나 하는 것이지.

마녀가 된 아기 요정은 곧 후회하기 시작했어.

그래서 아기 요정을 낳으면 아기 요정은 꼭 천사가 되기를 간절히 빌곤 했어. 하지만 엄마 말을 안 듣는 요정은 어쩔 수가 없어.

마녀가 되는 수밖에…….

이렇게 요정은 마녀에게서 태어나게 된 거야.

몰랐지?

그래, 몰랐을 거야.

왜냐하면 마녀는 이런 이야기를 하기 싫어하니까…….

하지만 이제 알겠지?

왜 요정과 마녀가 똑같은 맛이 나는 식사를 하는지?

엄마들은 그래서 아기들에게 늘 말하는 거야.

착하고 예쁜 마음을 가지라고…….

왜?

아무리 마녀 엄마라도 아기는 착한 아기 요정이 되고, 착한 천사가 되기를 바라거든…….

아기들이 엄마 말을 잘 안 듣고 나쁜 마음을 가지면 엄마는
속으로 눈물이 흘러.
아기가 자라서 마녀가 되면 어떻게 해?
엄마는 슬퍼지는 거야.

아기들은 엄마 말을 잘 들어야 해.
착하고 예쁘고 아름다운 마음을 가져야 해.
그래서 예쁜 요정이 되고 아름다운 천사가 되어야 해.
안 그래?

신비한
숲속의 집

미노스의 가족동화

할아버지는 가끔 혼자서 숲속의 집에 다녀오시곤 해요.
숲속의 집은 참 신기하답니다.

할아버지는,
"숲에는 없는 것이 없단다. 무엇이든 찾으면 숲에는 다 있어
요."
하시곤 했어요.

신기한 숲속의 집에는 딱따구리가 구멍을 파서 음악 소리
가 나는 나무 피리가 있대요. 이 나무 피리는 불면 늘 아름다
운 소리가 나서 꾀꼬리가 놀러 온대요.

또 숲속의 집에는 신기한 표주박도 있대요.
그 표주박에서는 끊임없이 우유가 나온대요.
표주박을 기울여 따르면 언제나 우유가 한 컵 가득 나온답
니다.
할아버지는 표주박이 주는 우유를 맛있게 드시죠.
이튿날 아침이면 또 표주박에 우유가 생겨 아침마다 할아
버지는 신선한 표주박 우유를 한 컵씩 드신답니다.

밤에는 호박꽃 호롱이 신기한 숲속의 집을 환히 밝혀준대요.

노랗고 둥근 호박꽃인데 밤이 되면 밝게 빛나는 호롱불이 되죠.

할아버지는 호박꽃 호롱을 여기저기 걸어놓아 밤마다 숲속의 집을 환히 밝힌답니다.

신기한 숲속의 집에는 실거미 방도 있대요.

귀엽고 부지런한 실거미가 방에 살면서 온종일 실을 뽑는대요.

그 실은 신기하게도 끊어지지도 않고 젖지도 않는대요.

그래서 할아버지는 그 실로 외투와 모자를 만들어 입고 다니시죠.

할아버지는 정말 멋쟁이예요.

그렇지만 아무도 할아버지의 신기한 숲속의 집에 가보지는 못하였대요. 할아버지는 아무도 그 집에 초대하지 않는대요.

정음이는 할아버지의 숲속의 집이 너무 가보고 싶었어요.

혼자서는 무서워서 못 가요.

그래서 하루는 용기를 내서 할아버지에게 졸랐어요.

"할아버지, 할아버지. 신비한 숲속의 집이 보고 싶어요.
정음이 좀 초대해주세요, 네? 할아버지……."

할아버지는 빙그레 웃기만 하셨어요.
그런데 어느 날 할아버지가 정음이를 신비한 숲속의 집에
초대해주셨어요.

"정음아, 오늘 신비한 숲속의 집에 놀러 갈까?"

"정말요? 와, 신난다!"
정음이는 뛸 듯이 좋았어요. 너무나 기뻤답니다.

할아버지는 정음이 손을 꼭 잡고 숲속의 집으로 데리고 가
주셨어요.
할아버지와 정음이는 키 작은 하얀 자작나무가 줄지어 서
있는 작은 오솔길을 따라 숲속의 집으로 걸어 들어가기 시작
했어요.

오솔길 옆에 작은 동물들이 나와 정음이를 쳐다보았어요.
다람쥐도 있었고, 토끼도 있었어요.
이름 모를 예쁜 꽃들도 많았어요.
한참을 걸어 들어가자 숲속의 집이 보이기 시작했어요.

정음이는 가슴이 두근두근했어요.
드디어 신비한 숲속의 집에 도착하였어요.

할아버지가 숲속의 집 문 앞에 서자 두꺼비 한 마리가 나오
는 거예요. 금빛으로 빛나는 황금두꺼비였어요.
황금두꺼비는 할아버지에게 인사를 하고는 정음이에게 물
었어요.

"너는 누구니?"

정음이는 무서웠지만 꼭 참고,
"응. 나는 정음이야."
씩씩하게 대답했어요.

"정음이가 누군데?"

황금두꺼비는 눈을 껌벅껌벅했어요.

"여기는 할아버지 말고는 아무도 들어올 수 없어."

"응, 나는 할아버지 손녀 정음이야. 할아버지가 나를 초대하셨어."

정음이는 또박또박 이야기했어요.

그랬더니 황금두꺼비는,

"그래? 할아버지 손녀 예쁜 정음이니?"

하고 반겨주었어요.

숲속의 집에 들어간 정음이는 깜짝 놀랐어요.

집 안에는 할아버지가 말씀하신 딱따구리 피리, 호박꽃 호롱, 우유 나오는 표주박뿐만이 아니었어요.

더듬이로 바이올린 소리를 내며 연주하는 귀뚜라미도 있고요.

시원한 물이 꽃대롱에서 항상 퐁퐁 솟아나는 수련 꽃도 있었어요.

그리고 감자가 광주리에 가득 담겨 있는데, 그 감자는 늘 따뜻한 열이 나서, 겨울에 호주머니에 넣고 있으면 손이 따뜻해져서 하나도 안 춥대요. 할아버지는 그 감자를 손난로 감자라고 하셨어요.

신비한 숲속의 집에는 할아버지가 주무시는 침대가 있는데요, 그 침대는 별나라에서 작은 별이 떨어져서 만들어진 것이래요.

이 별침대에서 자면 매일 밤 아름다운 별나라 꿈을 꾼대요.

꿈속에서 별님도 만나고 달님도 만나 재미있는 별나라 이야기를 들을 수 있대요.

또 구석구석 더러운 것이 있으면 빗자루 아저씨가 깨끗이 쓸고 청소한대요.

정음이는 할아버지 손을 잡고 여기저기 숲속의 집을 둘러보았어요.

참 신기한 것이 많았어요. 숲속의 집에는 없는 것이 없었어요.

재미있게 숲속의 집을 구경하였는데,
어?
뱃속에서 꼬르르 소리가 나네요.

정음이가 배가 고픈가 봐요.

할아버지는 정음이를 신기한 식탁에 앉혀주었어요.

숲속의 집 식탁은 둥글고 매끄러운 보석으로 만들어졌는데, 가운데 오목하게 파인 커다란 홈이 있었어요.

그런데요, 그 홈 속에서 버섯, 민들레, 시금치 같은 신선한 채소들이 자라고 있고요, 채소 사이에는 작은 메추리나 메뚜기 같은 귀여운 동물이 여기저기 놀고 있었어요.

할아버지가 식탁에 앉으시자, 표주박이 몸을 기울여 할아버지와 정음이 컵에 우유를 한 컵씩 따르기 시작했어요.

수련 꽃은 컵에 물을 따라주고요.

그리고 메추리는 신선한 알을 낳기 시작했어요.

할아버지는 메추리알을 프라이해서 접시꽃 그릇에 올려주었어요.

그랬더니 다람쥐가 쪼르르 달려 나와 할아버지와 정음이 접시꽃 그릇에 치즈를 물어와 얹어 주었어요.

그다음에 요리가 시작됐어요.

버섯, 시금치 같은 채소들이 그릇에 올라와 앉자, 토마토 나무는 토마토소스를 얹어주고, 고추잠자리가 날아와 고춧가루를 뿌려주는가 하면, 꿀벌들은 잉잉거리며 설탕을 뿌려주고, 메뚜기들이 뛰어와 깨소금을 얹어주는 것 아니겠어요?

벼나무는 고개를 숙여 밥을 하고, 콩나무는 된장국과 콩나물 무침을 만들어주었어요.

식사를 마치자, 딸기나무는 딸기를, 커피꽃은 커피를, 작은 야자나무 꽃은 초콜릿을 담아주었어요.

정말 맛있는 식사였어요.

할아버지가 정음이 눈을 바라보더니,
"정음이 솜사탕 먹고 싶지?"
하셨어요.
정음이는 고개를 끄덕였어요.

할아버지는 고개를 들어 하늘을 쳐다보셨어요.
뭉게뭉게 흰 구름이 떠 있었어요. 할아버지가 손을 들자 흰 구름이 숲속의 집으로 천천히 내려오는 것이었어요.

할아버지가 손으로 구름을 만지자 구름은 어느새 솜사탕이 되었어요.

입에서 사르르르 녹는 구름 솜사탕은 참 달고 맛있었어요.

숲속의 집에는 없는 메뉴가 없대요.

할아버지께서 '숲에는 없는 것이 없다.'고 하셨거든요.

밥을 다 먹고 나자 집 안에서 자라고 있던 수세미 아줌마는 얼른 식사하고 난 그릇들을 깨끗이 설거지했답니다.

정음이는 할아버지 숲속의 집에서 오랜 시간을 보냈나 봐요.

눈이 감기며 졸리기 시작했어요.

할아버지는 정음이를 등에 업어주셨어요.

정음이는 할아버지의 따뜻한 등에서 오늘 숲속의 집에 초대받아서 본 신기한 것들을 손가락으로 하나하나 헤아려보기 시작했어요.

하나 딱따구리 피리, 둘 호박꽃 호롱, 셋 우유 나오는 표주박, 넷 손난로 감자, 다섯 실거미 방, 여섯 별침대, 일곱 황금두꺼비, 여덟……

정음이는 스르르 잠이 들어버렸어요.

정음이는 어두워져 호박꽃 호롱이 빛나는 숲속의 집을 나와, 반딧불이 깜박깜박 밝혀주는 오솔길을 따라, 별침대가 살았던 별나라의 별들이 반짝반짝하는 밤하늘을 꿈꾸며 집으로 돌아왔답니다.